El coleccionista de historias

EVIE WOODS

El coleccionista de historias

Editado por HarperCollins Ibérica, S. A.
Avenida de Burgos, 8B - Planta 18
28036 Madrid
www.harpercollinsiberica.com

El coleccionista de historias
Título original: The story collector
© Evie Woods 2024
© 2025, para esta edición HarperCollins Ibérica, S. A.
Publicado por HarperCollins Publishers Limited, UK
© De la tradución del inglés, Isabel Murillo Fort

Diseño de cubierta: Lucy Bennett/HarperCollinsPublishers Ltd
Imágenes de cubierta: © Laura Ranftlery /Arcangel Images (maletín); Shutterstock.com (resto de imágenes)

ISBN: 978-84-19809-65-0
Depósito Legal: M-7958-2025
Impreso en España por: BLACK PRINT

MIXTO
Papel
FSC   FSC® C159065

El bosque es hermoso, oscuro y profundo,
pero tengo promesas que cumplir,
y millas que recorrer antes de dormir,
y millas que recorrer antes de dormir.

ROBERT FROST

Thornwood House

El lugar donde ahora se erige Thornwood House fue en su día un antiguo bosque. Cuentan que cuando lord Hawley adquirió la finca en 1882, a modo de regalo de boda para su esposa, ordenó limpiar toda la zona antes de iniciar las obras de construcción. Pero en medio de la inmensa parcela crecía un viejo y nudoso espino blanco, el árbol de las hadas, y se decía que la desgracia caería sobre aquel que osara tan siquiera raspar la retorcida corteza. Una vidente del pueblo alertó al señor de no tocarlo; afirmaba que la Gente Buena se vengaría de cualquiera que tratara de alterar su morada.

Sin embargo, lord Hawley era un hombre culto, oriundo de Surrey, Inglaterra, y no quería ni oír hablar de las supersticiones locales. Encargó la elaboración de los planos de la mansión y ofreció un jornal generoso a los hombres que llevarían a cabo los trabajos. En cambio, los lugareños siguieron negándose a participar en la obra y Hawley se vio obligado a contratar gente de su lugar de origen para talar el árbol. La vidente predijo desgracias sin fin, aunque, durante los primeros años, todo en Thornwood House funcionó a la perfección.

Cuando lady Hawley quedó embarazada de gemelos, cayó gravemente enferma y se temió incluso por su vida. Por suerte, tanto ella como los bebés sobrevivieron; el verdadero horror estaba aún por llegar.

Pocas semanas después de dar a luz, la señora de la casa empezó a comportarse de un modo muy extraño e insistió en que los niños no eran suyos. Mandaron llamar a un médico y comenzó a correr el rumor de que la mujer sufría de histeria.

La vidente, no obstante, sabía que lo que se había debilitado no era precisamente la cabeza de lady Hawley. Porque, cuando una madre no reconocía a su propio hijo, solo podía significar una cosa: un niño cambiado por otro. La Gente Buena se había vengado por fin, apoderándose de los niños humanos y sustituyéndolos por almas malvadas y enfermizas. De no fallecer de inmediato, acabarían convirtiéndose en individuos nocivos y destructivos que sembrarían amargura y odio allá donde fueran.

Antes de que los gemelos Hawley cumplieran su primer año, lady Hawley se arrojó al vacío desde la ventana más alta de Thornwood House.

Capítulo 1

Nueva York
25 de diciembre de 2010

De no haber sido por aquella vulgar ovejita de cerámica que encontró en la tienda de regalos, Sarah nunca habría oído hablar de Thornwood, y mucho menos se habría subido a un avión para poner rumbo a Irlanda con el objetivo de pasar las Navidades allí.

—¿Tienes todo lo que necesitas? —le preguntó finalmente Jack, después de pasarse una hora observando en silencio cómo ella acababa de recoger todas sus posesiones materiales.

—Umm…, sí, creo que ya está todo —respondió Sarah; miraba a su alrededor y asimilaba todos los espacios vacíos que estaba dejando.

La mayoría de sus pertenencias ya estaban recogidas y en estado de hibernación dentro de cajas, en un trastero de alquiler de Massachusetts.

—Al menos, ahora te cabrá aquí esa mesa de billar que siempre has querido —añadió ella; intentó hablar en tono animado, pero se arrepintió de ello en el instante en que oyó el timbre de su voz—. Lo siento, no era mi intención…

—No pasa nada —repuso él, que le tocó levemente el brazo y le ofreció una media sonrisa—. Yo tampoco sé qué decir, pero no es necesario que finjas, Sarah.

Lo más fácil habría sido dejarse caer entre sus brazos y enterrar el dolor en algún lugar donde ninguno de los dos pudiera encontrarlo, aunque eso ya lo había intentado; dos años después seguía sin funcionar. Vivían en una casa de necesidades no expresadas y emociones reprimidas.

—¿Estás segura de que quieres irte hoy? Al fin y al cabo, estamos en Navidad —dijo él, y miró el deslucido árbol que parpadeaba con optimismo en una esquina—. Podrías esperar hasta Año Nuevo y…

—¿Y qué diferencia habría? Solo estaríamos retrasando lo inevitable. Tengo que irme ahora o no lo haré nunca. Además, tu familia está esperándote para el gran Natale Zaparelli, de modo que será mejor que vayas también moviéndote.

Jack exhaló un largo suspiro de agotamiento y hundió las manos en los bolsillos. Sarah se preguntó con amargura qué le molestaría más: si su ausencia en las festividades navideñas de la familia Zaparelli o tener que dar explicaciones sobre lo sucedido.

—Ojalá esto no tuviera que acabar así —reconoció Jack, luego cambió el peso del cuerpo de una pierna a la otra. No sabía dónde ponerse y al final, como un objeto no deseado de su galería, se apoyó en la pared que encontró más cerca.

—Venga, Jack, hacer esto me está exigiendo todas las fuerzas que me quedan. Por favor te lo pido, no te pongas sentimental conmigo ahora o me derrumbaré —dijo Sarah, cogiendo el bolso y el abrigo.

—De acuerdo, ¡anda, lárgate de una vez, mujer, y no cierres de un portazo al salir! ¿Mejor así? —preguntó con una media sonrisa.

—Mucho mejor. —Sarah lo abrazó, brevemente pero con fuerza, y dio media vuelta, arrastrando tras ella su maleta—. Te llamaré para avisarte de que he llegado bien —añadió, a modo de despedida.

—Mejor quizá que me mandes solo un mensaje de texto —dijo Jack, y, casi en un susurro, agregó—: No me fío de mí y temo ponerme a suplicarte que vuelvas si oigo tu voz.

En el aeropuerto de Newark reinaba un ambiente de normalidad, aunque se percibía un tibio matiz festivo. Le recordó a Sarah la Navidad que había pasado de pequeña en el hospital después de ser intervenida de apendicitis. La decoración añeja solo había servido para recordarle dónde le habría gustado estar pero no estaba, y ahora, en el aeropuerto, la sensación era la misma. ¿Adónde irían tantos pasajeros? ¿Estarían todos dejando atrás a sus parejas? Supuso que, en su mayoría, sería gente que no festejaba la Navidad. ¿Sucedería lo mismo cada año, mientras ella estaba ocupada con el relleno del pavo y daba ingenuamente por sentado que todo el mundo seguía las mismas tradiciones?

Imaginó que su hermana, Meghan, estaría sirviendo en esos momentos su famoso pudin de Navidad. Le habría gustado no fastidiarle la fiesta a nadie, aunque no siempre se podía elegir el momento ideal de una ruptura matrimonial. Después de tres años de matrimonio, tenía muy poco de lo que alardear. Más bien al contrario, podría decirse que, desde que había conocido a Jack, su vida se había encogido. Su única opción era volver a vivir con sus padres o instalarse en la habitación de invitados de su hermana. Lo cual no era opción, en realidad: hija fallida o hermana fallida. Meghan era el menor de dos males.

Para matar el tiempo, Sarah se paseó por las tiendas de regalos, confiando en distraerse de los pensamientos recurrentes sobre qué estaría haciendo Jack en cada momento. Se hacía el valiente, como ella, aunque estaba segura de que debía de sentirse igual de perdido. En su caso, al menos, tenía la posibilidad de regresar a Boston y alejarse de las cosas conocidas y cotidianas que constantemente podían traerle recuerdos de la vida que habían compartido. Segura de que su ciudad natal funcionaría a modo de reconstituyente, había reservado el vuelo como si de un ave migratoria se tratara.

Volvió a la realidad y vio que estaba delante de un aparador con ovejitas de cerámica, de distintos tamaños y formas. Debía de llevar un buen rato mirándolas, puesto que vio de reojo que se acercaba la vendedora, oliendo la posibilidad de una venta.

—Son una monada, ¿a que sí? —dijo la chica. Iba muy maquillada y llevaba un aro en la nariz.

—Sí, supongo que sí, siempre y cuando te gusten las ovejas —respondió Sarah, sin ánimo de ofender a la chica—. ¿Qué tienda es esta?

—La tienda de regalos de la Isla Esmeralda. Con la tarjeta de embarque de Aer Lingus, ofrecemos un diez por ciento de descuento —añadió, como si aquel detalle fuera a influir en su decisión—. ¿A qué zona de Irlanda viaja?

—Oh, no, no voy a Irlanda. Simplemente vuelvo a casa, a Boston —explicó Sarah, interrumpiendo la perorata de la vendedora.

Le constaba que en su árbol genealógico había algo de sangre irlandesa (lo cual no era ninguna novedad en Boston), y se había hecho la promesa de que, si conseguía dinero suficiente para ello, visitaría aquel lugar algún día. La luna de miel le había parecido la oportunidad perfecta; sin embargo, Jack había argumentado que dos semanas en las Maldivas era mucho más romántico que pasarse los días temblando en la húmeda y deprimente campiña irlandesa. Tal vez tuviera razón, pero el misticismo y el encanto de los castillos de cuentos de hadas cuyas imágenes tenía guardadas en el teléfono la llamaban mil veces más que las cristalinas aguas de color turquesa.

La chica volvió a sentarse detrás del mostrador y empezó a entretenerse verificando la elasticidad de su chicle. Recordando el día que era, Sarah sintió lástima por ella y decidió comprarle una ovejita con cara de sorpresa y un periódico irlandés. Prácticamente ni se había dado cuenta de que llevaba también bajo el brazo una botella pequeña de *whisky*.

—Gracias, señora, y feliz Navidad. —La chica sonrió, le entregó la bolsa con las compras y Sarah se encaminó hacia las puertas de embarque.

Compró un café en vaso desechable y tomó asiento a cierta distancia de los demás pasajeros, junto a la cristalera, desde donde podía ver el repostaje y preparación de los aviones. Había empezado a nevar un poco y los copos iluminados por las luces del aeropuerto parecían pepitas de oro bailando en el aire. Sarah comprobó la pantalla y vio que su avión llevaba dos horas de retraso. Abrió el tapón de rosca de la botella y vertió una cantidad generosa de *whisky* en el vaso de papel. Una medida medicinal. El café estaba amargo, aunque combinado con el *whisky* aportó a su torrente sanguíneo un calor reconfortante. Todo era muy surrealista. Saber que ibas a dejar a tu marido y materializar tu idea marchándote eran dos cosas muy distintas. Sus emociones empezaban justo ahora a ponerse al día con la realidad de la situación. Volvió a desenroscar el tapón y llenó de nuevo el vaso.

Desde que se produjo la «Gran Desgracia», como se refería ahora al asunto, dormía poquísimo. Por alguna razón, le resultaba más fácil referirse a ello con este término, quizá porque contenía los sentimientos que era incapaz de sacar a la luz. Acostarse cada noche era como comprar un billete de lotería; a veces ganaba y conseguía conciliar unas pocas horas de sueño. Otras, cada vez más frecuentes, se despertaba presa de un pánico ciego y le costaba respirar.

«Sufres un trastorno de ansiedad», le había diagnosticado su doctora, que, como siempre, iba perfectamente peinada y calzaba unos poco apropiados zapatos de tacón alto. Y mientras la explicación de la doctora pasaba prácticamente de largo por encima de ella, Sarah se preguntó cómo iba a ser capaz aquella mujer de atender una urgencia con semejantes tacones. Ponerle nombre no ayudaba a mejorar las cosas. La doctora le ofreció pastillas, y Sarah las rechazó. Jack tuvo mucho que decir al respecto. Jack siempre tenía mucho que decir sobre cualquier cosa y a menudo ahogaba cualquier idea propia que Sarah aspirara a tener. La doctora le aconsejó también que dejara de beber. Esa parte no se la contó a su marido; además, de un modo u otro, había conseguido autoconvencerse de que aquello no era más que un consejo genérico y que en realidad no se correspondía a su caso. Sabía que, si conseguía estar sola una temporada, su estado mejoraría por sí solo. Pero en Boston no estaría sola. De pronto empezó a comprender que el precio a pagar por el apoyo familiar sería una mayor interferencia en su vida. Más tópicos bienintencionados por parte de gente decidida a «arreglarla».

—Otro café, por favor —pidió Sarah, después de acercarse al mostrador de Dunkin' Donuts.

Intentó no mirar al empleado a los ojos, segura de que habría notado que olía a *whisky*. Tampoco era que le importara, puesto que tenía más que de sobra la edad legal. Sin embargo, la embargaba un sentimiento de culpa que era incapaz de explicar. No estaba bebiendo por diversión ni porque le diera miedo volar. Sino que intentaba olvidar. Revolvió el interior de la bolsa con las compras y encontró el periódico irlandés. Lo sacó, solo para tener algo con lo que entretenerse, y una foto de la contraportada le llamó la atención. Era la imagen de un espino precioso, repleto de minúsculas flores blancas, totalmente solitario al lado de una concurrida carretera del condado de Clare, en Irlanda. El titular rezaba: EL ÁRBOL DE LAS HADAS QUE MOVIÓ UNA AUTOPISTA.

—¿Cómo? —dijo Sarah en voz alta, e inclinó la cabeza para enfocar las palabras.

El Consejo del condado de Clare ha cedido finalmente a la presión local y ha modificado el trazado propuesto para una importante autopista actualmente en construcción, todo ello con el objetivo de proteger un espino blanco muy especial. Ned Delaney, folclorista y escritor local, presentó una demanda en la que argumentaba que el espino blanco era «un importante lugar de encuentro para las hadas de Connacht y de Munster». Delaney, conocido localmente como «el hombre que susurra a las hadas», insistía en que talar el árbol «irritaría» a la gente pequeña y desencadenaría desgracias indecibles a los usuarios de la carretera.

Sarah se sintió como si de repente estuviera de nuevo en la camioneta de su padre, cuando era una adolescente, recorriendo la campiña para ir a recoger leña al bosque. Su padre era un poco *hippie,* un «abrazador de árboles», decían sus vecinos, y le inculcó un gran respeto por la naturaleza. La dejaba conducir por las carreteras más tranquilas y la experiencia resultaba siempre liberadora: solos los dos, con la carretera por delante y los árboles flanqueando el camino. Pasaban horas juntos en su taller construyendo casitas para pájaros increíblemente retorcidas, organizadores de escritorio y cualquier otra cosa que pudiera crearse a partir de un trozo de madera y unos cuantos clavos oxidados. Siempre la animaba, e incluso consiguió que empezara a dibujar planos en papel para proyectos más sofisticados, como percheros y estanterías. Fue gracias a aquellos primeros tiempos en el taller de su padre por lo que Sarah había decidido finalmente matricularse en la universidad y estudiar Arte. Había tenido grandes esperanzas cuando se graduó, pero Nueva York no salió exactamente tal y como había planeado. Sus raíces de clase trabajadora siempre la habían hecho sentirse como una intrusa en las galerías de arte neoyorquinas, aunque ahora tenía la sensación de que tampoco pertenecía ya a la que fuera su casa. Se le revolvió el estómago solo de pensar en instalarse en la habitación de invitados de su hermana. Volcó de nuevo su atención en el periódico.

> *Los lugareños se mostraban reacios a reconocer que creyeran en las hadas, pero una vecina de la zona resumió a la perfección el sentimiento generalizado cuando dijo: «Es mejor estar a salvo que tener que lamentarlo luego».*

Sarah parpadeó y sacudió la cabeza. ¿Podía ser posible una cosa así en esta época? Le dio la vuelta al periódico y verificó que fuese realmente un periódico de verdad y no algún tipo de broma. Entonces, empezó a sonreír para sus adentros y pensó de nuevo en su padre y en la gracia que le habría hecho leer algo así. Su madre, por otro lado, no tenía tiempo para aquel tipo de trivialidades. Su madre y su hermana Meghan eran las prácticas, y Sarah y su padre eran los soñadores. O Sarah solía serlo, mejor dicho. Después de la Gran Desgracia, era como si se hubiera quedado totalmente sin magia. Quizá Irlanda fuera el lugar donde encontrarla de nuevo.

Miró en dirección al pasillo desde la mesita de Dunkin' Donuts detrás de la cual estaba sentada y cayó en la cuenta de que se había alejado bastante de su puerta de embarque. De hecho, estaba justo enfrente de la puerta de salida de Aer Lingus, encima de la cual la pantalla anunciaba el vuelo EI401 con destino a Shannon. Un anuncio en la pared contigua mostraba la impactante imagen de los acantilados de Moher, alzándose majestuosos sobre el salvaje océano Atlántico, y subrayados por el eslogan: «Irlanda: la tierra de las mil bienvenidas».

Dentro de Sarah se removió alguna cosa y se asentó al instante. Había tomado la decisión. La había tomado en el momento en que había visto aquella ovejita tonta.

Capítulo 2

Sarah se despertó sobresaltada cuando el avión tocó tierra. Miró por la ventanilla, incapaz de adivinar si era de noche o de día, puesto que una lluvia torrencial azotaba el cristal con ráfagas tan persistentes que era imposible vislumbrar el exterior.

—Tiene suerte de haber dormido todo el rato —le dijo casi al oído una voz con acento irlandés.

Sarah se volvió y vio que su vecina de asiento le sonreía con amabilidad y se disponía a recoger lo que parecía una aguja de ganchillo y una gran madeja de lana.

—Me he saltado incluso varios puntos, se lo confieso —le reveló la mujer—. Creía que el viento nos haría estrellarnos, pero usted ha dormido todo el viaje. Puede considerarse afortunada, la verdad.

Sarah intentó recuperar la compostura y secar con disimulo cualquier baba que le ensuciara la cara. Se sentía completamente deshidratada y como si le hubieran taladrado las sienes.

—Siento mucho no haber sido una gran compañía —dijo; se aplanó su díscolo pelo e intentó recuperar lo que tendría que ser una lisa melenita corta.

—Oh, no se preocupe. Es evidente que necesitaba usted descansar; además, mi labor siempre me hace compañía. Por cierto —añadió la mujer, sumergiendo la mano en la bolsa—, ¡feliz Navidad! —Sacó un gorrito—. He tejido ocho durante el vuelo.

Era un gorro de lana exquisitamente tricotado en lana de un encantador tono cereza. Se lo entregó a Sarah.

—Lo dirá en broma. ¿De verdad que ha estado tricotando gorros todo este rato?

—Oh, no puedo ir a ningún lado sin mi ganchillo. Me ayuda a mantenerme tranquila, y Dios sabe bien lo mucho que aborrezco volar. Con el ganchillo el tiempo pasa mejor.

Sarah se probó el gorro y le quedaba perfecto.

—Muchas gracias, muy amable por su parte.

Sarah comprendió que ya no estaba en Nueva York. Allí la gente ni siquiera te miraba a los ojos y mucho menos te ofrecía regalos hechos a mano.

—Mire, mi cuñado vendrá a recogerme, de modo que si necesita que la acerquemos a algún lado… —dijo Sarah, sintiéndose caritativa y contagiada por el espíritu navideño.

—No, para nada. Tengo un autobús que me lleva directa desde Shannon hasta Ennis, así que ningún problema, querida —contestó la mujer.

Sarah no entendió lo que le estaba diciendo aquella mujer. Ni Shannon ni Ennis le sonaban de nada. Debía de ser de otro estado. Pero en vez de enfrascarse en una discusión innecesaria, Sarah se limitó a asentir con educación y a buscar algún pañuelo de papel en el bolso.

El piloto anunció entonces que eran las seis cuarenta y cinco de la mañana, hora local, y que la temperatura era de tres grados Celsius (ni idea de lo que suponía eso en Fahrenheit).

Curiosamente, mencionó también alguna cosa sobre Shannon.

—¡Mierda! —exclamó.

—No se preocupe, querida, no creo que haga mucho más frío que en Nueva York —le aseguró la mujer.

—¿Dónde estamos? —preguntó Sarah, casi sin aliento, y cogió del brazo a su compañera de asiento.

—¿Qué? Estamos en Irlanda, querida. Ya se lo he dicho: ha dormido todo el viaje.

Sarah experimentó aquella sensación de náuseas que tan familiar empezaba a resultarle. Un sudor frío luego, como si uno de esos caramelos que explotan le burbujeara en la sangre. Comenzó a recordar: la ovejita, el *whisky,* el logotipo de un trébol verde en el avión. ¿Y algo relacionado con un árbol?

—No estamos en Boston, ¿verdad?

—¿No lo recuerda, querida? Imagino que estaba usted un poquitín perjudicada. Creo que la azafata la dejó pasar simplemente para que se callase.

—Dios.

Sarah cerró los ojos y se esforzó por intentar abrir la cerradura que daba acceso a sus recuerdos perdidos. Se acordó de que había estado riendo sin parar, diciéndole «Buenos días nos dé Dios» a todo el mundo, pero eso era todo.

—¿Y cómo conseguí el billete? —se preguntó; sacudía la cabeza, sin conseguir recuperar más recuerdos.

—Me contó que estaba en lista de espera. E imagino que estarían encantados de poder llenar más asientos, ¿no? Ya ve que el vuelo va medio vacío.

La mujer estaba recogiendo su labor y disponiéndose a llevarse con ella toda información valiosa.

Sarah miró de nuevo por la ventanilla y lo único que alcanzó a ver fueron las luces borrosas del aeropuerto al otro lado de la cortina de lluvia. Aquello no era Logan International, eso estaba claro. Sacó el teléfono móvil del bolso, lo encendió y marcó rápidamente el número de Meghan.

—Lo siento mucho, Meghan —empezó diciendo, arrepentida.

—¡Y qué menos! Anoche, el pobre Greg estuvo horas esperándote en el aeropuerto. ¡El día de Navidad, Sarah! ¿Qué demonios te ha pasado? ¿Has recibido mis mensajes? ¿Vas a seguir con Jack?

El avión se detuvo por fin y los pasajeros empezaron a desabrocharse los cinturones y a abrir los compartimentos superiores. Sarah cerró la mano por encima del teléfono para bloquear el ruido.

—No, es que… —Sarah dudó. Sabía que lo mínimo que le debía a su hermana era una explicación, pero le daba vergüenza reconocer lo que había hecho—. No estoy en Nueva York —fue lo que logró decir finalmente.

—¡Bueno, pero tampoco estás en Boston! —le espetó Meghan.

Entretanto, la mujer de los gorritos se había incorporado ya a la cola de pasajeros que se disponía a abandonar el avión y levantó el pulgar para despedirse de Sarah y transmitirle su apoyo. Era evidente que tenía más fe en Sarah que Sarah en sí misma.

—Mira, Meghan, tenía que irme, de verdad. Creo que me iría bien estar sola una temporada, intentar solucionar las cosas en mi propio espacio. —Lo que acababa de decir sonaba bien, se convenció Sarah; parecía un plan coherente.

—Pues habría estado bien que hubieras pensado en todo eso antes de tenerme toda la Nochebuena preparándote la habitación, luego, medio día de Navidad llamando a la compañía aérea. ¿Cómo has podido ser tan desconsiderada? No es típico de ti —se quejó Meghan.

—Sí, tienes razón. Me lo merezco. Simplemente… actué por impulso. Ni siquiera sabía lo que estaba haciendo hasta que me subí al avión, me quedé dormida y…

—¿Así que te subiste a un avión? ¿Con qué destino?

—Oh… Bueno… Estoy en Irlanda. —La línea se quedó en silencio—. Si te hace sentir mejor, te diré que me parece que he llegado en pleno huracán —añadió; miraba una manga de viento que se mantenía obstinadamente en horizontal.

—Pero ¿qué estás haciendo, Sarah? —fue la réplica contenida de su hermana.

—Esto es solo una teoría, pero imagino que estoy inmersa en una crisis de mediana edad.

—No tiene ninguna gracia.

—En eso sí que no estoy de acuerdo. Es la primera cosa realmente divertida que me ha pasado en los últimos dos años. De hecho, es para morirse de risa. Acabo de llegar a un país del que no sé nada y donde no conozco a nadie, además es Navidad, por el amor de Dios. No tengo ni idea de adónde voy, ni de qué voy a hacer, de nada…

De pronto, Sarah se dio cuenta de que había una azafata de pie al lado de su asiento, sonriéndole débilmente. Sarah se levantó y vio que el avión estaba completamente vacío, excepto ella y la tripulación.

—Oye, Meghan, tengo que desembarcar. Te llamó en cuanto me haya instalado.

—¿Instalado dónde? —gritó Meghan, exasperada.

—En Irlanda, claro.

—¿Te refieres a que ni siquiera sabes en qué parte de Irlanda estás? —preguntó Meghan en tono agudo y acusador.

—Lo siento, se corta… —Desconectó entonces de la voz de su

hermana, que seguía diciéndole lo preocupados que estaban por ella. Al instante supo que había hecho lo correcto.

En la terminal, arrastró su solitaria maleta de color azul celeste por los pasillos. Había metido el resto de sus pertenencias en una furgoneta que seguramente estaría llegando a casa de Meghan a aquellas horas.

—¿Qué estoy haciendo? —murmuró.

El lugar se encontraba desierto, aparte de un par de hombres de aspecto cansado vestidos con chaquetas reflectantes que estaban de pie junto al mostrador de aduanas.

—¿Algo que declarar, señora? —preguntó el más alto con voz de barítono.

A Sarah no se le ocurrió que tuviese alguna cosa que declarar, excepto que ahora era oficialmente una sintecho, de modo que decidió mantener la boca cerrada. Cuando se abrieron las puertas de acceso al vestíbulo de llegadas, sintió la decepción como un puñetazo en el estómago. Aunque no esperaba que fueran a recibirla, la tristeza de saber que a nadie le importaba que estuviera o no allí seguía doliendo. «¿Qué tipo de bicho raro viaja sola al extranjero por Navidad?», se preguntó con amargura. Pero no le quedaba otro remedio que seguir adelante. Un hotelito agradable, un baño bien caliente y una cena reconfortante conseguirían que todo le pareciese mejor, se aseguró.

Una vez fuera, se peleó con el abrigo para abrochárselo contra el viento y se caló hasta las orejas su gorrito nuevo. Cruzó volando el aparcamiento y entró en la recepción del hotel del aeropuerto. Se sintió aliviada al ver que un señor alto, de aspecto distinguido y con una agilidad digna de Fred Astaire aparecía enseguida para darle la bienvenida.

—Bienvenida al Shannon Airport Hotel. ¿En qué puedo ayudarla? —le soltó, con una facilidad ensayada.

25

—Hola, Marcus —respondió Sarah, después de leer la chapa que el hombre llevaba prendida—. Necesito una habitación para esta noche, por favor, y si pudiera decirme también dónde puedo desayunar algo, sería estupendo.

—Ooooh —dijo el recepcionista, aspirando el aire entre los dientes—, por desgracia, no nos quedan habitaciones libres para esta noche, pero sí puedo ofrecerle una doble para mañana.

—Lo dirá en broma, ¿no? ¿Cómo pueden estar completos si esto parece una ciudad fantasma?

—Oh, no, no es que estemos completos, pero hemos tenido un pequeño problema de fontanería en dos de las plantas y nos hemos visto obligados a cerrar la mayoría de las habitaciones hasta que se solucione —explicó el recepcionista.

Sarah se derrumbó en una de las butacas tapizadas en cuero colocadas de cara a la zona de aparcamiento exterior. A pesar de haber dormido durante la práctica totalidad del vuelo, se sentía emocionalmente devastada. Emocionalmente devastada y con una resaca galopante.

—Normalmente no… —se interrumpió.

—Claro, es culpa de esta época del año, nos hace sentir a todos un poco raros, ¿verdad? —El hombre salió de detrás del mostrador de recepción e hizo una valoración rápida de la situación—: Venga, sígame.

—¿Qué? ¿Adónde?

Sin embargo, Marcus había empezado a cruzar el vestíbulo a grandes zancadas en dirección a una puerta identificada con un rótulo donde podía leerse «Comedor».

Una vez instalada en una mesa, delante de un plato con beicon, salchichas, huevos y pan de soda, Sarah pudo relajarse un poco. El recepcionista se le sumó después de llegar con una bandeja con una tetera y dos tazas.

—Marcus O'Brien, a su servicio —dijo, presentándose formalmente.

—Sarah Harper —replicó Sarah, tendiéndole la mano—. ¿Dónde está todo el mundo?

—Es Navidad y estamos en servicios mínimos —respondió Marcus mientras llenaba las tazas con un líquido negro como el alquitrán—. ¿Qué le trae por el Banner el día de San Esteban?

—¿El Banner? —repitió Sarah. ¿Y qué pasaba con San Esteban?, se preguntó, entendiendo que estaba empezando a vivir un choque cultural.

—Oh, no es más que una forma de denominar esta zona. ¡Arriba el Banner! —exclamó el hombre, agitando sus brazos larguiruchos—. No tiene importancia —añadió, al ver la cara que ponía Sarah de no entender nada.

—¿Me creería si le dijera que lo que me ha traído hasta aquí fue un artículo sobre un árbol de las hadas que leí en un periódico?

—El espino blanco, por supuesto. ¿Es usted periodista?

Estupendo, pensó Sarah. Aquel hombre la creía. Ya tenía su tapadera. Cualquier cosa siempre era mejor que la verdad.

—No exactamente. Todo esto está delicioso, por cierto. Nunca había comido algo así en casa —dijo Sarah, untando con mantequilla el pan de soda que, además, parecía estar curándole la resaca como por arte de magia.

—¡Si no podemos servir aquí un buen desayuno irlandés, apaga y vámonos! —Entonces, se excusó con una cortesía eficiente y se marchó para ocuparse de los asuntos del hotel; mientras circulaba entre las mesas, fue pasando el dedo por las superficies para comprobar si había algún rastro de polvo.

Sarah dedicó un momento a poner en orden sus pensamientos, que básicamente consistían en lo aliviada que se sentía por haberse cruzado en su camino con un hombre como Marcus. A veces, lo único que una necesitaba era que la cuidaran un poco, sobre todo después de haberse pasado la noche bebiendo *whisky* y de haber comprado un pasaje de avión con destino a Irlanda. Estaba empezando a pensar que, tal vez, su atrevida decisión no había sido tan mala idea. Pasaría un par de semanas disfrutando de unas vacaciones solo para ella, saborearía aquel país y su gente (si todo el mundo era como Marcus) y volvería a casa con las ideas claras.

—Está usted de suerte. —Marcus entró de nuevo en el comedor—. Le he encontrado el lugar perfecto para alojarse en el pueblo —anunció, y se frotó las manos.

—¿El pueblo? —Sarah se preguntó si se referiría al Village, el barrio de Nueva York, o a su versión irlandesa.

—Thornwood. Está solo a veinte minutos en coche. Es lo que en mi sector denominaríamos «un hogar lejos del hogar».

Sarah esbozó una sonrisa. Un hogar lejos del hogar era justo lo que necesitaba en aquel momento.

Después, mientras circulaban por un paisaje de muretes de piedra y campos verdes, Sarah no pudo evitar una sonrisilla al ver que Marcus se había puesto unos guantes de piel para conducir. Todo lo que hacía aquel hombre era de lo más pulcro y correcto.

—De verdad que no era necesario que me acompañara en coche. Podría haber pedido un taxi —dijo Sarah mientras trazaban una rotonda.

—No es ninguna molestia. A menudo les enviamos huéspedes cuando el hotel está completo. Es un pueblo pequeño, pero también un lugar popular entre los turistas, de modo que los tenemos entretenidos. ¿Y ha dicho usted que era de Boston? —preguntó Marcus, cambiando la marcha con tremenda facilidad.

—Sí, aunque llevo un par de años viviendo en Manhattan con mi... —Se interrumpió cuando su cabeza se llenó de repente de recuerdos—. Con mi marido, Jack.

Marcus O'Brien no había estado los últimos treinta y pico años de su vida trabajando como director de hotel para no aprender nada. Desvió elegantemente la conversación hacia aguas menos turbulentas y conversó con facilidad sobre todo tipo de temas. Sarah se quedó maravillada ante la capacidad de aquel hombre de mantener por sí solo una conversación entera sin necesidad de que ella aportara apenas nada.

Él no había exagerado con respecto a la distancia que los separaba de Thornwood, ni tampoco sobre el tamaño del pueblo. Después de que el coche cruzara un puente lleno de baches, Sarah comprobó con asombro que «el pueblo» era simplemente un grupo de casas, una tienda y un *pub,* con una pintoresca iglesia que dominaba el río. En lugar de postes de alumbrado, el pueblo estaba iluminado con farolas antiguas de hierro colado, decoradas para Navidad con lazos rojos. El lugar estaba perfectamente conservado y cuidado, con fachadas pintadas en colores vibrantes y jardineras rebosantes de plantas de hoja perenne.

—Tengo que reconocerlo, Marcus, es un pueblecito encantador —dijo Sarah por fin.

—Nos sentimos muy orgullosos de este lugar, la verdad. Formamos parte de la iniciativa TidyTowns, para mantener nuestros pueblos bonitos y cuidados, y el comité que se ocupa del tema funciona de maravilla —contestó Marcus.

—Deje que lo adivine, ¿es usted por casualidad el presidente? —preguntó Sarah, bromeando.

—El vicepresidente, y le tengo puesto el ojo al premio anual que conceden —dijo Marcus, dándose unos golpecitos en la nariz—. Ya hemos llegado —anunció cuando estuvieron delante de una bonita casa de piedra flanqueada por dos laureles adornados con lucecitas de Navidad—. No es un hotel, pero confío en que sea usted una persona de mentalidad abierta.

—Parece un lugar encantador. ¿Es un hostal?

—Oh, no, no se alojará aquí, no. El que vive aquí es el propietario —le explicó Marcus.

—¿El propietario?

En aquel lugar daba la impresión de que nada era directo. Tenías que ir de A hasta C para llegar a B, que probablemente tampoco era el lugar que estabas buscando.

—Sí, el señor Sweeney, que es el que alquila una casita que está al final de la calle, una verdadera joya —respondió Marcus, estudiando su reacción.

—Suena… muy… ¡auténtico! —observó Sarah y cruzó los dedos para que hubiera agua caliente.

—Oh, sí, lo es. Una casita repleta de detalles de sus orígenes.

Lo cual sonaba a un eufemismo de fría y húmeda, pero Sarah disimuló sus reservas.

Marcus insistió en acompañarla hasta la puerta, que estaba adornada con una corona preciosa. Detrás de la ventana se veía un árbol de Navidad con las luces encendidas, y Sarah confió en no estar molestando a aquella gente. De pronto, en la cristalera de colores del lateral de la puerta se perfiló la silueta de una persona y les abrió un hombre imponente de pelo canoso, con la cara colorada y una nariz importante.

—Marcus —dijo, tendiéndole la mano.

—Hola, Brian, ¿qué tal va todo? —preguntó Marcus, y antes de que al hombre le diera tiempo a responder, continuó hablando—: Todos sabemos lo bien que cuidas de nosotros, aunque te avisemos con poca antelación —dijo, tocándole el brazo a Sarah—. No te molestaré mucho, ¡no se trata de que se te llene esto de gente!

Mientras Sarah le estrechaba la mano al señor Sweeney, Marcus sacó la maleta del maletero e insistió en que ninguno de sus huéspedes cargaba jamás con el equipaje estando él presente.

—Estará bien, ¿verdad? —preguntó, como si se estuviera dirigiendo a un niño—. Sí, por supuesto que sí —continuó, respondiendo a su propia pregunta.

Y de forma casi repentina, la fuerza vital que personificaba Marcus desapareció calle abajo, dejando a Sarah y al hombre que acababan de presentarle sumidos en un silencio incómodo.

—Iré a buscar las llaves —dijo el señor Sweeney, que carecía por completo de la vitalidad de su coterráneo.

—Siento interrumpirle la Navidad.

—Tranquila, ya se ha acabado —replicó el señor Sweeney de manera muy práctica—. No está muy lejos, pero dudo que le apetezca arrastrar la maleta por una vieja callejuela.

Brian Sweeney era el polo opuesto de Marcus. Era un hombre tranquilo y pausado, que utilizaba con parquedad las palabras. Su carácter reservado hacía que cualquier intento de charla trivial se presentara como un auténtico reto.

Tomaron asiento en un todoterreno de aspecto decrépito y con restos de barro y estiércol apelmazados en los laterales. Tras unos inicios titubeantes, el motor accedió por fin a arrancar y emprendieron la marcha calle abajo, pasaron por delante de la iglesia y cruzaron de nuevo el puente bacheado. Al poco, la calle se bifurcaba y el hombre le indicó que girarían a la izquierda, por el camino más estrecho.

—¿Es de una sola dirección? —preguntó Sarah, lo que le valió una sentida carcajada por parte de su chófer.

No había ningún tipo de señal o indicación, sino simplemente una cresta de asfalto apenas visible que, con los años, había formado una especie de columna vertebral en la parte central de la calzada. Como un animal prehistórico, dormido por el momento.

—No lo dirá en serio, ¿cómo quiere que quepan dos coches en este camino?

—¡Es que no caben! Uno de los dos tiene que dar marcha atrás hasta llegar a una zona de estacionamiento o al acceso a un campo de cultivo —le explicó el señor Sweeney, asegurándole a Sarah que era una situación de lo más normal en la campiña.

La calefacción del vehículo expulsaba aire caliente a raudales y Sarah empezó a adormilarse y sentirse algo mareada. A pesar del sol, todo el entorno seguía brillando envuelto en un leve susurro de escarcha. A la izquierda había una extensa zona boscosa, y por encima de las coníferas asomaba la cumbre de una montaña.

—¿Qué es eso de allá arriba? —Sarah señaló la verde ladera.

—Cnoc na Sí —respondió el señor Sweeney—. Un lugar precioso para ir de excursión.

—¿*Canuck na Shee*? —repitió Sarah, intentando imitar los extraños sonidos gaélicos.

—Significa 'colina de las hadas' —tradujo el señor Sweeney.

—¿En serio?

—No la engaño. En gaélico, *Cnoc* significa 'colina' y *Sí*, 'hada'. ¿Se pensaba que no era más que algo que nos inventamos para los yanquis? —dijo.

El hombre le guiñó el ojo y Sarah se alegró de que se estuviese ablandando un poquito.

Después de una pequeña cuesta, el campo volvió a aparecer delante de ellos. El pequeño río que atravesaba el pueblo reapareció, abriendo casi el camino hacia una solitaria casita que se erigía con orgullo y dignidad en su propia parcela de tierra, limitada por un muro de piedra encalada. El señor Sweeney miró de reojo a Sarah para evaluar su reacción y detuvo el vehículo delante de una verja de color azul.

—Bienvenida a Butler's Cottage. Hemos renovado recientemente la cubierta de paja y, a pesar de lo que mucha gente piensa, las casas con cubierta de paja son muy cálidas —comentó.

Pero Sarah no necesitaba que la convencieran de nada. La casita parecía sacada de una postal. Era un edificio de una sola planta, pintado de blanco y con un tejado de paja pulcramente cuidado y rematado en formas festoneadas. Accedieron al jardín y recorrieron, con cuidado de no resbalar, el camino de acceso cubierto con un rompecabezas de losas heladas hasta llegar a una puerta de color azul celeste. Y mientras el señor Sweeney hacía girar la llave en la cerradura, Sarah se fijó en que la puerta parecía dividida en dos secciones.

—Sí, es una media puerta auténtica, lo que algunos conocen también como una puerta holandesa —le explicó el propietario, metiéndose en su papel de guía turístico—. Era una forma estupenda de dejar que se ventilase la casa sin que entraran además amigos de cuatro patas. —Al ver la cara que ponía Sarah, continuó con su explicación—: Antiguamente decían que si te apoyas sin hacer nada en una media puerta, estás pasando el tiempo; pero que si te apoyas en una puerta abierta, ¡estás perdiendo el tiempo!

Marcus tenía razón cuando le había comentado que la casa conservaba detalles de sus orígenes: era como retroceder en el tiempo.

—¿Cuándo fue construida?

—Hacia mediados del siglo XIX, probablemente. Mi hijo la compró en los noventa, pero seguimos llamándola Butler's Cottage. Es como la conoce todo el mundo por aquí. Los Butler construyeron la casa y trabajaron las tierras circundantes durante más de un siglo, de modo que siempre será la casa de los Butler. Es básicamente un solo espacio —prosiguió—, pero creo que para usted será suficiente.

El techo había sido retirado hasta dejar al descubierto las vigas, lo que otorgaba al lugar una agradable sensación de luminosidad y amplitud. Sarah se sintió aliviada al ver una cocina rústica, pequeña pero moderna, con un fregadero de porcelana encastrado y, en la pared opuesta, una gigantesca chimenea antigua flanqueada por dos acogedores silloncitos tapizados con tela de cuadros. Una ventana en miniatura con cuatro paneles ofrecía vistas al jardín de atrás. El lugar, sin duda, poseía encanto.

—Y aquí tenemos lo que llamamos la «habitación trasera» —continuó el señor Sweeney; abrió una puerta situada al lado de la chimenea, que daba acceso a una alcoba con una cama de matrimonio cubierta con una colcha hecha a mano de *patchwork*.

—¿Voy a poder permitirme esto? —preguntó Sarah, preocupada por el alcance de su presupuesto.

—Eso espero —rio el señor Sweeney, luego, al ver la expresión de Sarah, añadió—: Estamos en temporada baja y estoy seguro de que llegaremos a un acuerdo —le aseguró—. Aunque, claro, todo depende de cuánto tiempo quiera quedarse…

—Oh, quizá una semana o dos. He venido a averiguar cosas sobre mi árbol genealógico —repuso Sarah; se aferró al cliché.

—Muy bien, la dejo que se lo piense. Mi hijo ha traído antes algunos productos básicos, té y cosas por el estilo —explicó.

Y sin mucho más que añadir, se fue. La estela de silencio que dejó con su partida resultó casi sorprendente después de los sucesos del día.

—Hola, Butler's Cottage —murmuró Sarah mientras se

quitaba las botas y giraba sobre sí misma para contemplar su nuevo hogar.

No recordaba la última vez que había hecho algo tan impulsivo y única y exclusivamente para sí misma. Seguía esperando que el pánico se apoderase de ella en cualquier momento; en cambio, mientras observaba su nuevo entorno, solo sentía alegría.

«Quizá —pensó— esto es lo que se siente cuando sigues los impulsos de tu corazón».

Capítulo 3

Sarah se despertó en lo que parecía medianoche con una sensación espantosamente familiar. Notaba una fuerte presión en el pecho y náuseas de terror en el estómago. Era un ataque de pánico.

—Mierda —dijo en voz alta a la nada.

Solo había una manera de superarlo: levantándose y saliendo a que le diera el aire. La habitación estaba fría y, a pesar de que no quería abandonar el calor de la cama, la naturaleza la llamaba. Retiró la manta de lana de los pies de la cama y se cubrió con ella los hombros antes de permitirse entrar en contacto con la frialdad del suelo. Sin encender la luz, se levantó y fue directa al armario, golpeándose un dedo del pie.

—¡Mierda, mierda, mierda!

Le llevó unos momentos recordar dónde se encontraba y asimilar por qué todo estaba sumido en un silencio sepulcral. Estaba en un pueblo diminuto del oeste de Irlanda, no en su apartamento de Nueva York, donde el zumbido de la vida humana no se detenía nunca. Pensar que lo había superado era una estupidez, creer que había dejado la Gran Desgracia atrás, en los Estados Unidos. ¿Cómo iba a ser capaz de gestionar ahora sus ataques de pánico? A pesar de todas las pegas que le había puesto Jack, había empezado a salir a correr por las noches. Siempre que el pánico la atacaba, se calzaba sin pensarlo unas zapatillas deportivas, cogía el ascensor y salía del edificio. Y trotaba por las calles alumbradas con luces de neón hasta acabar con el temblor de las piernas, no sentir nada más y volver a casa agotada. Era lo único que le funcionaba. El hecho de que el agua de su botella estuviera mezclada con vodka era un detalle que se guardaba para sí misma.

Buscó a tientas el interruptor, miró el reloj y se quedó estupefacta al ver que no eran más que las ocho de la tarde. Debía de haber dormido todo el día. Por la mañana, se había metido bajo las sábanas en cuanto había dejado de oír el sonido del coche del señor Sweeney. «Solo para descansar un poco los ojos», recordaba haberse dicho.

Paseó de puntillas por el salón preguntándose cómo demonios podía la gente vivir con un frío semejante. Le tembló el cuerpo entero cuando su piel rozó el mármol gélido del inodoro. Por suerte, había papel higiénico, aunque un poco húmedo. El corazón seguía retumbándole en el pecho y sabía que tenía que salir a correr. Se lavó las manos y fue en busca de la maleta, que estaba exactamente en el mismo lugar donde la había dejado abandonada por la mañana. Se vistió como si estuvieran cronometrándola. Ponerse doble cantidad de todo era la mejor defensa contra el clima irlandés y consiguió vestirse con calcetines extra y prendas de punto adicionales antes de dirigirse hacia la puerta. Metió la mano en el bolso y palpó las suaves curvas de la botella de *whisky*. Cuando la sacó, vio que apenas quedaba un tercio de su contenido. Confiaba en que en la pequeña tienda del pueblo vendieran alcohol. Introdujo los pies en las botas y al emerger al aire de última hora de la tarde vio que estaba oscuro como boca del lobo. Desde la puerta, ni siquiera alcanzaba a ver el camino. Con respiración superficial y entrecortada, volvió sobre sus pasos, encendió la luz de la cocina y revolvió los cajones en busca de una linterna. Después de esparcir por el suelo varios utensilios de cocina, la embargó una enorme sensación de alivio cuando localizó una linterna naranja de tamaño industrial.

El ambiente era tan gélido que ahuyentó cualquier rastro de somnolencia que pudiera quedarle. A lo lejos, un perro ladraba de vez en cuando, aunque, aparte de eso, el único sonido era el agradable gorgoteo del río trazando su recorrido invisible entre los campos. Había luna en algún lado, pero estaba escondida bajo un grueso manto de nubes. Sarah enfocó la linterna hacia la estrecha franja de hierba que crecía en medio del camino. Correr por allí era imposible; sin embargo, caminar rápido sería suficiente para convencer a su reflejo de lucha o huida de que estaba huyendo.

Miró hacia el frente y vio alguna que otra luz a lo lejos, de una casa o de algún cobertizo, imaginó. Bebió con avidez de la botella y dejó que el *whisky* amargo le calentara las entrañas. El líquido inundó su torrente sanguíneo y le produjo una sensación instantánea de desapego y algo similar al alivio. Justo en aquel momento, la linterna empezó a fallar, parpadeó y murió por completo, junto con cualquier esperanza de llegar hasta el pueblo.

—¡Mierda! —exclamó.

Le dio unos golpecitos contra la palma de la mano y se volvió para intentar calcular cuánto se había alejado de la casa. No era mucho, y probablemente habría tenido más sentido dar media vuelta, pero necesitaba seguir en movimiento. Sus ojos se estaban acostumbrando a la oscuridad; además, ¿qué era lo peor que podía pasarle? Justo cuando empezaba a avanzar de nuevo, vislumbró algo a lo lejos, una forma a un lado del camino. Siguió adelante, aparentando una confianza tranquila que parecía más bien una seria determinación.

Estaba muy oscuro y la figura del camino era también oscura. De hecho, parecía alguien vestido con una capa con capucha. Intentó no pensar en todas las películas de terror que había visto.

Su instinto le decía que echara a correr, aunque mantuvo la calma, pues correr en plena oscuridad no era una alternativa muy sabia. «Seguramente no es nada, solo sombras», se dijo.

Sus esperanzas de que estaba imaginándose cosas se esfumaron a medida que fue acercándose. Era una figura negra al lado de una pared de piedra, una figura negra viva y en movimiento. Sarah contuvo la respiración, quizá incluso rezó una oración breve, y finalmente llegó hasta aquello. De pronto, se materializó delante de ella una cabeza grande con orejas muy largas y un hocico casi blanco que empezó a rebuznar con todas sus fuerzas. El sonido casi acaba con ella; se llevó la mano al pecho y se sujetó en las zarzas que tenía detrás para no caerse.

—¡Dios! —le gritó Sarah al burro, que parecía igualmente turbado por su presencia—. ¡Has estado a punto de provocarme un infarto, que lo sepas! —le dijo, aliviada.

Un ojo enorme y vidrioso se enfocó hacia Sarah cuando empezó a acariciar el cuello peludo del animal.

—¿Qué haces aquí? —le preguntó, y añadió rápidamente—: ¿Qué hago hablándole a un burro?

Pero, de una forma extraña, resultaba reconfortante. La hacía sentirse menos sola. Menos tonta por estar allí, al menos.

Entonces, como si quisiera decir que el encuentro había acabado, el burro dio media vuelta lentamente y se marchó vete tú a saber dónde.

—¡Pues vale, adiós! —le gritó Sarah, a modo de despedida.

El latido de su corazón recuperó por fin algo similar a un ritmo normal. Le resultaba extrañamente satisfactorio haberse asustado por algo real en vez de por los miedos que habitaban en su cabeza.

Sarah apoyó el peso de su cuerpo contra la pared que tenía detrás para recuperar el aliento. Pero, como una lenta avalancha, las piedras que tenía debajo empezaron a moverse y desmoronarse hasta que se encontró tumbada de espaldas en el suelo.

—¡Estupendo! ¡Maravilloso! —dijo, preguntándose qué más podía salirle mal. Un ligero manto de nieve comenzó a caer y a girar en espiral a su alrededor—. Feliz Navidad —murmuró.

La luna invernal comenzó a apartar las nubes de su cara para ponerlas a lo largo de su cuerpo, como las trenzas de una musa prerrafaelita. De pronto, el suelo quedó iluminado y entre la hierba empapada vislumbró un pequeño objeto de forma circular. Un nido, inteligentemente camuflado con hojas secas. Con cautela, extendió la mano y lo cogió con delicadeza. Un nido vacío, hermosamente intrincado, confeccionado con sumo cuidado y ahora abandonado. Los efectos del *whisky* se evaporaron de golpe. El mundo se paralizó cuando Sarah cogió entre sus manos aquel pequeño hogar construido con ramitas, musgo y lleno de telarañas. Un símbolo de todo lo que había perdido. Algo dentro de ella amenazaba con romperse. Levantó la vista y vio por encima de su cabeza las ramas de un árbol de gran tamaño. Lo estudió con atención y la luz de la luna destacó una sombra oscura sobre la corteza áspera y nudosa del tronco. La noche vibraba con una energía embriagadora, impredecible incluso. Su vida en Nueva York había quedado reducida a un conjunto de reglas y costumbres que creía que la mantendrían a salvo, o cuerda, al menos. Pero a veces, aferrarse con tanta fuerza a una rutina era como agarrarse a un bote salvavidas a la espera de ser rescatada. No había nunca un final o un punto en el que pudieras decir «Muy bien, estoy a salvo». Sin embargo, en Thornwood, ese tipo de reglas no existían.

Tras incorporarse, se acercó al árbol, notó la hierba crecida y mojada bajo sus pies. Lo vio entonces con claridad: un orificio grande en el tronco. Se le ocurrió que podría enterrar el nido en aquel hueco. Le parecía lo correcto. Pero en aquel momento, con el nido en una mano y la botella de *whisky* en la otra, dejó que su instinto tomara la decisión. Si tenía que enterrar alguna cosa, que fuera el alcohol. Cuando la botella impactó contra el fondo del árbol, se escuchó un sonido metálico, no el ruido sordo que cabría esperar. Había chocado con algo que no era madera. Sonaba como a hojalata, y bien podría ser que fuera una lata de cerveza vacía, pero el sonido había sido más fuerte. La curiosidad pudo finalmente con ella.

Cinco minutos más tarde, Sarah estaba arrodillada en el suelo y con el brazo introducido hasta la axila en el orificio del árbol. Con la mejilla presionada contra la áspera corteza, acabó pescando tres vasos de poliestireno, una cajetilla de tabaco vacía y dos latas de refresco. Había palpado también los bordes de lo que a buen seguro era una caja cuadrada de hojalata, aunque la sola fuerza de las puntas de los dedos no lograba extraerla de allí. Parecía estar clavada en el fondo y tendría que buscar algún utensilio rudimentario para hacer palanca y sacarla. Tenía las fosas nasales impregnadas de olor a tierra húmeda y las puntas de los dedos prácticamente entumecidas. Palpó el suelo a su alrededor, localizó una rama y la partió para conseguir un trozo con la longitud suficiente y la punta afilada. Una voz (que sonaba sospechosamente similar a la de Meghan) insistía en que lo dejase correr, le decía que volviese a casa y encendiese la chimenea para no pillar una neumonía. Sin embargo, la curiosidad podía con ella y la obligaba a continuar. A saber qué encontraría allí dentro. Tal vez se tratase de un objeto trivial; no obstante, existía la posibilidad de que fuese algo… significativo. Quizá su imaginación se estaba desbocando, pero ¿y si haber descubierto aquel nido fuese una señal? La señal de que debía encontrar lo que quiera que fuese que estuviera escondido en aquel viejo árbol nudoso. Palpó con la punta de los dedos el perfil de la caja, clavó la rama en la posición adecuada e hizo palanca con fuerza en el pequeño espacio, rezando para que su improvisado utensilio no se partiera. Notó que cedía un poco y, acto seguido, escuchó el sonido triunfante de la caja de hojalata liberándose de la sujeción del suelo.

—¡Sí! —exclamó Sarah, y se felicitó por su tenacidad.

Con la punta de los dedos, consiguió maniobrar la caja para colocarla de lado y poder agarrarla bien. Estaba muy clavada en la tierra y tuvo que moverla hacia arriba y hacia abajo, hacia un lado y hacia el otro, para poder sacarla. Finalmente, extrajo la caja del hueco del árbol y la sujetó con firmeza entre las manos. La sacudió un poco y notó que contenía algo. Reprimiendo las ansias de abrirla allí mismo, se la colocó bajo el brazo y emprendió el camino de regreso hacia la casita, con la luz de la luna indicándole el camino.

Después de una lenta negociación con la media puerta, Sarah depositó su tesoro sobre el aparador de madera ocupado ya con tazas y platos de distintos colores y tamaños. Después de encender con éxito el fuego, con los troncos que el hijo del señor Sweeney había dejado apilados en una cesta de mimbre junto a la chimenea, cogió la caja. Se hallaba excepcionalmente limpia, salvo por un matiz verdoso que cubría los bordes. El hueco del árbol había ayudado a que se conservase muy bien, aunque era imposible saber cuánto tiempo llevaría allí metida. La parte frontal estaba decorada con un dibujo que emulaba una tela de tartán, aunque no había ninguna inscripción ni ninguna marca. Sentada en la alfombra, delante de la chimenea, Sarah tiró con fuerza de la tapa; al abrirse, concedió a sus ojos un momento para que asimilasen lo que estaban viendo. Parecía un trozo de encaje, pero por debajo se veía algo de color rojo. Lo sacó con cuidado y, al hacerlo, el encaje se desplegó para dejar al descubierto los restos, rotos y de lamentable aspecto, de lo que debió de ser una preciosa prenda confeccionada con hilo de oro. En su interior había un libro y, descansando encima de él, un sobre de color crema con ribete azul marino. Abrió en primer lugar el sobre y se quedó aturdida al ver que contenía un deteriorado pasaje de la naviera Cunard Line para un viaje trasatlántico de Queenstown a Nueva York. Buscó la fecha en el documento. Era de 1911. Sarah no podía creer lo que veían sus ojos. Y mientras le daba vueltas y más vueltas entre sus manos, su cabeza empezó a inundarse de preguntas, siendo entre todas ellas la más destacada la de por qué no habría sido utilizado aquel pasaje. Lo dejó en la alfombra y volcó la atención en el libro con cubiertas de cuero rojo. ¿Encontraría las respuestas en su interior? Lo abrió y leyó la portada, escrita con una amplia caligrafía:

El diario de Anna Butler
Diario de Anna
Día de San Esteban, 1910

La luna invernal me mantiene despierta esta noche, pero no me importa, pues ahora tengo un lugar donde guardar mis pensamientos. El día de Navidad fue un auténtico regalo (igual que lo fue recibir este diario), y aunque fue justo ayer, parece que hayan transcurrido muchas semanas. ¡Pero ya me estoy adelantando! Todo empezó de la manera habitual para mí, en la sala de ordeño, con Betsy. No sé si a Betsy le preocupan mucho nuestras festividades, pero le deseé igualmente feliz Navidad mientras me calentaba bien las manos antes de ordeñarla. Este ha sido nuestro ritual matutino durante años, y a pesar de lo mucho que me emociono cantando villancicos, el calor terrenal de Betsy y su respiración regular aportaron a mi corazón una calma maravillosa. Descansé la cabeza contra su vientre terso y abultado, y a punto estuve de quedarme así dormida de no ser porque me espabiló el sonido de sus pezuñas moviéndose sobre el suelo de la sala. Por la noche apenas había pegado ojo, de excitada que estaba después de haber adornado la casa con decoraciones de acebo y hiedra y haber encendido la vela de Navidad. Con dieciocho años que tengo ya, muchos dirían que soy demasiado mayor para ponerme así, pero mis padres siempre consiguen que sea una festividad especial para todos nosotros. Es mi época favorita del año; la comida, las visitas y la alegría. Todo el mundo está contento y hay una sensación de magia en el ambiente. Le di unas palmaditas suaves a Betsy en los cuartos traseros para darle a entender que había hecho un trabajo estupendo. Y al levantar el balde, dejé caer un poco de leche en el suelo. «Esto es para la Gente Buena», dije, siguiendo la costumbre, y salí para cruzar a paso rápido el patio y regresar al calor de la casa.

Nuestra casa se asienta tan pulcramente en su entorno que mi padre solía decir que brotó del suelo. En la parte posterior de la vivienda, el terreno asciende levemente y proporciona, de este modo, una barrera que nos protege del viento del norte, mientras que los setos bordean el sendero que lleva hasta el camino principal y nos esconden de la vista de todo el mundo. La casa era un hervidero de actividad con los preparativos del gran día que teníamos por delante. El fuego chisporroteaba e inundaba la sala con la fragancia de las piñas, que guardábamos amontonadas junto a la chimenea. Mi madre me cogió el cubo de la leche y, con la ayuda de un cucharón, retiró la primera capa de nata con la que preparar una cacerola de deliciosas gachas. Tomé asiento en la mesa junto con mis hermanos, Patrick, Thomas y el pequeño Billy. Nos apresuramos a enseñarnos lo que nos había traído Papá Noel y, orgullosa como un pavo real, les mostré a todos mi nuevo diario.

Después de vestirnos con nuestras mejores galas para ir a la iglesia, nos sumergimos en la expectante oscuridad y emprendimos el recorrido de cinco kilómetros a pie para asistir a misa de ocho. Había luna llena y era fácil seguir el camino. Billy, el más pequeño, nos mantuvo animados cantando todos los villancicos que se sabía de memoria. Y algunos que no se sabía muy bien, pero lo ayudamos sumándonos a él hasta convertirnos en una jubilosa banda de feligreses. Papá y mamá se habían quedado un poco atrás y caminaban cogidos del brazo, satisfechos con su feliz familia.

«Joe —oí que decía mi madre en voz baja—, este año has gastado demasiado en regalos». A lo que mi padre replicó: «¡Calla, Kitty, espera a ver tu regalo y estarás encantada de que haya gastado esa cantidad!». Mi madre respondió dándole un codazo en las costillas, sonriendo aun a su pesar, y eso fue todo. Mientras nuestra pequeña *troupe* avanzaba por el valle, empezaron a aparecer luces en la oscuridad: el paisaje despertaba a la mañana de Navidad y la gente encendía sus velas en las ventanas. Como un collar de centelleantes perlas extendido en el horizonte, las casas de nuestros vecinos fueron alumbrándonos el camino hasta el pueblo y varios rezagados se sumaron a nosotros en la excursión hasta la iglesia. Vecinos, amigos y parientes se reunieron en los pasillos, donde todos nos maravillamos ante la elegancia de los demás y también de la iglesia, engalanada con acebo verde y abundantes bayas colgadas de las vigas. La emoción de estar todos reunidos en un día tan especial amenazaba con sofocar la misa del padre Peter, pero, en cuanto sonaron las campanas de la iglesia y la gente mayor tomó asiento, todos alzamos la voz para entonar *Hark the herald angels* y las conversaciones se apaciguaron.

El sol empezaba a levantarse por encima de Cnoc na Sí al salir de la iglesia, aunque la escarcha continuaba adherida al suelo como un manto de polvo mágico. Una vez fuera, las charlas se reiniciaron, con los hombres congregados a un lado para hablar sobre los precios de la leche y qué vaca había parido, y las mujeres al otro. Me aparté de la muchedumbre y observé el camino hacia Thornwood House. La familia Hawley, claro, acudía a otra iglesia, por lo que no había posibilidad de ver a los gemelos ni a su padre. Lo único que alcanzaba a vislumbrar era el tejado puntiagudo de la casa y las altas chimeneas, oscuras y poco acogedoras a la sombra del sol naciente. De vuelta a casa, me pregunté cómo debía de ser la Navidad en aquel caserón majestuoso y estiré el cuello para poder vislumbrar el largo camino de acceso y lo que había más allá de los gigantescos álamos que custodiaban la entrada, pero no vi señales de vida. Dos enormes guirnaldas de hiedra adornadas con lazos rojos colgaban formalmente de las verjas de hierro; por alguna razón, desprendían cierta sensación de tristeza y estaban carentes de espíritu festivo. Entonces, la quietud del ambiente invernal se alteró de repente y todos nos volvimos a la vez al oír el sonido de cascos de caballo y de ruedas de algún vehículo acercándose por el camino. En el último momento, vi a George Hawley en su carruaje, vestido como un caballero, con un abrigo muy elegante, guantes de piel y sombrero de fieltro. El corazón se me aceleró al avistarlo, e incluso los vecinos que nos acompañaban alteraron el paso y la postura al ver que se aproximaba.

—¡Feliz Navidad! —exclamó, con un acento muy culto, cuando uno de sus criados le abrió la verja.

—Buenos días tenga usted, señor —fue la respetuosa respuesta.

La gente del lugar no siente un gran afecto por la familia Hawley; sin embargo, al ser los terratenientes más importantes de la zona, su posición se respeta a regañadientes. No obstante, a pesar de su ascendencia angloirlandesa, que lo sitúa más allá del alcance de la gente corriente, todas las jóvenes con ojos en la cara beben los vientos por George Hawley. Su abundante pelo rubio peinado con una onda perfecta en las sienes y sus facciones marcadas nos tienen a todas mirándolo de reojo, sea o no protestante. Me entretuve un poco para intentar captar su atención, segura de que me recordaría del verano anterior. Lo habían enviado a Inglaterra todo el año, para estudiar en la universidad, y lo más probable era que ni siquiera hubiera vuelto a pensar en Thornwood.

Por desgracia, el carruaje se alejó a toda velocidad por el camino. Y él no me vio. Intenté dejar de lado mi decepción, puesto que no tenía sentido anhelar algo que nunca podrás tener. En casa, mi madre y yo continuamos con los preparativos del gran banquete. El ganso estaba asándose de maravilla y el aroma de su grasa impregnaba el ambiente. Comimos, bebimos, cantamos y jugamos, pero, igual que había empezado el día, mi jornada acabó con Betsy en la sala de ordeño, con mi mano firme contra su cuerpo y su aliento caliente adormilándome.

Por la mañana, sin embargo, fue el repiqueteo de tambores y unas voces discordantes lo que me despertó de mi pacífico sueño. Había vuelto a meterme en la cama después de ir a ordeñar a Betsy, lo cual es un placer excepcional en nuestra casa, algo que solo se tolera en ocasiones especiales. Me había sumido en un sueño profundo y libre de pesadillas y, de entrada, no conseguí encontrarles el sentido a aquellos sonidos. Pero, en cuanto logré arrancarme de los brazos del sueño, empecé a entenderlos.

—¡Arriba la olla, abajo el cazo, dadnos un penique para enterrar el reyezuelo!*

—¡Los chicos del reyezuelo! —grité.

Pataleé con fuerza sobre el entarimado para despertar a los chicos, que duermen en la habitación de abajo. Me incorporé corriendo, me puse la falda de lana por encima del camisón, me eché el chal por los hombros y, con tantas prisas, me golpeé un dedo del pie con la cama. Mi padre, claro, ya estaba levantado y había puesto la tetera a hervir en el fuego. La casa, adornada aún con acebo y hiedra, olía como un bosque cálido y acogedor y albergaba la promesa de una buena comida con las sobras del ganso del día anterior.

—Mejor que les demos unas monedas, Anna, antes de que nos dejen sordos —dijo mi padre con voz ronca, aunque la chispa de diablura de sus ojos traicionaba su tono.

Abrí la puerta y me encontré con un ruidoso grupo de muchachos del pueblo vestidos con un atuendo de lo más escandaloso. Me costó reconocerlos, a pesar de que seguramente comparto aula con más de la mitad de ellos. Nuestra escuela tiene una única aula y un solo profesor, en consecuencia, aprendemos todos juntos, sin importar nuestra edad. Los chicos llevaban la cara pintada de negro y se escondían detrás de sombreros poco elegantes adornados con plumas y cintas. Sus trajes, cosidos a toda prisa con retales de

---

* El Día del Reyezuelo se celebra en Irlanda el 26 de diciembre, San Esteban. Según la tradición, los jóvenes cazaban un reyezuelo para traer buena suerte para el Año Nuevo. Disfrazados de vivos colores, lo paseaban atado a un palo e iban disfrazados por las casas pidiendo dinero para su entierro. La historia cuenta que fueron los trinos de un reyezuelo los que delataron el escondite de san Esteban cuando era perseguido por los soldados. La canción original dice: «Up with the kettle and down with the pan, give us a penny to bury the wren!». (N. de la T.)

calicó pintados de vivos colores, les daban el aspecto de bufones de poca monta. Dos de ellos golpeaban un tambor *bodhran* con un palo; uno tenía incluso un viejo violín, aunque no se había tomado la molestia de aprender a tocarlo con un mínimo de afinación. En conjunto, eran un derroche de diversión, ruido y color, y sería imposible imaginarse una mañana de San Esteban sin ellos.

—¿Dónde está el reyezuelo? —preguntó Billy, mi hermano pequeño, desde debajo de mi brazo.

Su pelo suave de niño le cae siempre a los ojos y me dio la excusa perfecta para alborotárselo y peinárselo luego hacia atrás con los dedos.

—Allá arriba —respondió uno de los chicos; señaló a uno de sus compañeros, que sujetaba un palo con una cajita balanceándose en su extremo.

—¿Y cómo sé que de verdad está ahí? —insistió Billy, siempre tan curioso.

—Tienes toda la razón, Billy —dijo la voz de mi padre detrás de nosotros—. ¿Cómo sabemos que habéis conseguido atrapar de verdad al reyezuelo?

—Oh, está aquí dentro, en serio se lo digo, señor Butler —declaró el muchacho que sujetaba el palo.

—No irás a mentir ahora, ¿verdad, Seamie Gallagher? —preguntó mi padre, momento en el cual Seamie se caló el sombrero para cubrirse mejor la cara, y todos nos echamos a reír.

Me supo mal por ellos en ese momento, porque yo sé de sobra que en la caja solo hay musgo y hojas. Aunque ese no era el caso. Lo importante es la tradición, de manera que me acerqué al que llevaba la alcancía y deposité una moneda de seis peniques.

—Gracias, Anna —dijo él, guiñándome el ojo; al instante lo reconocí como Eoin, el hijo de Nelly, de correos.

—¡Anda, marchaos, y gastadlo con cabeza! —les gritó mi padre al empezar de nuevo con su cancioncilla desafinada.

Justo acababa de cerrar la puerta, cuando mis dos hermanos mayores, Patrick y Thomas, casi me tiran al suelo.

—¡Esperad, chicos, vamos con vosotros! —gritaban.

Se habían puesto dos sacos viejos con agujeros para pasar los brazos y se los habían sujetado al cuerpo con un cinturón. Se habían pintado la cara con betún. Apenas los reconocí cuando salieron al patio de delante como dos locos para sumarse al grupillo de bufones. No pude evitar reír para mis adentros al verlos enfilar el camino para ir a recaudar dinero para el Baile de los Enmascarados, un nombre bastante grandilocuente para lo que en realidad es poco más que una ronda de bebidas gratis en la taberna del pueblo.

Esa fue la primera vez que lo vi, al americano. Se adivinaba, incluso por su forma de andar, que no era del pueblo. De figura alta y delgada, iba vestido con un traje de *tweed,* con el pantalón metido en los calcetines. Llevaba una bolsa de piel colgada en bandolera y caminaba con la cabeza erguida, abierto a la aventura. Por alguna razón, me pareció un hombre que caza mariposas y pensé que lo único que le faltaba era una red. Iba empujando su bicicleta y se había cruzado con los muchachos del reyezuelo, que se pararon a hablar con él de algo que no alcancé a oír. Vi que Paddy, mi hermano mayor, señalaba nuestra casa y que el hombre hacía un gesto de asentimiento y le estrechaba la mano. Para mi enorme sorpresa, el hombre enfiló nuestro camino de acceso; al descubrirme en la puerta, levantó la mano en un entusiasta saludo. Sé que debería haber entrado corriendo en casa, haberme peinado un poco el pelo rebelde y haberme calzado, pero me quedé allí quieta, traspuesta.

—¡Buenos días, señorita! —saludó el hombre, peleándose para

hacer avanzar la bicicleta con una rueda pinchada por el camino de acceso a nuestra casa, que estaba lleno de baches.

—Buenos días —repliqué—, y feliz día de San Esteban.

—Oh, sí, por supuesto. Acabo de ver a los Enmascarados. —Señaló el camino por donde avanzaban despacio los chicos del reyezuelo—. Una tradición fascinante —observó, con un marcado acento norteamericano. Alargaba las vocales y, dijera lo que dijera, parecía feliz.

Apoyó la bicicleta contra el frontal de la casa, se quitó un guante y se presentó formalmente:

—¿Qué tal está usted, señorita? Me llamo Harold, Harold Griffin-Krauss.

No había oído jamás aquella palabreja, pero intuí que el segundo apellido no era americano.

—¿Es usted alemán? —pregunté, antes de ofrecerle mi mano.

—¡No! Bueno, en cierto sentido, sí. Mi padre nació en Alemania, pero yo soy norteamericano. De California… No sé si habrá oído hablar de…

—Por supuesto que he oído hablar de ese lugar —dije, poniéndome un poco a la defensiva.

Me encanta la geografía, tanto en la escuela como en una casa llena de chicos. Siempre me sirve para demostrar mi inteligencia.

El hombre se quedó con la mano suspendida en el aire, y me di cuenta de que estaba siendo maleducada.

—Anna Butler —dije por fin, estrechándole con entusiasmo la mano.

—Encantado de conocerla, señorita Butler —contestó, y me sostuvo la mirada de una manera que no era arrogante, sino interesada.

No tenía nada que ver con los otros jóvenes de por aquí. Para empezar, no era un muchacho, aunque tampoco del todo un hombre. Era bien educado, lo cual se intuía por su forma de construir las frases, aunque era su facilidad para conversar con una perfecta desconocida lo que lo hacía destacar. Su sonrisa era amplia y corría el peligro de invadirle las mejillas, pero cada vez que sonreía, bajaba la vista. Era una sonrisa que escondía cierta timidez; algo que hablaba de la criatura tímida que acechaba también detrás de mi sonrisa.

—Tienen ustedes una vista magnífica. —Se volvió para contemplar los campos y las colinas del fondo.

Me costó no echarme a reír. Nadie en nuestro pueblo tenía ni el tiempo ni la predisposición para hablar sobre las «vistas», aunque respondí con un cortés gesto de asentimiento. Tenía ojos pensativos, no exactamente azules, sino más bien de un color grisáceo. Parecían contener una curiosidad amable, a diferencia de cuando el maestro venía de visita a casa, dándose ínfulas y haciéndose el elegante, y miraba este lugar con evidente desprecio.

Nos quedamos así un instante, él contemplando el horizonte y yo observando libremente a aquel desconocido misterioso. El silencio compartido se vio interrumpido por la voz de mi padre, que gritó «¿Quién es?» desde la cocina. Yo no sabía qué responderle, de modo que me limité a responder «Un americano».

El señor Krauss sonrió con mi respuesta y yo también. Luego nos quedamos los dos en el umbral a la espera de que saliera mi padre.

Capítulo 4

—Debo disculparme por la intrusión —se dirigió el señor Krauss a mi padre de forma poética—, pero me temo que he sufrido no solo un pinchazo, sino dos, y los Enmascarados me han dicho que quizá usted podría ayudarme.

—Veamos qué podemos hacer por usted —replicó mi padre, pasando por mi lado para estrecharle la mano al señor Krauss a la vez que me lanzaba una mirada—. ¿Y tú qué haces, dejando que este hombre se quede aquí fuera muerto de frío? ¿Lo invitas a tomar un té mientras le reparo las ruedas?

—Oh, sí, por supuesto. Pase, señor Krauss —dije, algo cohibida y recogiéndome el pelo detrás de las orejas.

—Agradezco el ofrecimiento, señorita Butler, pero antes me gustaría ayudar a su padre a reparar la bicicleta, si no le importa.

Estaba impresionada con sus buenas maneras. Mi madre siempre decía que la valía de un hombre se deja entrever en sus modales. Tal vez fuera por eso por lo que sus padres siempre se habían mostrado tan contrarios a su matrimonio con mi padre. Aunque ella nunca sacaba el tema a relucir, habíamos sabido que la familia de mi madre era gente de dinero. Dublinesa de nacimiento, su padre es un hombre respetado que regenta una tienda de telas de su propiedad. Al parecer, cuando mi madre anunció que se casaba con un granjero, que además no tenía estudios y se iba a vivir al oeste de Irlanda, se produjo un auténtico escándalo.

Los dos hombres desaparecieron hacia la parte posterior de la casa en dirección al cobertizo. Cuando entré corriendo en la cocina, mi madre salía de su habitación con su taza de té para dejarla en la pila. Mi padre, pájaro madrugador, siempre le lleva a mi madre el té de la mañana a la cama en su taza de porcelana favorita. Y mi madre, que es más bien ave nocturna, siempre se asegura de que la tetera esté limpia y lista para él.

—Buenos días, mamá —dije al verla, y corrí a darle un beso en la mejilla.

—¿Qué haces tan excitada de buena mañana, Anna? —me preguntó, al verme tan despeinada.

—Te has perdido los chicos del reyezuelo —respondí; recordé de pronto por qué me había levantado con tantas prisas—. Además, corre por aquí un americano —añadí, y me puse a limpiar la tetera.

—¿Un americano? —repitió mi madre, como si hubiera más probabilidades de recibir la visita del arcángel Gabriel que la de un americano.

—Ha tenido un pinchazo con la bicicleta. Papá está con él en el cobertizo, ayudándolo a repararla.

—Ah. ¿Y qué hace un americano en Thornwood?

—Ni idea. Normal. No he hablado con él —dije, un poco para tantearla—. Pero luego entrará para tomar un té y entonces, si quieres, podrías preguntárselo.

Estaba tan ansiosa como mi madre por averiguar qué estaba haciendo el americano en Thornwood, aunque me conformé con dejar que ella tomara las riendas de la investigación.

Cuando los hombres entraron en casa una vez terminado su trabajo, con las mangas de la camisa arremangadas hasta los codos, corté varias porciones de pastel de frutas. Llevamos alimentándolo con un buen brandi desde noviembre, en consecuencia estaba bastante potente. El pastel, oscuro y de sabor intenso, contenía en su interior carnosas cerezas de color rubí que parecían piedras preciosas y también pasas de color ambarino, que se derramaron sobre los preciosos platos de porcelana que reservábamos para las ocasiones especiales.

Mi padre entró anunciando:

—Tenemos un académico en casa, Kitty.

Billy apareció detrás de los dos hombres.

Cogí la bandeja del té y el pastel de la despensa y, de camino, le recordé a Billy que se lavase la cara y las manos.

—Gracias, señora Butler, le agradezco mucho su amable hospitalidad —le dijo educadamente el señor Krauss a mi madre; a continuación, elogió con generosidad a mi padre por haberlo ayudado a reparar la bicicleta.

Sentado en el sillón junto a la chimenea, con su vestimenta elegante y su acento culto, era como si el presidente estuviera de visita en casa, y todos intentáramos comportarnos como mejor supiéramos. Nunca había visto un americano y creo que mis padres tampoco. Sin embargo, disimulamos tanto como pudimos nuestra fascinación ante su improvisada llegada a la puerta de nuestra casa. Vi que le gustaba mi pastel, exactamente el mismo pastel que mi amiga Tess había horneado tres veces en busca de un marido.

—Está delicioso. —Las palabras apenas habían salido de su boca cuando mi madre le depositó otra gruesa porción de pastel en el plato.

—¿Y qué le trae por Thornwood, señor…?

—Krauss, Griffin-Krauss. Mi madre nació en Irlanda —dijo.

—¿Ah, sí? ¿De Clare? —preguntó mi madre, fascinada.

—No, de hecho, era de Sligo —respondió el señor Krauss, saboreando el jugoso pastel—. Murió siendo yo muy pequeño.

—Que el Señor tenga piedad de la pobre mujer —dijo mi madre, y todos nos santiguamos.

—¿Y qué hace entonces por aquí? —preguntó mi padre, ganándose con ello una mirada por parte de mi madre—. ¿Qué? Solo quería decir que, si está buscando familiares, se encuentra quizá demasiado al sur —añadió.

—No creo que un académico fuera a cometer un error así —dijo mi madre, y mientras mis padres discutían sobre el tema, el señor Krauss me miró, sonrió y se encogió de hombros.

—¿Un académico de qué especialidad, si me permite la pregunta? —Mi madre estaba decidida a conocer la totalidad de la historia.

—Antropología. Inicié mis estudios en mi país, en California, pero actualmente estoy en Oxford.

—¿Oxford? —repitió mi madre, tocándose la mejilla.

Billy aprovechó la conversación para servirse una porción enorme de pastel de Navidad.

—Estoy viajando por toda Irlanda como parte de mi tesis —explicó el señor Krauss, adelantándose en su asiento—. Podría decirse que soy un coleccionista de historias.

—¿De qué tipo de historias? —pregunté.

—Oh, de historias del folclore local. Entrevisto a la gente de la zona para entender si la creencia en las hadas sigue todavía viva.

La estancia se quedó en silencio y cruzamos miradas furtivas. Pero el señor Krauss no se desalentó.

—Fue su poeta, el señor William Butler Yeats, quien encendió la llama de mi interés por esta zona. Estuvo en California, en mi universidad, y durante su visita habló con gran elocuencia sobre el inmenso conocimiento del mundo sobrenatural que tiene muy en especial el pueblo irlandés. Me pareció, como antropólogo, que nunca nadie había llevado a cabo un estudio sobre la creencia en las hadas, y por eso estoy aquí. —Después de su pequeño discurso, bebió un sorbo largo de té y dejó que sus palabras calaran en nuestros oídos.

—¿Está estudiando… las hadas? —dijo mi padre por fin.

—Sí, más o menos, supongo que eso es lo que hago. He recopilado ya muchas evidencias —explicó, luego abrió la cartera para extraer de su interior varios cuadernos de color negro.

—¿Evidencias? —repitió mi madre.

—Testimonios, en realidad. He estado ya en todos los países celtas; de hecho, esta es mi última parada antes de regresar a Oxford.

Nos movimos con cierta incomodidad en los asientos. Mis padres miraron por instinto en mi dirección, y hasta el gato se habría dado cuenta de que estábamos haciendo un pobre intento de subterfugio. Mi madre, que se ha criado en la ciudad, es una mujer bastante moderna. Resta importancia a las supersticiones y dice que son algo en lo que la gente del campo confía para darles sentido a las cosas que no entienden. Por eso mi situación era tan complicada.

—¿Qué son los «países celtas»? —preguntó Billy, tras haber saciado lo suficiente su ansia de dulce como para querer sumarse a la conversación.

—Pues tenemos Escocia, Gales, Cornualles en el sur de Inglaterra, la Isla de Man y Bretaña, en el norte de Francia.

—¿Y ha viajado por todos esos lugares en busca de hadas? —pregunté, incapaz de permanecer más rato con la boca cerrada.

—De hecho, el objetivo de mi tesis no es tanto encontrar hadas, como encontrar evidencias de que la creencia en las hadas sigue estando vigente entre el pueblo celta.

Estábamos todos embelesados con sus explicaciones. ¿Qué tipo de hombre, un hombre culto, además, viajaría desde Norteamérica para averiguar cosas sobre *na Daoine Maithe*, la Gente Buena, como las llamamos nosotros? Son temas de los que nadie habla fácilmente, ni siquiera entre nosotros. Y, como si me hubiera leído los pensamientos, el señor Krauss nos comentó sus dificultades para obtener esos testimonios.

—Hay gente que se muestra encantada de compartir conmigo sus experiencias, pero la mayoría es cautelosa ante un extranjero que no para de formular preguntas —explicó—. De manera que, en cada zona que visito, intento contratar los servicios de una persona del lugar para que me ayude en mis entrevistas.

—Caramba, qué interesante —dijo mi padre con admiración mientras llenaba la pipa con tabaco.

Siempre me hace mucha gracia ver sus dedos, gruesos y callosos, peleándose con su compleja y pequeña pipa. Sus manos son como dos palas capaces de cargar turba suficiente para toda la tarde o de arar un campo de patatas entero. Siempre acaba con más tabaco en el regazo que en la pipa.

—¿Y ha encontrado ya a alguien que lo ayude por aquí? —preguntó.

—Acabo de llegar de Sligo, la verdad, y no he encontrado a nadie todavía. Quizá podrían sugerirme a alguien —respondió, dejando junto a la chimenea la taza y el platito.

—Podría hacerlo yo —solté de repente, sorprendiéndome a mí misma. Sabía que mis padres jamás accederían a que hiciera tal cosa y, por lo tanto, era pura fanfarronería por mi parte.

—Tú no harás tal cosa —rugió mi padre de inmediato, confirmando así mis sospechas.

—Gracias, Anna, muy amable por ofrecerse —dijo el señor

Krauss—, pero me temo que no puedo aceptarlo si no cuenta con la bendición de sus padres.

—¿Qué implica exactamente ser su ayudante? —preguntó mi madre, removió su té e ignoró a mi padre, que se había quedado boquiabierto.

—Oh, simplemente visitar las casas del pueblo, hacer las presentaciones y esas cosas. La cualidad que busco en realidad es la confianza; alguien que se lleve bien con la gente y les inspire la confianza suficiente como para querer compartir sus experiencias. Luego está lo del gaélico, por supuesto, que es algo que no he conseguido aún dominar, y para eso necesitaría también que esa persona fuera capaz de traducir.

Mi madre apartó la vista, pensativa. Mi padre aspiró la pipa y yo tuve que sentarme sobre mis manos para no levantarme de un salto y proclamar a viva voz que era la persona ideal para aquel trabajo. El orgullo es un pecado mortal, al fin y al cabo.

—Ninguna hija mía saldrá a pasear por el campo con un desconocido…, sin ánimos de ofender, señor Krauss —dijo mi padre—. ¿Qué pensarían los vecinos?

—Pensarían que es una joven inteligente con un buen trabajo, Joe Butler —contestó mi madre.

No era un secreto para nadie que mi madre tenía grandes esperanzas depositadas en mí, lo que se traducía en una vida más allá de la granja. Y ahora que en su cabeza había más pelos plateados que negros, sus esperanzas se habían vuelto más asertivas.

—¿Habría algún tipo de remuneración? —quiso saber mi padre.

—No manches el debate hablando de dinero, Joe —dijo entre dientes mi madre.

—No una gran cantidad, pero sí, compensaría a Anna por su tiempo —respondió el señor Krauss.

—Oh, di que sí, mamá. Podría tener todo el trabajo de casa listo antes de desayunar, pasar el día con el señor Krauss y luego estar de vuelta para la cena —dije.

—¿Y qué pasa con el otro trabajo, con los encajes de ganchillo? —dijo mi madre, aunque sabía que la decisión se había tomado ya a mi favor.

—Puedo hacerlo después de cenar —contesté; en aquellos momentos le habría prometido la luna.

Cuando terminé en la escuela, había viajado a Kilrush para aprender los secretos de los encajes de ganchillo con las hermanas de la Caridad, y poder ganarme así un buen salario trabajando desde casa. Las hermanas recibían pedidos de encaje irlandés de Dublín y de toda Inglaterra, y el trabajo nunca escaseaba.

Sin embargo, en Thornwood la vida de una chica de dieciocho años transcurre sin grandes acontecimientos. Una oportunidad como esta era tan rara como que una gallina tuviera dientes, no podía permitirme dejarla pasar, y mucho menos habiéndose presentado en la puerta de mi casa. Era una señal.

—¿Me dejaréis ir, entonces? —dije, mirando a mis padres.

—¿Cuidará usted de mi Anna? ¿Sin tabernas de por medio y sin volver a casa después de que anochezca? —dijo mi padre, por mucho que en esta época del año oscureciera a las cuatro de la tarde.

—Tiene usted mi palabra, señor Butler. Es un honor poder contar con su hija como asistente, y estoy seguro de que será decisiva para el éxito de mi tesis —respondió el señor Krauss. —Se levantó y nos estrechó la mano a todos, Billy incluido—. ¿Tienen ustedes alguna historia? —añadió, animado por la euforia que reinaba en el salón.

—No, en nuestra familia no tenemos este tipo de historias, señor Krauss —contestó con firmeza mi madre—, pero estoy segura de que el pueblo de Thornwood será un terreno muy fértil para sus estudios.

El señor Krauss nos obsequió con más relatos sobre sus aventuras en Irlanda y el extranjero. Fue maravilloso escuchar cómo entretejía las palabras como si fueran una fina pieza de encaje, delicada e intrincada. Conozco a muchas personas que no tienen ni la mitad de su cerebro; sí el doble de su fanfarronería. Pero el señor Krauss es humilde; parece como si ser un académico universitario hubiera sido simplemente una idea de última hora y no fuera nada importante sin sus investigaciones. Aun así, mi cabeza empezó a divagar y la verdadera razón detrás de mi entusiasmo por ayudar al señor Krauss comenzó a tomar forma. Quizá esté siendo egoísta, aunque parece que el destino está interviniendo y sería una tonta de no hacerle caso. Bien sea por intervención divina (pues Dios sabe bien lo mucho que he rezado por ello), bien sea por pura casualidad, creo que el señor Krauss ha sido enviado a nuestra puerta para ayudarme a encontrar a Milly.

Capítulo 5

27 de diciembre de 2010

—Es yanqui.

—¿Qué? —preguntó Oran enfadado y sin levantar los ojos del periódico para mirar a su padre.

—Que la persona que ha alquilado la casita es yanqui —explicó Brian Sweeney mientras se servía una taza de té con leche.

La vieja cocina de la parte posterior de la casa apenas había cambiado desde que Oran era un niño, igual que tampoco había cambiado la rutina de su padre. Una gran taza de té, dos rebanadas gruesas de pan tostado untadas con mantequilla y dos huevos duros. Los viejos fogones mantenían alegremente su calor y nunca se les permitía apagarse.

—Confío en que esta vez hayas pedido una cantidad en depósito. —Oran se arrepintió de sus palabras justo después de pronunciarlas. No era su intención mostrarse cruel, pero vivir de nuevo bajo el mismo techo que su padre estaba siendo, en el mejor de los casos, complicado.

—Por supuesto que sí. No voy a cometer dos veces el mismo error,

¿no te parece? —replicó su padre, que se acomodó en una silla a la mesa y emitió un gruñido—. Pero no es un hombre, sino una mujer joven.

La última frase quedó flotando entre los dos mientras Brian Sweeney golpeaba la cáscara del huevo duro con una cuchara. Pasaron unos momentos antes de que Oran levantara la vista del artículo que estaba leyendo.

—¿Una mujer?

—Sí, eso es lo que he dicho —confirmó Brian.

—¿Sola?

—Sí, a menos que lleve a alguien escondido en la maleta, lo cual imagino que es totalmente posible en los tiempos que corren.

—¡Dios, parecéis dos granjeros viejos! —exclamó Hazel, que, todavía en pijama, acababa de aparecer de repente en el umbral de la puerta.

—¡Soy un granjero! —exclamó Brian con entusiasmo.

—Eso no es excusa, abuelo —dijo Hazel, dándole un beso en la mejilla—. Estás siendo sexista.

Este último comentario provocó una mirada entre padre e hijo que ya se había hecho habitual. Una mirada que decía que ni el uno ni el otro se sentían cómodos moviéndose en aquel terreno.

Oran no pudo evitar pensar una vez más en lo mucho que Hazel se parecía a su madre por las mañanas, con aquella mirada adormilada y su cabello rubio fresa recogido en un moñito en la nuca. A veces, no le quedaba otro remedio que apartar la vista y distraerse con otras cosas.

—¿Qué te preparo para desayunar? —Oran se levantó para abrir un armario y elegir entre una colección de cereales azucarados.

—Puedo preparármelo yo, papá —fue la fulminante respuesta de Hazel.

—Y no estaba siendo sexista —dijo Oran, sentándose de

nuevo y recuperando el periódico—. Solo es que me resulta extraño que, siendo Navidad, alguien viaje hasta aquí y no tenga dónde alojarse. Sea hombre o mujer.

—A lo mejor practica el humanismo secular. Esa gente no celebra la Navidad —dijo Hazel, que empezaba a prepararse unos huevos revueltos.

—De acuerdo, me rindo, ¡tú ganas! —se quejó Oran, frustrado y orgulloso a partes iguales.

Lentamente, todos se dieron cuenta del mal olor que estaba invadiendo la cocina y, al unísono, le gritaron a perrito que dormía en su cesta junto a la puerta trasera.

—¡Max!

El *setter* marrón y blanco levantó la adormilada cabeza y miró a su alrededor, desconcertado ante la causa de tanta conmoción.

—¿Has vuelto a darle atún? —preguntó Oran en tono acusador a su padre. Corrió a abrir la puerta—. ¡Sabes de sobra que le provoca gases!

Hazel estalló en carcajadas y los dos hombres sacudieron la cabeza. La comunicación entre tres generaciones no siempre era fácil, pero tenían sus momentos buenos.

Sarah tenía ratones. O, mejor dicho, Sarah esperaba que lo que tenía fuesen ratones, y no sus primos mayores. Se despertó al oír que algo rascaba en el suelo del desván; entonces, en lugar de pasar una indigna tarde en busca de más evidencias, concluyó que sería mejor ir directa a la tienda del pueblo y encontrar allí una solución. Cogió el bolso y las llaves, vio el diario descansando sobre el tocador y decidió llevárselo con ella. Se había encariñado extrañamente con él, era como si fuese una especie de talismán.

Fue una sensación peculiar, cerrar con llave la puerta de la casita y echa a andar por un camino rural irlandés en pleno invierno. Eran solo la una o las dos del mediodía, aunque parecía más tarde porque las nubes se hallaban bajas y teñían el campo con su color. Resultaba asombroso que el clima pudiera transformar el paisaje de algo que era una belleza en algo que no quedaba otro remedio que soportar.

Cuando Sarah llegó al pueblo, vio un grupo de gente charlando delante de la iglesia. La saludaron como si fuera una más. Sin darse ni cuenta, ella les devolvió el saludo y, para colmo, les deseó también feliz Navidad. Sin embargo, el cartel de CERRADO de la puerta de la tienda le cortó de repente las alas, sobre todo porque confiaba en comprar una botella de vino junto a la trampa para los ratones. Observó la calle y vislumbró luz en las ventanas de la casa del señor Sweeney; sin darse tiempo a cambiar de idea, llamó a la puerta.

—Siento mucho volver a molestarlo —empezó Sarah, pero antes de que pudiera proseguir con el monólogo que tenía pensado, el señor Sweeney la invitó a entrar—. Oh, no, no se moleste —dijo Sarah, pero el hombre no la escuchó.

La acompañó hasta la cocina, en la parte posterior de la casa, un espacio que emanaba un calor acogedor. La estancia era una mezcla de cosas nuevas y viejas; electrodomésticos nuevos combinados con mobiliario antiguo. Una mesa ajada ocupaba todo el largo de la pared y, detrás de ella, había una joven sentada.

—Hazel, prepárale a la señora una taza de té —pidió el señor Sweeney, ganándose con su orden una mirada silenciosa, aunque amenazadora.

—No, de verdad, no…

—Siéntese y no complique las cosas con disculpas elegantes

—insistió el señor Sweeney, con un tono que era de bienvenida y de reproche a la vez.

—Solo venía… Bueno, el caso es… Es que creo que tengo ratones.

—¡No hay necesidad de alardear de ello, entonces todo el mundo los querrá! —exclamó el señor Sweeney con expresión seria.

—¡Abuelo! —refunfuñó Hazel.

—Solo bromeo. Creo que debo de tener algunas trampas por ese cajón. —Y se levantó con la intención de encontrar la más grande de todas.

—¿Azúcar y leche? —preguntó una voz hastiada desde el otro lado de la cocina.

—Sí, por favor.

La chica era alta y rubia, como Sarah a su edad. Todo brazos y piernas largas, todo actitud.

—Soy Sarah, por cierto —dijo, a la vez que aceptaba una taza de té de color amarillo.

—Es Hazel, mi nieta —explicó el señor Sweeney, regresando a la mesa con dos trampas para ratones—. No utilice queso, prefieren un poco de chocolate.

—Va-vale —repuso Sarah.

—Aquí tiene una tableta de Cadbury, lo encuentran irresistible…

—Esto es inhumano —interrumpió Hazel a su abuelo.

Siguió un silencio incómodo que Sarah se apresuró instintivamente a llenar:

—He encontrado también un diario. —Y lo sacó del bolso.

El señor Sweeney extendió la mano para echarle un vistazo, pero, por alguna razón, los dedos de Sarah no soltaron el objeto. El hombre hizo un segundo intento, solo entonces Sarah liberó el diario por fin.

—Parece muy antiguo.

—Sí, lo es, tiene cien años, de hecho. He pensado que tal vez usted sabría algo sobre la familia Butler.

El señor Sweeney hojeó el diario sin mucho cuidado, y Sarah intentó distraerse para no arrancárselo de las manos y recuperarlo.

—¿Qué tal las vacaciones de Navidad? ¿Te lo estás pasando bien? —le preguntó a Hazel, soplando el té para enfriarlo.

—Sí, no están mal.

—No sé cómo funciona aquí el sistema escolar, pero calculo que debes de estar en secundaria.

—Sí, voy al instituto. Empecé secundaria en septiembre —le explicó la joven, que recogió sus largas piernas debajo de su cuerpo al tomar de nuevo asiento.

No tenía mucho sentido continuar con aquel tema. Era evidente que a Hazel no le interesaba charlar para matar el tiempo, de modo que Sarah decidió explicar su «encuentro» con el burro.

—Me alegro de que te parezca divertido —dijo Sarah al ver que Hazel reía con disimulo de su desventurada imagen de mujer de ciudad—. ¡Me llevé un susto de muerte!

—Tendré que decirle a Christy que meta ese animal en casa por las noches. Anda siempre dando vueltas —se quejó el señor Sweeney—. ¿Y qué la llevó, por cierto, a deambular por la campiña a altas horas de la noche?

—Oh, el cambio horario, supongo —respondió Sarah con vaguedad—. Además, me había olvidado por completo de lo oscuro que es todo en plena naturaleza.

—¿Hasta dónde llegaste a oscuras? —quiso saber la chica, enroscando con los dedos un mechón de pelo.

—No muy lejos. Hoy, de camino hacia aquí, he visto la

entrada a una especie de casa solariega de la que no me di cuenta anoche. Por lo tanto, deduzco que no llegué tan lejos.

—¿Te refieres a la casa encantada?

Sarah miró al señor Sweeney en busca de una aclaración y el hombre respondió enseguida a la indirecta:

—Thornwood House. Hoy en día es un edificio viejo abandonado, pero en sus tiempos fue la mansión del señor de estas tierras. Y tú no te dediques a llenar la cabeza de la gente con historias de fantasmas. —Y se volvió hacia Hazel.

—Lo sabe todo el mundo, abuelo. El hermano de Katie Flynn estuvo allí con sus amigos por Halloween y contó que…

—Me da igual lo que hiciera el hermano de Katie Flynn —la cortó el señor Sweeney a media frase.

—Bueno, sí, supongo que tendría que regresar y dejarlos con lo que estaban haciendo… —Sarah apuró el contenido de la taza—. Gracias por las trampas y disculpe de nuevo la interrupción. —Se levantó y se quedó detrás del señor Sweeney, a la espera de que le devolviera el diario.

—Dice aquí que la primera entrada es de 1910.

—Sí, y habla de un misterioso americano que llegó un día a la casita. Harold no sé qué Krauss. Creo que a ella le gusta, o le gustaba, mejor dicho —explicó Sarah, con la sensación de estar traicionando los secretos de Anna.

—Parece un poco sacado de una novela romántica —se burló el señor Sweeney—. ¿No le parece una coincidencia graciosa?

—¿El qué?

—Bueno, no pretendo decir con esto que sea usted misteriosa, pero sí que es una americana que se aloja en la casita justo cien años después.

Sarah se sintió como una boba por no haber hecho ya aquella

comparación. Era como si la conciencia de sí misma siguiera eludiéndola y lo más obvio se presentase ante ella como una sorpresa. El señor Sweeney le devolvió por fin el diario y Sarah recuperó la tranquilidad.

—¡Mirad, está nevando! —gritó Hazel con alegría, y dejó al descubierto por un instante el espíritu infantil que seguía vivo en su interior—. Te acompañaré hasta la iglesia. —Ya se estaba poniendo el abrigo y los guantes.

Por la calle con una ligera nevada bailando a su alrededor, Hazel procedió a brindarle a Sarah una visita turística por Thornwood.

—Y allí tenemos el quiosco —dijo, completando la descripción de una pequeña calle en la que había también un *pub,* la oficina de correos y la iglesia—. Y bien, ¿qué es lo que te ha traído hasta aquí? —preguntó entonces directamente; sacaba la lengua para capturar algún copo de nieve durante su caída.

Sarah no sabía muy bien cómo explicar sus motivos a una adolescente. Tampoco sabía muy bien cómo explicárselos a sí misma.

—Ah, bueno, resulta que a veces simplemente tienes que marcharte de donde estás.

—¿Para encontrarte a ti misma? —Hazel daba claras muestras de precocidad.

—Algo así, sí.

Fue la mirada conocedora de Hazel lo que la llevó a sonreír. A esa edad, tenías la sensación de que lo sabes todo de la vida, que conocías las profundidades de la desesperación y del éxtasis. Cuando en realidad todo era como una película que va desarrollándose ante tus ojos. A esa edad era imposible saber lo aterrador que suponía ser un adulto.

—Boston te encantaría. Por allí suele nevar mucho… A veces la nieve te llega incluso hasta las rodillas.

—Oh, ¡qué guay! Pues por aquí no suele aguantar mucho en el suelo, por lo de la corriente en chorro. Oye una cosa, ¿te gusta lo paranormal? —preguntó Hazel, como si fuera la forma más evidente de continuar la conversación.

—No estoy muy segura. Supongo que simplemente creo que hay algo más después del aquí y ahora.

—¿Y crees en la vida después de la muerte? ¿En el más allá?

—Guau, Hazel, ¡te gusta ir al grano!

La joven se limitó a encogerse de hombros, como si no entendiera la posibilidad de ser de otra manera.

—Me gustaría creer que hay algo más, algún significado. Pero querer creer en eso y creer realmente en eso son dos cosas muy distintas.

—Supongo. Mi padre piensa que todo esto de lo sobrenatural no es más que una patraña —repuso Hazel, hundiendo las manos en los bolsillos.

—Ya, pero, por lo visto, sí que hay suficiente gente que cree en la realidad de ese árbol de las hadas y por eso se ha conseguido que desvíen la autopista, ¿no? Lo leí en el periódico.

—Umm… —murmuró Hazel, satisfecha con la argumentación de Sarah.

—Pero no te preocupes. —Sarah levantó las manos en un gesto de sumisión—. ¡No he venido aquí a buscar *leprechauns*!

Habían llegado a la iglesia y Hazel dio media vuelta para regresar a casa.

—A lo mejor podría hacerte alguna visita —dijo de la nada.

—Me… Me encantaría —contestó Sarah—. Siempre que quieras.

Cuando Sarah llegó a la casita, la nieve ya había quedado relegada a los bordes cubiertos de hierba y el camino estaba húmedo y resbaladizo. Se descalzó en la puerta y fue directa a encender la chimenea. El cielo estaba adquiriendo la tonalidad oscura de la lavanda y, aunque no eran más de las cuatro de la tarde, daba la sensación de que ya volvía a caer la noche. Puso una tetera a hervir, llenó una bolsa de agua caliente y se preparó una taza de té para entrar en calor. Era el momento perfecto para sentarse, reflexionar y «estar con su dolor», como le había dicho la psicóloga. Pero lo único que le apetecía era envolverse con una manta de lana, abrir el diario de Anna y perderse en la vida de una joven que había vivido justo allí un siglo atrás.

Capítulo 6

Diario de Anna
2 de enero de 1911

—Veamos, Anna, creo que no es necesario que te diga que esperamos de ti la mejor conducta cuando acompañes al señor Krauss —me recordó mi madre, diciéndomelo de todos modos.

Estaba sentada delante de la chimenea mientras ella me cepillaba el pelo mojado. Me había pasado toda la tarde fregando, limpiando y preparando mi mejor vestido. Los hombres habían salido para ayudar a los Lenihan, que tenían una vaca de parto.

—No te pienses que he accedido a esto a la ligera; mucha gente diría que no es apropiado. Pero conozco a mi hija y he hecho mis propias pesquisas sobre el señor Krauss. Hemos recibido un certificado de buena conducta firmado por el doctor Douglas Hyde, un respetable señor de Roscommon y presidente de la Liga Gaélica. Su palabra es suficiente para mí y tu padre se siente asimismo satisfecho y considera que las intenciones del joven son honorables.

—¡Mamá, pero si no pienso casarme con él! —protesté, y recibí un tirón de pelo a modo de respuesta.

—La mayor parte del tiempo eres una chica inteligente, Anna —dijo con seriedad su madre—, así que quiero que aproveches al máximo la oportunidad que se te brinda.

—Por supuesto, aunque simplemente charlaré con los vecinos, lo mismo que hago cada día —repliqué.

—No me refiero a los vecinos. El señor Krauss es un hombre muy inteligente y podrías aprender mucho de él. Nunca se sabe qué puede salir de todo esto —siguió mi madre, y continuó cepillándome el pelo y canturreando una vieja melodía para sus adentros.

No estaba segura de si me gustaba mucho lo que me estaba diciendo. Porque sonaba como si quisiera que me marchase lejos de Thornwood, como si quisiera que emergiese al mundo, grande y malvado. Me sentí como el polluelo al que su madre empuja para que emprenda el vuelo, pero no estaba nada segura de querer hacerlo, ni tan siquiera de saber cómo.

Thornwood es mi reino y nuestra casa es mi castillo. La historia de mi infancia está cincelada en este paisaje familiar. El hecho de vivir tan cerca de la naturaleza hace que me sienta parte de ella; igual que el río que fluye por estas tierras o las nubes siempre cambiantes que las cruzan por encima. La naturaleza y yo mudamos con cada estación, nos transformamos, aunque siempre permanecemos fieles a nuestro carácter. Soy capaz de interpretar el tiempo que se acerca por las colinas igual que sé interpretar mis cambios de humor. Abandonar Thornwood sería como abandonar una parte de mi persona.

Comenzamos nuestra investigación el día de Año Nuevo. El señor Krauss estará aquí solo unas semanas, de modo que no hay tiempo que perder. Me desperté, claro, antes del amanecer para ir a ordeñar a Betsy y sacar a los gansos, sin olvidarme de preparar un nuevo pastel de pan de soda con extra de fruta. La belleza de la

Navidad es precisamente esta: siempre hay provisiones de más para el que le guste el dulce. El suelo estaba cubierto con una capa de hielo y decidí ponerme dos pares de calcetines de lana debajo de las botas y los guantes que me había enviado mi tía desde Dublín. Yo misma me había tejido un gorro cálido y moderno con lana de color verde oscuro, de la tonalidad del musgo que cubre la orilla de un lago. Me senté a la mesa de la cocina para tomarme tranquilamente una taza de té antes de que el resto de la casa se despertara, e intenté apaciguar las mariposas que me revoloteaban en el estómago. Estaba entusiasmada por mi nuevo puesto como asistente del señor Krauss, por supuesto, pero lo que de verdad hacía que el corazón me saltara como si tuviera patas de rana era la posibilidad de poder ver a Milly. No había mencionado a mis padres ni una palabra de mis esperanzas al respecto; no serviría de nada sacar a relucir de nuevo el pasado.

Me sobresalté cuando llamaron a la puerta. Inspiré hondo para serenarme y me levanté para ir a abrir.

—Espero no llegar demasiado temprano —dijo el señor Krauss, con aquel acento suyo tan abierto y expresivo.

—Por supuesto que no, señor Krauss. Llevo horas levantada —respondí muy animada.

Cerré la puerta a mis espaldas y cogí la bicicleta de mi madre, que estaba apoyada en la pared lateral de la casa. Relucía como si fuese nueva.

—¿Es un regalo de Navidad? —El señor Krauss ladeaba la cabeza en dirección a la bicicleta.

—Oh, no, es de mi madre, pero no la utiliza mucho. No sabe montar —respondí.

—Entiendo. ¿Y está aprendiendo ahora? —preguntó.

—No, pero le gusta ir a comprar arrastrándola a su lado —le expliqué, y los dos sonreímos, un poco incómodos.

Nuestro perro, Jet, que últimamente anda un poco abúlico en sus deberes, empezó a ladrarnos cuando dejamos atrás el camino de acceso a casa.

—No está bien ladrarle a un desconocido cuando sale de casa, Jet —le dije, y Jet meneó la cola a modo de respuesta.

Jet es una masa negra de pelo rizado y, a pesar de sus defectos en el cumplimiento de su labor en la granja, es un miembro muy estimado de la familia.

—Pues bien, ¿cómo vamos a llamarnos entre nosotros? —preguntó el señor Krauss—. «Señor Krauss» me hace pensar en que tengo a mi padre siempre detrás de mí, y sé que «señor Griffin-Krauss» es una palabreja complicada... ¿Qué le parecería llamarme simplemente «Harold»?

—No estoy segura de que sea muy correcto. Al fin y al cabo, usted es mayor que yo —dije, montando en la bicicleta.

—Está haciéndome sentir como si fuera un anciano cuando solo tengo veinticuatro años —repuso el señor Krauss con buen humor.

—Oh, pensaba que era mayor... Bueno, lo que quiero decir es que...

—Asunto zanjado, pues. Anna y Harold, que así sea —declaró el señor Krauss, que pedaleaba feliz por el camino que conduce hasta el pueblo.

Era un día gris, con niebla espesa y un rocío que hacía que las telarañas parecieran collares de diamantes. Durante el recorrido, charlamos de forma esporádica y evitamos cualquier momento incómodo haciendo continuamente referencia al clima. El señor Krauss, quiero decir Harold, me formuló muchas preguntas sobre la historia general de la zona. Había pensado que lo más acertado sería llevarlo primero al pueblo y presentarle a la gente más importante de la comunidad, como Nelly O'Halloran, del servicio postal, el padre Peter, el cura, y el maestro, el señor Finnegan. Sin embargo, lo que le llamó a Harold la atención antes incluso de llegar al pueblo fue Thornwood House, así que detuvo la bicicleta haciendo rechinar los frenos.

—En el tren conocí a una persona que me mencionó este lugar —dijo con un brillo especial en los ojos, ansioso por descubrir una nueva historia, o una vieja historia, de hecho—. ¿Había aquí un fuerte de hadas?

—No, un fuerte no, pero sí un árbol. Es una historia bastante triste, de hecho —empecé a explicar mientras me secaba la nariz con un pañuelo—. Mi madre nunca me la contó directamente, pero un día oí que la comentaba con nuestra vecina Gracie. ¡Los adultos se piensan que los niños no los oímos cuando hablan en voz baja! —reí al rememorar el momento.

—Me parece que he elegido muy bien a mi asistente —dijo Harold, animándome a continuar.

—Lady Hawley se puso enferma después de que nacieran sus hijos y tuvieron que mantenerlos apartados de ella. No sé muy bien por qué, pero existen dos versiones de la historia.

—Es algo bastante frecuente —contestó Harold con un concienzudo gesto de asentimiento.

—Hay quien dice que se arrojó al vacío desde la ventana más alta, esa de allí. —Señalé el punto exacto—. Nadie pasa por aquí la noche de Halloween por miedo a ver su fantasma en la ventana.

—¿Se suicidó?

Me santigüé de manera instintiva, ni confirmando ni negando lo que Harold acababa de decir.

—Hay otra historia, que es la que los locales consideran como cierta —proseguí, bajando la voz hasta convertirla en un susurro aun estando los dos solos—: Dicen que cuando lord Hawley llegó a Thornwood, hizo talar un espino blanco muy antiguo que crecía en estas tierras. La gente cuenta que, con ese acto, la familia quedó maldita para siempre, aunque nadie lo diría viéndolos ahora. Son los terratenientes más ricos en muchos kilómetros a la redonda, tienen lo mejor de lo mejor en todos los sentidos.

—¿De modo que la gente piensa que la muerte de lady Hawley fue algún tipo de venganza por parte de las hadas? —preguntó Harold, sacó un cuaderno de la bolsa y mordisqueó la punta del lápiz.

Seguía de pie, con la bicicleta en equilibrio entre las piernas y se me ocurrió que, con lo concentrado que estaba, incluso sería capaz de tomar notas a la pata coja y haciendo equilibrios sobre una pelota.

—No puedo afirmar con seguridad lo que pasó, pero la vidente predijo que nunca nadie sería feliz viviendo en esa casa —dije, relatándole la historia con la mayor fidelidad posible.

—¿La vidente? —repitió.

Me maldije para mis adentros por haberla mencionado. Era demasiado pronto para hablarle sobre ella. Justo en aquel momento oí los cascos de un caballo que trotaba por el camino en dirección a nosotros. Me protegí los ojos con una mano para resguardarlos del resplandor del sol que empezaba a asomar entre las nubes y vislumbré el contorno de George Hawley, el hijo de lord Hawley. Me ruboricé al instante, avergonzada por haber estado chismorreando sobre la muerte de su pobre madre. No esperaba ver a ninguno de los habitantes de la casa levantado tan temprano, puesto que la fiesta de Año Nuevo que celebran siempre suele prolongarse hasta altas horas. Pero, efectivamente, era el señor George, sonrojado y con la mirada desorbitada, como si no hubiera pegado ojo en toda la noche.

—¿Puedo ayudarlos en algo? —se dirigió a nosotros desde lo alto de su yegua.

El pelo rubio oscuro le caía sobre los ojos de forma agradable y su manejo del caballo le proporcionaba un potente aire de autoridad. Verlo era un espectáculo tan cegador que me hacía casi imposible poder mirarlo a los ojos. Acabé, por fin, encontrando mi voz, aunque sonó algo ronca:

—Señor Hawley, le ruego que nos disculpe, pero simplemente estaba enseñándole el pueblo al señor Krauss —dije, casi temblando.

—Encantado de conocerlo —saludó Harold, ofreciéndole la mano al señor Hawley.

—Igualmente, señor Krauss. ¿Qué le trae por nuestro pequeño pueblo? —preguntó el señor Hawley, mientras el caballo movía la cola y mordisqueaba el seto.

—Está realizando un estudio antropológico —respondí, con dificultad para pronunciar las sílabas.

Los dos hombres me miraron, sorprendidos por mi forma de hablar tan directa, pero no podía permitir que el señor Hawley pensara que estábamos investigando las hadas. Perdería todo respeto que fuera a tener por Harold incluso antes de empezar a tenerlo. Aunque lo que más me preocupaba era la opinión que pudiera tener de mí.

—Usted... La he visto antes. Emma, ¿verdad? —El señor Hawley me señaló con el látigo.

Era tan similar a mi nombre que casi ni me apetecía corregirlo. El simple hecho de que me hubiera reconocido me llevó a ruborizarme, por mucho que me moleste admitirlo.

—Anna —respondió en mi nombre Harold—. La señorita Butler ha accedido amablemente a ser mi asistente para el estudio antropológico sobre esta zona que estoy llevando a cabo —añadió, sonriéndome y con una mirada que me infundió seguridad.

—¿Ah, sí? —dijo el señor Hawley, entrecerrando los ojos—. Bien, pues espero que le resulte de utilidad.

Apareció entonces un criado para abrir la verja y el señor Hawley espoleó a la yegua.

—Nuestros caminos volverán a cruzarse, no me cabe la menor duda —dijo a sus espaldas, y nos saludó sin ni siquiera volverse.

Harold murmuró alguna cosa, pero no le pedí que me lo repitiera.

Pedaleamos en silencio en dirección al pueblo, pasamos por delante de la iglesia y cruzamos el puente, con el río de aguas marrones circulando con alegría por debajo. Mis pensamientos regresaron a la primavera y a la deliciosa jornada que habíamos vivido en Thornwood.

Cada mes de mayo, cuando florece el espino y sus ramas se tiñen de blanco nupcial, en Thornwood celebramos una gran tradición. El primero de mayo, la familia Hawley abre su finca al público para que podamos disfrutar de todo tipo de entretenimientos en el río y de la alegría del campo. Los adinerados, con sus sombrillas y sus hermosos vestidos, se mezclan con la gente del pueblo y todo el mundo se deleita en una jornada de júbilo y diversión. El terreno se llena de pequeñas carpas con comerciantes que venden palitos de azúcar y caramelos duros, fruta y refrescos, mientras la música te acompaña por todas partes.

Hay bailes, canciones y todo tipo de juegos para poner a prueba tu fuerza y agilidad, como el lanzamiento de anillas y la cucaña. El año pasado, el club de remo de Thornwood ganó la carrera de ocho con timonel y mi hermano Paddy formaba parte de la tripulación. Mi amiga Tess a punto estuvo de quedarse ronca animando a Paddy. Todo el mundo sabía que sentía debilidad por él, pero no estaba claro si sus sentimientos eran correspondidos. Paddy es una monada. Pero ¿cómo va a saber alguien que le gustas si no se lo dices o, como mínimo, le envías alguna señal? Cuando la embarcación de George Hawley atracó, me dio un ataque de atrevimiento y le lancé mi pañuelo. A pesar de su decepción por perder contra el equipo local, lo recogió y, cuando lo encerró en su mano, me obsequió con una generosa sonrisa y un guiño, además. Tal vez para él no significara gran cosa, aunque para mí lo fue todo.

—Su padre insistió en que nada de tabernas —dijo Harold, cuando apoyé la bicicleta en la pared del *pub* O'Malley's.

Habíamos pasado la mañana conociendo y saludando a mujeres en la casa de correos y en la tienda de comestibles; aunque todo el mundo se había mostrado cordial y se había tomado muy en serio las preguntas de Harold, nos quedaba todavía por conocer algún representante del género masculino. A excepción de George, claro, pero él no contaba y tampoco debía de tener historias que pudieran ser del interés de Harold. A aquella hora, la mayoría de los granjeros se encontraban en la mantequería o trabajando en el campo. Entendía que mi trabajo consistía en enseñarle a Harold el pueblo de Thornwood y sus habitantes de la mejor manera posible, pero capturar la atención de los mejores conversadores en el momento oportuno requeriría una planificación mucho mejor por mi parte. Al final del pueblo hay una forja, donde nos fabrican las herraduras para el burro y para Aengus, nuestro caballo, además de las bandas de hierro para las ruedas de madera del carro. Sin embargo, el herrero es tanto sordo como mudo y, si bien podemos hacerle los pedidos sirviéndonos del lenguaje de los signos, no tenía muy claro que fuera el mejor candidato por donde empezar. Solo había un lugar seguro donde localizar a los residentes más parlanchines del pueblo.

—Si quiere conocer al maestro, al médico o al cura, O'Malley's es el único lugar donde hacerlo —le dije con franqueza—. Es donde cenan todos, y donde beben sus pintas de cerveza negra.

—En este caso, tendré que hablar a solas con ellos. —Harold aparcó su bicicleta al lado de la mía—. No se preocupe —añadió, al ver la decepción dibujada en mi cara—, los *pubs* rara vez son el mejor lugar donde compartir historias de hadas. No se perderá nada.

No era un gran comienzo. Nuestra primera reunión formal y yo no podía estar presente. Me quedé en la puerta escuchando y oí cómo se presentaban el doctor Lynch y el maestro. Se desvivieron ambos por halagar al visitante y quedaron debidamente impresionados al enterarse de que Harold se había granjeado las simpatías del fundador de la Liga Gaélica, Douglas Hyde. El maestro Finnegan, claro, se dejó seducir por la idea de que W. B. Yeats había inspirado el interés de Harold por el mundo de las hadas. No obstante, ambos pusieron distancia entre ellos y las «supersticiones» que Harold estaba estudiando. Por el tono de ambos intuí que le estaban siguiendo un poco la corriente: un americano, académico además, que se dedicaba a coleccionar historias de hadas. Dada la importancia que ellos le daban al tema, era como si se hubiera dedicado a coleccionar dientes de león.

Tal vez Harold tuviera razón y no me estuviera perdiendo gran cosa. En lugar de esperar allí, decidí dar un paseo hasta la iglesia, donde encontré un grupo de mujeres charlando. Vi a mi buena amiga Tess con su madre y fui a compartir mis noticias con ella.

Tess Fox y yo nos conocemos desde que éramos bebés y vamos juntas a Kilrush para aprender los secretos del encaje de ganchillo. Somos afortunadas; la mayoría de las jóvenes de nuestra edad tienen que marcharse de casa para encontrar trabajo o ponerse a servir. Pero, al ser tan grande actualmente la demanda de encaje irlandés, nos ganamos una cantidad más que decente trabajando en casa. Me moría de ganas de contarle lo de nuestro visitante americano y lo de mi importante puesto, por muy temporal que sea.

—¿Y por qué te ha elegido a ti? —dijo Tess, en un tono que intenté no interpretar como celos.

—Fue pura casualidad —reconocí con sinceridad—. Tuvo un pinchazo con su bicicleta delante de nuestra casa y mi padre ayudó a repararlo. Los chicos estaban fuera con lo de los Enmascarados, de modo que probé suerte y mi madre me apoyó.

—Ya —contestó Tess a regañadientes—. Supongo que siempre tuviste una pizca de clarividencia.

—¡No hables tan alto! Aquello te lo conté en confianza, Tess. Además, esa fue la única vez. —Miré a mi alrededor por si acaso alguien nos había oído.

Hacía ya tanto tiempo de aquello, que empezaba a dudar de si realmente había sucedido. Mis recuerdos de aquel momento parecen jugar al escondite conmigo y siempre permanecen un poco fuera de mi alcance.

—¿Y no piensas contárselo al yanqui? —preguntó Tess, devolviéndome al presente.

—¿Contarle qué?

—Lo de Milly, claro está —respondió Tess sin levantar la voz.

Así es como todo el mundo dice ahora su nombre, en un susurro. Como si hacerlo en voz alta pudiera traer mala suerte. Aunque la mayoría de la gente ni siquiera lo pronuncia.

—Lo-lo haré, a su debido tiempo.

—¿Es guapo? —preguntó Tess muy bajito, para que ni su madre ni las demás pudieran oírla.

—¡Tess! —Le di un palmetazo que solo sirvió para animarla a continuar.

—Te gusta, ¿verdad?

—¡En absoluto! Para empezar, es demasiado mayor —dije, aunque no era del todo cierto.

Lo admiro, más que nada, y sé que su presencia no me provoca ningún hormigueo en la piel ni me acelera el ritmo de la respiración. Nada que ver con lo que me provoca el señor Hawley, pero eso no podía contárselo a Tess. De hacerlo, sería un calvario interminable.

—Iremos a visitarte esta noche —dijo Tess, pues ya había perdido el interés en mis nimiedades.

La manera de ser de Tess había cambiado mucho desde que su cuerpo había empezado a florecer. Su exuberante pecho parecía haber surgido de la nada y había comprendido que, quizá gracias a ello, podía elegir entre los muchachos.

—¿Estará el yanqui? —preguntó, como si le diera completamente igual.

—No creo —respondí con sinceridad.

Ni siquiera sabía dónde se hospedaba o si le apetecería pasar la velada con nosotros. En el pueblo, las invitaciones no existen; la gente va de vecino en vecino como las golondrinas en verano. Muchas tardes a última hora, cruzamos campos y lodazales para ir a casa del uno y del otro y jugar a las cartas, escuchar música o, incluso a veces, bailar.

—Oh, mira, ¿no es ese que está allí? ¿Hablando con la señorita Hawley? —Tess señaló por encima de mi hombro en dirección al O'Malley's.

Efectivamente, Harold acababa de salir acompañado por el doctor Lynch, que estaba presentándole a Olivia Hawley…, una visión envuelta en pieles. Tenía los ojos de un color azul muy intenso, igual que los de su hermano gemelo, y una risa capaz de hacer añicos el cristal. Me quedé paralizada, incapaz de decidir si debería acercarme a ellos, o guardar las distancias y observarlos desde donde me hallaba.

—¿Te has enterado de que anoche hubo un buen alboroto en Thornwood House? Se encontró a una de las criadas, creo que es de Cork, dando vueltas por los jardines medio desnuda.

—¿Me tomas el pelo? —dije, atónita.

—No, para nada. El jardinero que trabaja en la casa se lo ha contado esta misma mañana a la prima de mi tío. Por lo visto, la mujer andaba lanzando acusaciones de todo tipo contra el señor George; decía que él era el responsable de su desnudez.

—¡Eso jamás! El señor George es un caballero.

—El caso es que debe de haberse quedado embarazada y ha visto una oportunidad de oro para ganar algún dinero culpando de lo sucedido al señor George.

—¡Es espantoso! —exclamé—. ¿Y estás segura de que es verdad?

—Tan verdad como que estoy ahora mismo aquí —respondió con firmeza Tess.

Era inimaginable. ¿Por qué una joven que trabajaba para la familia querría arruinar tanto la reputación de George Hawley como la de ella misma? No tenía ningún sentido.

—Tiene que venir a almorzar a casa el domingo —oí que decía la señorita Olivia, con una voz cantarina que logró cruzar la calle.

Para entrar en Thornwood House, a diferencia de lo que sucedía con el resto de las casas del pueblo, era necesaria invitación.

Harold volvió la cabeza y me vio, esperando obedientemente delante de la iglesia. Me hizo un gesto con la mano para indicarme que me acercara y puedo afirmar sinceramente que experimenté una oleada de orgullo pecaminoso cuando atravesé la calle acatando su orden. Las mujeres del pueblo me observaron, e incluso Olivia se vio obligada a reconocer mi existencia por una vez.

—Señorita Hawley, permítame que le presente a Anna Butler, mi asistente. Me está ayudando con la investigación durante mi estancia en Thornwood —dijo Harold, ignorando completamente la estructura social de nuestro pueblo.

—Señorita Butler —saludó Olivia con un gesto de cabeza.

Tuve que contenerme para no hacer una reverencia ante su grandeza. Y conseguí limitarme a inclinar un poco la cabeza a modo de saludo.

—Nos encantaría comer con ustedes el domingo —dijo Harold, sorprendiéndonos a las dos.

—¿Nos? —repitió Olivia.

—Sí, a la señorita Butler y a mí.

Pero la señorita Olivia estaba atenta a todo.

—No pasa nada si no puede asistir, señorita Butler. Estoy segura de que tiene otros compromisos.

Aquello era una advertencia muy clara. Son de una clase distinta a la mía, y asistir a la mansión para un almuerzo o cualquier otro tipo de comida queda por encima de mi posición social.

—Al contrario, este domingo estoy libre. —Empleé el acento más arrogante del que fui capaz.

—Muy bien, los esperamos entonces a los dos —dijo Olivia, que mantuvo la compostura y le ofreció la mano a Harold.

Capítulo 7

Hay dos caminos que salen del pueblo, y si recorres en bicicleta cualquiera de los dos, acabas llegando al mismo lugar. Nosotros elegimos la ruta más larga, pero no antes de haber hecho nuestra primera parada en casa de Cathal O'Shaughnessy. El humo salía perezosamente de la chimenea y se alzaba por encima de un descuidado tejado de paja. Con noventa y ocho años, Cathal es el hombre más anciano del pueblo y, en mi humilde opinión, el candidato ideal para que el señor Krauss iniciara su estudio de esta área. No solo porque existe una probabilidad elevada de que fallezca antes de que podamos visitarlo, sino también porque lleva observando Thornwood durante más tiempo que nadie.

Habíamos pasado la media hora anterior delante de la iglesia, repasando el meticuloso método que emplea Harold para recopilar sus evidencias. Sacó alguno de los cuadernos que había utilizado en su investigación de la zona alrededor de Benbulben, en Sligo, con el poeta W. B. Yeats. Y puedo afirmar que es un hombre en verdad detallista. Todos los relatos de testigos se recogían con una precisión minuciosa, y ni tan siquiera el aspecto físico de cada uno de sus entrevistados escapa a su ojo observador.

—Por encima de todo, nuestros testigos deben tener buena reputación. No utilizaré las evidencias que nos brinden a menos que puedan ser corroboradas como fuentes fiables.

Lo cual descarta a Maggie Walsh, pensé, la vidente que vive detrás de Cnoc na Sí. Además, mi madre me ha advertido en más de una ocasión que me mantenga alejada de esa mujer.

—Tal y como podrá apreciar, he dividido mis evidencias en tres clasificaciones principales: «Abducciones de hadas», «Niños cambiados» y «Apariciones de hadas». Luego he subdividido cada una de estas clasificaciones en: uno, «Historias legendarias»; dos, «Relatos directos»; y tres, «Relatos indirectos».

—Suena muy… sofisticado —dije, maravillada por la facilidad de Harold de tomar algo tan mágico e invisible como aquello y transformarlo en un estudio académico.

—Supongo que es porque lo abordo con la mentalidad de un científico —confesó, como si fuera algo por lo que debiera disculparse—. Pero mi corazón está en el lugar correcto —dijo, sonriéndome.

Lo guie hasta la puerta trasera de casa de Cathal O'Shaughnessy. Me incliné por encima de la parte superior de la media puerta y llamé para alertarlo de nuestra presencia. Cuando vi que no había respuesta, introduje la mano y levanté el pasador. Y allí estaba él, sentado en un *súgán* en el rincón de la chimenea, fumando en pipa y con la mirada perdida en el resplandor de la turba, soñando con tiempos pasados. Harold, con sus modales de ciudad todavía intactos, se mostró reacio a molestar al anciano.

—No podemos entrar así, ¿no? —farfulló.

—Claro que podemos. Vengo con mi madre una vez por semana para ayudar a limpiar la casa y traerle provisiones —le expliqué.

Harold seguía inmóvil en la entrada, con una expresión de admiración reflejada en sus facciones.

—Es muy generoso por vuestra parte. ¿Sois familia de este hombre?

—No, pero es nuestro vecino, y es mayor.

La verdad es que no entendía muy bien por qué tenía que explicarle lo evidente a Harold, aunque debo tener en cuenta que él es de fuera y que quizá en California la gente se comporta de otra manera. Unté un poco de pan con mantequilla y puse una tetera de agua al fuego para preparar el té. Al cabo de poco rato, Cathal se despertó de su trance y nos dio la bienvenida con una sonrisa de oreja a oreja que dejó patente la ausencia de dentadura de su boca. Su cara estaba ajada, como un viejo zapato de cuero que ha visto muchos caminos.

—*Cé hé sin?* —preguntó Cathal por enésima vez a un volumen que despertaría a los muertos.

Iba vestido con su uniforme habitual: pantalón marrón, chaleco y gorra, ninguno de los cuales había visto un barreño en mucho tiempo. El pobre Harold, en comparación y a pesar de estar medio asfixiado por el humo de la turba que ardía en la chimenea, era la viva imagen de la elegancia sartorial. Tenía los ojos llorosos y rojos y empezó a parpadear con fuerza. Abrí la ventana, pero como no soplaba el viento, el humo no podía salir y apenas si hubo cambio.

—Es un americano, Cathal. Viene para hablar contigo sobre *na Daoine Maithe* —le expliqué, sentándome a la mesa.

Cathal solo habla *gaeilge* y así transcurren siempre nuestras conversaciones.

—Sí, de acuerdo, pues dile… —Hizo una pausa para darle un buen trago a su taza de té—. Dile que conseguir que alguien te presente a la Gente Buena es imposible. O se dan a conocer o no se dan a conocer. Dile que puedes pasarte una noche entera temblando de frío arriba en Cnoc na Sí y no ver otra cosa que no sea el vaho de tu propio aliento. O que puedes estar andando tan tranquilo por cualquier lado, pensando en tus cosas, y de repente se cruzan en tu camino y cometen todo tipo de diabluras. Todo depende de la Gente Buena.

—¿Y las ha visto usted alguna vez en persona, señor O'Shaughnessy? —preguntó Harold cuando acabó de tomar unas notas.

—Pues sí, cuando era un muchacho. Ahora ya no se presta atención a esas cosas. No se ven tanto como cuando era joven.

Compartí esta información sin la menor petulancia. Estaba demostrando mi valía como guía y me sentía muy satisfecha con la predisposición de Cathal para compartir con nosotros sus recuerdos.

—¿Y cómo eran? —le pregunté, traduciendo.

—¡Pues anda que esas pequeñas sinvergüenzas no pueden adoptar la forma que les venga en gana! —respondió Cathal con una carcajada—. Pueden ser todo lo bellas que quieras, altas y delgadas, con ojos enormes y flores en el pelo, todo para atraerte. Eso es cuando quieren algo de ti. Pero si quieres mi opinión, su realidad es muy distinta. No son como nosotros; eso te lo garantizo. No piensan como nosotros, ni sienten como nosotros. Quizá sea por eso por lo que se sienten tan atraídas por el mundo humano e interfieren con nosotros y tratan de apoderarse de lo que no pueden tener. ¡Mejor que no se meta con las hadas! ¡Díselo ahora mismo, Annie!

Hice lo que me pedía, aunque las advertencias no tuvieron ningún efecto sobre Harold, quien siguió tomando nota de todo lo que yo le iba explicando y preguntó si Cathal había tenido otras experiencias o había oído contar otras historias sobre las hadas.

—En el otro extremo del pueblo había una casa —empezó a relatar Cathal—, allí donde el terreno se vuelve yermo y pedregoso. El hombre que vivía allí tenía un hijo enfermo, pero no recuerdo de qué estaba aquejado, aunque tampoco sé si tiene importancia. —Lanzó un escupitajo a la chimenea—. Uno de los gabletes de la casa estaba construido en parte sobre un fuerte o *rath*, como quieras llamarlo. Se decía que la casa estaba encantada por las hadas y pasar por allí estaba considerado peligroso y daba mala suerte.

Le expliqué a Harold cómo eran los fuertes de hadas: un montículo con piedras de gran tamaño formando un círculo. De pequeños teníamos prohibido entrar en esos lugares y nunca nos habíamos cuestionado por qué hacerlo sería una locura. Harold giró el cuaderno hacia mí y me mostró un boceto tosco que acababa de dibujar con el lápiz; tenía la forma exacta de un fuerte de hadas. Hice un gesto de asentimiento, imaginando que a lo largo de su investigación ya habría oído hablar sobre ellos, y volqué de nuevo mi atención en Cathal.

—En todo caso, era pleno verano; una tarde, al anochecer, cuando el niño estaba enfermo, se oyó el sonido de una sierra de mano allá en el fuerte. Todo el mundo lo encontró extraño y, pasado un rato, un grupo de gente del pueblo decidió ir a ver quién podía estar serrando en un lugar como aquel, o qué podían estar serrando a aquellas horas. Sin embargo, después de una concienzuda inspección, no hallaron ni rastro de la sierra ni del serrador. De hecho, excepto ellos, allí no había nadie más, ni natural ni sobrenatural. Regresaron a sus casas, y apenas se habían sentado, cuando oyeron de nuevo el sonido, a una decena de metros de ellos. Inspeccionaron una vez más la zona, pero con resultados similares. En la tercera ocasión, oyeron otra vez el sonido del serrucho en el fuerte, al que se le sumaron unos golpes de martillo clavando clavos.

Uno de los vecinos, un hombre de alma valiente, se adentró en la hondonada para investigar y, con gran pesar, resolvió el enigma.

«Son las hadas —dijo—. Las he visto, y son criaturas ocupadas».

«¿Qué están serrando?», preguntó el otro hombre.

«Están fabricando un ataúd para un niño —respondió su compañero—. Ya tienen el armazón y ahora están claveteando todas las piezas».

—El hombre casi se desmaya, aunque, con la poca fuerza que le quedaba en las piernas, corrió hacia la casa para ver cómo seguía el niñito.

Antes de traducir aquellas palabras para Harold, no pude evitar preguntarle al anciano si el ataúd era para el niño enfermo.

—El pequeño murió aquella misma noche. El hombre abandonó la casa y desde entonces la estructura se ha ido desmoronando hasta quedar en su estado actual. Nunca debería haberse construido tan cerca del fuerte —dijo Cathal, apesadumbrado—. Aquello solo podía terminar en desgracia.

Intenté disimular mi desasosiego mientras le repetía la historia a Harold en inglés, pero no sé si conseguí hacer un buen trabajo. Oía el temblor de mi propia voz y, en más de una ocasión, Harold me pidió que hablara un poco más alto, puesto que estaba casi murmurando. Me costaba creer que, durante todo aquel tiempo, mientras mi madre y yo limpiábamos la casa de Cathal y charlábamos con él, el anciano nunca hubiera compartido con nosotros una historia tan estremecedora como aquella. No obstante, debo recordar que estamos todos unidos por una regla no escrita que nos ordena no hacer mención de este tipo de cosas, como si por hacerlo pudiera caer más desgracia sobre nosotros. Y en aquel momento comprendí que esta sería precisamente la consecuencia de la visita de

Harold a nuestro pueblo: Harold formularía preguntas que nadie jamás habría formulado. Y a saber el conocimiento que la gente de Thornwood guarda silenciosamente en su corazón.

Terminado el té y con el estómago satisfecho, salimos de casa de Cathal y echamos de nuevo a rodar por el camino en nuestras bicicletas. No podía sacarme de la cabeza aquel carpintero sobrenatural construyendo el ataúd para el niño y casi ni me di cuenta de que Johnny Kilbride andaba a lo lejos cargado con un saco de turba a la espalda.

—¿Quién es ese? —preguntó Harold, tirándome casi de la bicicleta del susto.

—¿Quién? —chillé, intentando devolver mis pensamientos al presente.

—Ese hombre de allí con la gorra.

—Ah, es Johnny Kilbride. No es del pueblo, pero hace trabajos en las granjas cuando lo necesitan —expliqué; lo rechacé de entrada por no ser local, pero, como entendería enseguida, las fronteras no contaban para Harold.

—A lo mejor tiene alguna historia que contarnos.

Dejamos las bicicletas en la linde del camino y esperamos a que Johnny se acercara tranquilamente hasta nosotros. Era un tipo larguirucho que siempre daba la impresión de que necesitaba alimentarse mejor. Tras hacer las presentaciones y que Johnny se pusiera cómodo apoyado en un viejo muro de piedra, empezó a hablar en gaélico. Sé que habla inglés perfectamente, pero dijo que, en todo lo concerniente a la Gente Buena, prefiere relatar las historias en su lengua materna.

—Cuando era joven, estaba un día recogiendo turba cerca del camino con mi padre. Empezaba a hacerse tarde y el cielo había adquirido una tonalidad rosada. Me pareció oír música. Le pregunté a mi padre si él también la oía, pero me dijo que no, de modo que seguimos recogiendo turba. Entonces, como salido de la nada, apareció un hombre alto vestido muy elegante y nos dijo: «Se acabó recoger turba por hoy. Regresad a casa y no volváis la vista atrás». Mi padre y yo entrecruzamos una mirada y al girarnos de nuevo hacia el hombre, su cara había cambiado. Sus dientes se habían vuelto afilados y sus facciones estaban deformadas, como si hubiese envejecido. Su estatura había menguado más de un palmo y fue en aquel momento cuando entendí que estaba envejeciendo justo allí, delante de nuestros ojos; se le caía incluso el pelo. Te digo la verdad, Anna, soltamos las palas y echamos a correr como locos sin volver la vista atrás.

Le traduje la historia a Harold, que tomó nota con fruición. Tan bruscamente había acabado el relato, que casi me entraron ganas de añadir alguna cosa.

—¿Sucedió algo más? —pregunté, imprudentemente.

Pero Johnny se limitó a lanzarme una mirada perdida y guardó silencio mientras Harold tomaba notas. Comprendí en aquel momento que Harold debía de estar acostumbrado a escuchar a medias aquellos relatos tan extraños, historias que, en realidad, no servían para probar nada. Aunque quizá no fueran pruebas lo que andaba buscando.

Y entonces, de pronto, o quizá por querer pagar con creces la atención del yanqui, Johnny consideró adecuado compartir otro encuentro que había tenido con hadas.

—Está también lo de esa mujer extraña que me dijo que mi madre moriría —dijo, sin estar seguro de si podría interesar aquella historia.

—¡Perfecto! —exclamé, quizá con excesivo entusiasmo—. Y siento mucho tu pérdida, Johnny —añadí con más solemnidad.

—Oh, eso fue antes de que cumpliese yo los treinta, calculo —empezó a contar, rascándose la barbilla—. Estaba en el río pescando truchas, solo, con los pantalones enrollados y el agua fría corriendo entre mis pies, cuando oí un silbido. Miré a mi alrededor y vi a una noble dama de pie detrás de mí. Del susto, caí al agua y me quedé empapado hasta los huesos. Era como una visión, con una melena de cabello dorado que descendía hasta…, bueno, que le caía por la espalda. Me indicó que me sentara a su lado porque tenía algo que contarme. «Tu madre morirá de aquí a doce meses; no dejes que muera sin recibir la extremaunción». Y no fue hasta que empezó a explicarme que debía llamar al sacerdote para disponerlo todo, cuando me di cuenta de que sus labios no se movían. Sin embargo, yo oía su voz, un dulce susurro en mi cabeza. Mi madre murió exactamente cuando la aparición vaticinó que moriría, y estuvimos muy agradecidos a la noble dama por habernos advertido para que hiciésemos todos los preparativos.

—Vaya, qué impresionante. —Harold tomaba notas a la par que yo traducía.

Johnny no había resultado ser muy buen contador de historias y cuando se marchó, no pude evitar preguntarme si Harold se sentiría un poco estafado por haber decidido venir a Thornwood.

—No estamos consiguiendo tantas historias como esperaba —dije, como un pescador descontento con sus capturas.

—Oh, lo que importa no es la cantidad, Anna. He conseguido dos relatos directos de avistamientos de hadas y un relato indirecto. Diría que es un resultado excelente para nuestro primer día de trabajo. Demuestra que la creencia en las hadas sigue viva en la costa oeste de Irlanda. Y, lo que es más, todos estos breves fragmentos respaldarán los relatos previos que he ido recopilando. De verdad que estoy contento con nuestros descubrimientos —dijo, radiante de satisfacción.

Cuando Harold insistió en acompañarme a casa (habíamos desmontado ya de las bicicletas y no teníamos prisa), pensé que sería correcto mostrar también mi preocupación por su bienestar.

—¿Dónde se hospeda, si no le importa la pregunta? —dije.

—He encontrado alojamiento en el hostal del pueblo vecino —me explicó; me aseguró que en cuanto hubiera recuperado fuerzas con algo de comida, su jornada habría sido equivalente al éxito de aquella excursión.

Pasamos por delante de casa de los Doherty, de los Fox y de los O'Conghaile; finalmente, cuando doblamos la esquina de los Gallagher, vimos mi casa.

—¡Mire! —exclamó Harold—. ¡Una murmuración sobre su casa!

Miré hacia mi casa, aterrada por lo que pudiera descubrir, pero lo único que vi fue la danza nocturna de los estorninos, sus formas cambiantes revoloteando y remontando el vuelo por delante de los resquicios del sol poniente.

—¿Se refiere a los pájaros? —pregunté, y cuando me lo confirmó, tuve que pedirle que me deletreara bien aquella palabra, nueva para mí—. Tiene usted un nombre para todo.

—No por ser una palabra nueva deja de ser menos magnífico —replicó—. Como dijo Shakespeare: «Una rosa con cualquier otro nombre olería igual de dulce».

—*Romeo y Julieta.* —Reconocí al instante la frase de mi obra favorita.

—¿La estudió en la escuela? —preguntó Harold, cuando enfilamos el sendero hasta casa.

—¡Ni mucho menos! —me reí—. Fue mi madre quien me la leyó —le expliqué, rebosante de orgullo.

Nuestra madre compensaba con creces cualquier carencia que

95

pudiera tener nuestra formación en una escuela rural. Joe Butler no es muy de libros, pero permite a mi madre esta pequeña indulgencia cuando terminamos nuestro trabajo diario en la granja. Mi padre cree en la poesía del arado y la tierra, del sol y la lluvia. Pero mi madre contraataca con el argumento de que perder el intelecto es similar a dejar que las semillas se marchiten y mueran en la tierra negra, y por supuesto siempre sale ganando.

Capítulo 8

28 de diciembre de 2010

Sarah se despertó con el libro abierto sobre el cuerpo cuando el cielo comenzó a bañarse con las intensas pinceladas de un amanecer invernal. Hasta pasado un instante no se dio cuenta de que había dormido toda la noche. Se sentía descansada y hambrienta. De hecho, por primera vez desde su llegada, se sentía realmente como si estuviera de vacaciones. Se acurrucó bajo la calidez de la manta, pero no tardó mucho en empezar a sentirse culpable por Jack y en preguntarse si estaría bien. Había tardado casi un año en darse cuenta de que la relación estaba acabada, aunque incluso ahora seguían unidos tanto por el trabajo como por la falta de una sentencia provisional de divorcio. A ella no le corría prisa divorciarse; al fin y al cabo, continuaban siendo buenos amigos y ninguno de los dos quería provocar más trauma que el que ya habían sufrido.

Sabía que no podía demorar mucho más tiempo una llamada a sus padres. Meghan debía de haberles brindado ya un resumen de la situación lleno de prejuicios: Sarah se había emborrachado y se había subido a un avión con destino a Irlanda. Contradecir los hechos era imposible, pero los hechos, al sacarse de contexto, solo contaban una parte de la historia. Sus padres le tenían un gran cariño a Jack y pensaban que su hija había tenido mucha suerte al conocer al galerista neoyorquino. Existía la percepción compartida de que Sarah había conseguido algo por encima de sus posibilidades, lo que le proporcionaba una sensación inapropiada de logro y una maleta llena de inseguridades. Pronto se hizo evidente que Jack era de ese tipo de personas que se enamoran con facilidad y que se recuperan luego con la misma rapidez. Lo cual la había dejado un poco desorientada: mientras ella estaba aún disfrutando de la caída, él ya había pasado a la fase siguiente. Jack parecía emitir los sonidos adecuados, pero sonaban muy lejanos, como si quisiera mantener las distancias con ella. O como si hubiera dejado de quererla. Cuando recordaba aquellos tiempos en los que lo único que le preocupaba era que la relación estuviera perdiendo la chispa, se sentía ridículamente tonta. Había sido tan ingenua que creía que las desgracias solo les sucedían a los demás.

La temperatura del interior había subido significativamente desde que se había instalado, lo suficiente para que su organismo no experimentara ningún tipo de *shock* cuando salió de la cama y se envolvió con su mullida chaqueta de lana. Se dirigió al salón y sonrió con suficiencia para sus adentros, embelesada aún con aquella preciosa casita. Pero entonces se acordó de los ratones y se obligó a comprobar la trampa que había colocado en el pequeño espacio abuhardillado que había justo encima de la entreplanta. Cerró un ojo, enfocó la luz de la linterna hacia la buhardilla y vio que la trampa seguía vacía. No solo eso, sino que además el chocolate había desaparecido. Comprendió que, por mucho tiempo que se quedara mirando la trampa vacía, no lograría entender qué había pasado, y decidió entonces volver a ponerla.

Recordando que no había gran cosa que comer en la casa (aparte del chocolate que los ratones parecían estar disfrutando con impunidad), Sarah decidió que era el momento de aventurarse a salir. Entre las pocas cosas que había cogido del apartamento de Nueva York estaban sus cuadernos de dibujo y sus lápices. Hacía tiempo que no dibujaba y su estancia en Irlanda le pareció la oportunidad perfecta para reemprender su afición. No era muy dada a la fotografía, aunque siempre que visitaba un lugar nuevo le gustaba capturarlo sobre papel. Guardó el material de dibujo en el bolso, se calzó las botas de caminar y echó a andar por el camino.

El ambiente estaba tranquilo y silencioso, a excepción de los trinos de los pajaritos que vivían en los setos que flanqueaban el estrecho camino. Gorjeaban, emprendían el vuelo y desaparecían otra vez entre la vegetación, como si quisieran formarse una opinión sobre su nueva vecina. Todo era verde, igual que en las postales de Irlanda que vendían en la tienda del aeropuerto de Newark. El río borboteaba a su lado, y, nada más doblar una curva del camino, vislumbró una entrada imponente hacia la zona boscosa, con dos grandes pilares de piedra a ambos lados de un camino de tierra. En algún momento, imaginó Sarah, aquellos pilares debían de haber sostenido una puerta de hierro. El suelo era una alfombra de hojas indefinidas en distintos estados de descomposición. La tierra estaba blanda y pegajosa y amortiguaba el sonido de sus pasos. Pensó en que podría desaparecer en aquel bosque sin dejar rastro. La tranquilidad del bosque siempre la había atraído. La empujaba a sacar el cuaderno de dibujo y unos cuantos lápices y emprender la hipnótica tarea de plasmar las intrincadas líneas sobre un trozo de corteza. Los árboles poseían una espiritualidad que parecía aportarle calma interior.

Siguió andando colina arriba, adentrándose en el bosque,

observando cómo las ramas más altas se entrecruzaban y creaban un maravilloso toldo natural. Reconoció fresnos, hayas y robles. Adonde mirara, encontraba inspiración para su cuaderno. Llegó entonces a una arboleda de avellanos, con el suelo cubierto por un lecho de campanillas de invierno que mecían sus cabecitas al ritmo de la brisa. Pensando en lo bonitas que quedarían en un jarrón en la casa, se agachó para coger unas cuantas, y estaba tan enfrascada en la tarea, que ni se dio cuenta de que un hombre con uniforme de color caqui se acercaba. No fue hasta que el perro que lo acompañaba empezó a ladrar, que Sarah levantó la vista.

—Oh, hola —saludó, sorprendida por la presencia de aquel hombre.

Sin demostrarlo, de repente se sintió vulnerable, sola con un desconocido en medio del bosque. Cualquier cuento de hadas digno de ser calificado como tal la habría alertado al respecto.

—¡Max, ven aquí! —ordenó él, y el perro obedeció con elegante experiencia.

Era un perro pequeño, blanco con manchas marrones, muy alerta, y miró a Sarah como si ella anduviera buscando trufas.

—¿Qué está haciendo? —preguntó el hombre, señalando las flores que Sarah tenía en la mano.

—Estaba… Eh… Perdón, ¿quién es usted?

—Soy el agente forestal de East Clare —respondió con una autoridad que su altura y constitución no hacían más que reafirmar.

—Oh, vale, de acuerdo, solo estaba cogiendo unas flores, guarda. —Pronunció la última parte de la frase con fingido coqueteo, pensando que el hombre le vería el lado gracioso. Pero no lo hizo.

—Pues preferiría que no lo hiciera —repuso él, como si le estuvieran sacando las palabras a la fuerza.

—¿Son de una especie protegida o algo así? —preguntó con

sinceridad Sarah, aunque por la cara que puso él entendió enseguida que se había tomado su arranque de sinceridad como una burla—. Es que no soy de aquí. Soy de los Estados Unidos y estoy de vacaciones.

—Jamás lo habría adivinado —murmuró el hombre.

Sus ojos, una combinación poco habitual de verde y marrón, reflejaban la luz que se filtraba entre el entoldado de ramas y tenían tal intensidad que se hacía difícil mantenerle la mirada. Llevaba el pelo cortado casi al rape y la barba de dos días que le cubría la mandíbula le daba un rudo atractivo. Con el uniforme, parecía básicamente un militar, pero el perro ladrador desenmascaraba su identidad. Solo un tipo sentimental aguantaría un perro como aquel, y Sarah lo sabía.

—El daño ya está hecho —dijo Sarah, y se encogió de hombros—. Pero ya no cogeré más campanillas, por si sirve de algo.

—Y no solo estas campanillas.

Se quedaron sin decir nada, incómodos los dos, mirando a Max, el perro, a la espera de que acudiera a su rescate. Y como si lo hubiera intuido, el perro ladró con fuerza y volvió a sentarse, satisfecho con su actuación.

—Mire, no pretendía… Debo de haberle parecido… —empezó el hombre. Sin embargo, en aquel momento le sonó el teléfono y dijo que tenía que cogerlo.

Sarah pasó las campanillas de una mano a la otra, deseando poder devolverlas a la tierra por arte de magia. El hombre estaba hablando con alguien sobre los intríngulis del motor de un Land Rover y ella vio la oportunidad de escapar de la situación. Parecía tan concentrado con la llamada que, en cuanto le dio la espalda, Sarah echó a andar sin hacer ruido para salir del bosque. Incluso el perro había dejado de vigilar y estaba distraído olfateando una madriguera de conejos.

Sarah puso rumbo hacia la tienda del pueblo con la intención de comprar comida y una botella grande de vino. Tenía la sensación de haber pisado la tumba de alguien, ¿o estaría alguien pisando la suya? Fuera como fuese, sintió un escalofrío. Repasó mentalmente el extraño encuentro que acababa de tener, y llegó a la conclusión de que no sabía si el hombre había reaccionado con exageración o si a ella se le había pasado algo por alto. Se sentía un poco tonta por haber salido huyendo de aquella manera, pero como no tenía que volver a ver nunca más a aquel hombre, daba igual. A paso ligero, la caminata le llevó unos quince minutos; cuando llegó a su destino, se sentía llena de energía. El establecimiento era esencialmente un espacio alargado, abarrotado con una gama de productos tan amplia que era complicado decir si era una tienda de comestibles, una farmacia o un local de venta de productos veterinarios. Una joven atendía el mostrador y, por una vez, el acento norteamericano de Sarah no provocó el interrogatorio habitual.

—Hace frío, ¿eh? —dijo Sarah, soplándose las manos para calentarlas.

—Es la humedad —dijo la chica—, se acostumbrará.

Por alguna razón, el tono empleado por la chica le dio a entender a Sarah que no estaba esforzándose lo suficiente para adaptarse.

Sarah cargó con la compra y casi choca con Marcus al salir.

—Hola, ¿qué tal va la cosa? ¿Todo bien en Butler's Cottage? —preguntó, presionándole el brazo a Sarah.

—Hola, sí, todo bien. La casita es de lo más acogedora. ¿Le apetecería pasarse por allí mañana? —dijo Sarah, sorprendiéndose a sí misma con su recién descubierta espontaneidad.

—Oh, muchas gracias por la invitación, pero ni se imaginaría el montón de cosas que me quedan aún pendientes de hacer para la fiesta de Año Nuevo.

—Dios mío, casi se me olvida lo de la Nochevieja.

—En el hotel montamos siempre una buena juerga. No es igual que Times Square, claro, pero será más que bienvenida si decide asistir —dijo Marcus.

—Oh, no sé. —Sarah no estaba para grandes celebraciones.

—Sería una forma estupenda de conocer a gente de por aquí —añadió Marcus, y le guiñó el ojo.

—Acabo de conocer a uno y no pinta muy bien.

—Vaya.

—Sí, el agente forestal local me ha regañado por coger flores en el bosque —le explicó, mostrándole el maltrecho ramito que se había guardado apresuradamente en el bolsillo.

—Ah, sí, Oran —replicó Marcus con un gesto de asentimiento.

—Creo que me he puesto muy nerviosa, pero la verdad es que ese hombre lo ha llevado a otro nivel.

Estaba malhumorada después de aquel encuentro, y de pronto se preguntó si Marcus vería que en la bolsa de plástico con la compra llevaba también dos botellas de vino.

—No permita que eso la desanime. Oran es un buen muchacho, la verdad, aunque imagino que a veces puede mostrarse un poco susceptible con ciertas cosas. Lo cual es comprensible, claro.

Sarah tuvo entonces el horrible presentimiento de que Marcus quería probar suerte como casamentero, de manera que lo cortó lo más educadamente que pudo y echó a andar para volver a la casita.

Capítulo 9

1 de enero de 2011

Por primera vez desde que alcanzaba a recordar, Sarah pasó la Nochevieja completamente sola. Se había quedado dormida con la ayuda de las dos botellas de vino peleón que había comprado y, cuando llamaron a la puerta, no estaba segura de si los golpes eran reales o sonaban dentro de su cabeza.

—Vete —le murmuró a la almohada.

Sin embargo, los golpes en la puerta persistieron; en consecuencia, se sentó muy despacio en la cama y esperó a que la habitación dejara de dar vueltas antes de intentar levantarse.

Tiró de la puerta de entrada y consiguió aflojar el pestillo que mantenía unidas las dos partes hasta abrir tan solo la mitad inferior.

—Lo siento —dijo, agachándose para ver quién era—. ¡No consigo cogerle el truco al pestillo! —Vio dos piernas delgadas y unas zapatillas deportivas con brillantitos—. ¿Eres tú, Hazel?

La respuesta fue un ladrido, que anunciaba la presencia de un perro en el jardín.

—Hola, Sarah —respondió la chica, casi riendo—. Tienes que

volver a cerrar la puerta y, cuando la abras, atizarle un buen golpe a la cerradura.

Con toda su fuerza bruta, Sarah consiguió abrir la puerta entera a la segunda intentona.

—Oh, vaya… vaya sorpresa. —Intentó mostrar un entusiasmo que en realidad no sentía.

Pero si acaso la bienvenida no fue lo bastante amable, los recién llegados no lo tomaron en cuenta. El perro se invitó rápidamente a pasar y fue directo a instalarse en la alfombra de delante de la chimenea.

—¡Max! —gritó Hazel, pero el perro parecía decidido a hacer alarde de su talento para la escucha selectiva.

—Espera un momento, ¿acabas de llamarlo «Max»?

—Esto es para ti, de parte de mi padre —dijo Hazel, ignorando la pregunta y haciéndole entrega de un ramito de claveles y pequeñas florecillas silvestres de color blanco.

—Oh.

—Me ha dicho exactamente: «Llévaselas a la yanqui y dile que siento mucho lo de las campanillas de invierno».

—Oh —repitió Sarah. Cogió las flores y las dejó un momento en el fregadero—. ¿Me estás diciendo que tu padre es el forestal?

—Sí —respondió Hazel; miraba a su alrededor y tocaba las cosas con una nostalgia que para nada correspondía a su edad—. El sargento mayor, lo llamamos nosotros —dijo con sorna—. Es… Es un poco obsesivo con ciertas cosas —explicó, incorporando a sus palabras un estrambótico acento americano.

—Me lo vas a decir a mí —reconoció Sarah. Llenó una jarra con agua para poner las flores—. Lo siento, no tendría que haber dicho esto. Simplemente estaba haciendo su trabajo. —Colocó la jarra en la mesa—. Justo ahora iba a prepararme una tetera, ¿te apetece una taza?

Hazel movió la cabeza en un gesto afirmativo y se desabrochó la chaqueta. Acercó una de las sillas a la mesa, como si estuviera en su casa. Con la punta del dedo, empezó a recorrer los nudos invisibles de la madera y ambas guardaron silencio mientras la tetera silbaba y burbujeaba.

—Las plantó para mi madre —dijo Hazel, así, de repente.

—¿Perdón?

—Las campanillas de invierno. Eran las favoritas de mi madre. Las plantó allí cuando ella murió.

Sarah se quedó inmóvil como una estatua, sosteniendo las dos tazas.

No encontraba palabras.

—Dijo que sería bonito tener un lugar donde ir para recordarla. En el bosquecillo de los avellanos. Por lo visto, allí fue donde mi madre le comunicó a mi padre que estaba embarazada de mí, de ahí mi nombre, «Hazel», como las avellanas.

—Ah, claro. Es un nombre precioso.

Sarah se obligó a ponerse en acción y dejó las tazas en la mesa. Tomó asiento delante de Hazel, la miró a los ojos y dijo:

—Lo siento mucho.

—Sí, bueno. Fue hace ya un tiempo, así que…

Sarah sabía que aquello era la expresión en clave para decir «Por favor, no me hagas hablar de esto».

Y como si le acabaran de dar la entrada en escena, la tetera anunció que estaba lista y Sarah se levantó para preparar el té.

—¿De modo que tú eres la chica que susurra a las puertas? Porque la verdad es que yo no consigo dominar esa de ninguna manera —bromeó mientras removía el té.

—Sí, hay que cogerle el truco. Esto era nuestra casa…, pero luego nos fuimos a vivir con el abuelo.

—No lo sabía. Pues siempre que te apetezca venir a visitarme, hazlo con total libertad. —Sarah tomó asiento al lado de Hazel—. Siempre y cuando tu padre esté de acuerdo, claro —añadió, intentando canalizar la rutina de «mamá perfecta» de su hermana.

—¡Oh! ¿De dónde has sacado ese nido de reyezuelo?

Sarah se quedó paralizada. Probablemente tampoco debería haberlo cogido y llevado a casa. Las puntas de las orejas se le pusieron coloradas de vergüenza y de pronto se sintió como cuando era adolescente y estudiaba en el instituto.

—No sabía qué tipo de nido era —replicó con vaguedad.

—Mi padre me lo enseñó. Se sabe que es un nido de reyezuelo porque se asemeja a una tacita, de lo pequeño que es —dijo Hazel, arrugando la nariz.

—Creo que nunca he visto un reyezuelo.

—Hay quien dice que traen mala suerte, que un reyezuelo traicionó a san Esteban, y es por eso por lo que los enmascarados entierran un reyezuelo el día de San Esteban.

«Ahora lo entiendo», pensó Sarah, recordando el diario de Anna.

—Pero también hay quien ve el reyezuelo como una señal de que llega la primavera, de que se avecina un cambio.

—Me gusta más esa idea —dijo Sarah. Abrió un paquete de galletas con trocitos de chocolate y las puso en un plato—. ¿Eso también te lo enseñó tu padre?

—¿Eh? No. Él no cree en… ese tipo de cosas.

Sarah confiaba en que haber encontrado el nido fuera una buena señal. De hecho, el nido la había conducido hasta el diario.

—¿Puedo echarle un vistazo? —preguntó Hazel, con una galleta en una mano y el diario de Anna en la otra.

Sarah lo había dejado abierto sobre la mesa la noche anterior.

—Por supuesto. Está muy bien, la verdad. ¡La chica está ayudando a un americano a buscar hadas! —dijo Sarah con un tono de voz que sonó un poquitín histérico.

—¿Aquí? ¿En Thornwood? —preguntó Hazel, que devolvió la galleta al plato para coger el diario con ambas manos.

—Pues sí. Aunque me parece que el tipo en cuestión viajó también por toda Irlanda y estuvo incluso en la Bretaña.

Sarah se sintió embargada por una leve sensación de pánico, como si estuviera de nuevo en el parvulario y otra niña le hubiera robado su juguete. Se cernió sobre Hazel mientras esta hojeaba el diario para ver si tenía los dedos manchados de chocolate.

—Fuimos a la manifestación para protestar contra la tala del espino blanco —le explicó Hazel.

Envolvió la taza de té entre sus manos de adolescente y Sarah aprovechó la oportunidad para apartar el diario de cualquier peligro.

—Le supliqué una y otra vez a mi padre que me dejara ir sola, pero dijo que únicamente me dejaría ir si él me acompañaba. ¡Pinté una pancarta enorme con el lema «Salvemos nuestras hadas» y funcionó!

Era una joven encantadora, a punto de convertirse en mujer, pero, según como la observases, conservaba aún una maravillosa naturaleza infantil. Resultaba sorprendente ver cómo oscilaba con tanta facilidad entre esos dos estados en conflicto.

—Así que ya ves, en realidad no es tan malo —concluyó, bebiendo un trago generoso de té.

—Seguro que no lo es —reconoció Sarah.

Estuvieron hablando un rato sobre los libros favoritos de Hazel (que tenían como factor común la temática sobrenatural), luego sobre cómo era la convivencia con dos hombres que nunca se acordaban de bajar la tapa del inodoro.

Tras haber devorado la primera capa de la caja de galletas y haber terminado el té, justo cuando Sarah se estaba planteando proponerle a Hazel acompañarla a casa, la chica abrió la mochila y extrajo de su interior un libro antiguo.

—He pensado que tal vez te interesaría —dijo.

El rostro expectante de Hazel le llegó a Sarah al corazón. Era un libro antiguo de verdad, encuadernado en tela de color verde bosque. En la cubierta y el lomo había motivos grabados en dorado; no fue hasta después de estudiarlo con más detalle que se fijó en el nombre del autor.

—¿Harold Griffin-Krauss? —exclamó asombrada—. ¿Tienes su libro? ¿Cómo es posible?

Hazel ladeó la cabeza y en su rostro se dibujó una gran sonrisa de satisfacción.

—Sabía que te emocionaría. Cuando ayer mencionaste lo del diario y el americano, supe que se trataba de él —dijo.

—¿Puedo? —preguntó Sarah, antes de coger el libro.

—Por supuesto, adelante.

Era un poco surrealista haber leído el diario de Anna y sus humildes descripciones de aquel joven y ver ahora su trabajo publicado. Sarah se había cuestionado la certeza de que un estudiante norteamericano, que era en realidad lo que era aquel chico, estuviera de excursión por Irlanda para «estudiar» las hadas. Pero abrir la cubierta de aquel robusto libro y ver que había sido publicado por Oxford University Press lo hacía todo mucho más real.

—¿Preparo más té? —preguntó Hazel, interrumpiendo sus pensamientos.

—Um, no. Quiero decir, sí. Una taza, por favor. Con azúcar.

Hazel sonrió con satisfacción para sus adentros y dejó las tazas en la mesa. Estaba contenta de haber encontrado un alma gemela.

—¿Dónde lo conseguiste? —preguntó Sarah.

—Lo compré por Internet.

Sarah se quedó un poco decepcionada al ver que Hazel no desarrollaba más su explicación. Le habría gustado escuchar una anécdota sobre cómo había encontrado casualmente una encantadora librería de segunda mano y sus ojos se habían posado en aquel ejemplar que descansaba en el interior de una cesta, a la espera de ser elegido. «Lo encontré en Amazon» no sonaba exactamente igual.

—Y cuando lo compraste, ¿sabías que el autor había estado en el pueblo?

—En el libro no se habla mucho de Thornwood, excepto unas cuantas historias que recopiló a partir de gente de aquí. Aparte de eso, no lo menciona mucho más.

Sarah se quedó desconcertada. Era evidente que el autor había pasado una temporada en el pueblo y había establecido contactos importantes, pero quizá su tesis fuera puramente académica y por eso no quiso enturbiarla con relatos personales. Hazel siguió bebiendo ruidosamente su té y sumergiendo en él las galletas un tiempo escandalosamente largo, rescatándolas solo antes de que se hundieran en las profundidades de la taza. Sarah, entretanto, se dedicó a explorar el libro, como si estuviera leyendo braille. El diseño de cubierta consistía en una intrincada serie de símbolos grabados en dorado. Un círculo en el interior de un pentágono, dividido en seis secciones. Cada sección contenía un símbolo, aunque Sarah solo reconoció uno de ellos.

—Esto es un trébol, ¿verdad?

Hazel asintió, disfrutando del momento.

—¡Y del resto, no tengo ni idea! Aunque el dragón, ese lo conozco… Lo tengo en la punta de la lengua —dijo Sarah, arrugando el entrecejo, pensativa.

—¡Gales! —gritó Hazel, incapaz de contenerse.

—El dragón de Gales, por supuesto. ¿Y qué son esas tres patas en el medio? —preguntó Sarah, y giró el libro, con la idea de que eso tal vez pudiera ayudarla.

—Es el símbolo del Manx, de la Isla de Man. Y este cardo de aquí es el emblema de Escocia.

—Claro, este tendría que haberlo reconocido. ¡Creo que lo vi en *Braveheart*!

—¿Y ves este de aquí, el que parece una cruz? Este es de la bandera británica —continuó Hazel.

—¿Y las uvas? ¿De alguna región de Francia?

—No son uvas —dijo con paciencia Hazel, conteniendo una risilla—. Son monedas de oro y representan el ducado de Cornualles.

—Estoy impresionada, Hazel, eres una gran conocedora del tema.

—Hace años que tengo este libro, es casi como un amigo —dijo, restándole importancia.

El lomo del libro llevaba grabado el título *Compendio de hadas*, y debajo había una imagen que parecía de Stonehenge, aunque Hazel comentó que correspondía a Carnac, en Francia.

—¿De modo que estos son los seis países celtas? —preguntó Sarah, y Hazel asintió con sabiduría—. ¿Podrías prestármelo unos días? Me encantaría leerlo.

Sarah cayó entonces en la cuenta de que Hazel se había tomado su tiempo antes de enseñarle el libro, que la había estado evaluando y había esperado hasta estar segura de que podía fiarse de ella.

—Bueno, sí, supongo que sí.

—Te prometo que lo cuidaré muy bien.

Luego, mientras Hazel se preparaba para irse, Sarah le preguntó de manera informal por su abuelo.

—Es estupendo —dijo; entonces, con una sonrisa descarada, añadió—: ¡Y mi padre también es estupendo!

Sarah hizo un intento ligeramente patético de ignorar y negar a la vez la insinuación de Hazel, pero la chica no era de las que se dejaban engañar.

—Dile que le agradezco las flores.

—Lo haré, y gracias a ti por el té y las galletas —replicó Hazel.

Levantó con destreza el pestillo de la media puerta; al captar el movimiento, Max levantó la cabeza con cierta reticencia. Pero en cuanto tuvo claro que su ama se iba, puso las patas en movimiento y echó a correr a toda velocidad hacia la puerta.

—De nada y, como te he dicho, ven cuando quieras.

—Oh…, pero no le cuentes a mi padre lo de las hadas —dijo Hazel, frunciendo el entrecejo—. No le gusta que hable con la gente sobre estas cosas. ¡Disfruta del libro! —Se despidió con la mano y desapareció por el camino con Max pisándole los talones.

Sarah cerró la media puerta, un proceso que siguió resultándole complicado, sin poder alejar de su cabeza los pensamientos de adolescente que la asaltaban. Oran era un hombre atractivo, a pesar de su conducta malhumorada. Aunque ahora que Hazel le había explicado lo de las campanillas de invierno y su relación con el fallecimiento de su madre, lo entendía. El vano intento de aferrarse a algo que hacía tiempo que ya no estaba. Aun así, él había mantenido las distancias desde el día del encuentro en el bosque, por lo que era más que probable que no tuviera ni un mínimo interés en ella. Además, tampoco es que Sarah estuviera en posición de empezar algo con otro hombre, y mucho menos con uno que seguía llorando la pérdida de su esposa.

Los rayos del sol de la tarde calentaban la estancia y las motas de polvo creaban un espectáculo aéreo que se desarrollaba a cámara lenta junto a la ventana. La resaca había desaparecido gracias a la visita de Hazel, pero Sarah seguía todavía cansada, de modo que decidió echar más leña a la chimenea y acurrucarse delante de ella con el libro de Harold. Las encuadernaciones antiguas, grabadas con letras doradas y con cubiertas que no eran nunca recargadas ni suponían un elemento de distracción, contenían una cantidad de artesanía impresionante. *Compendio de hadas*, de Harold Griffin-Krauss, hablaba a voces de una seriedad que rara vez se le otorgaba al tema que trataba. La primera página revelaba que había sido publicado en 1912. «Justo antes de la guerra», murmuró Sarah, recordando lo que sabía de historia de Europa. Estudió por encima la pintoresca introducción y le quedó claro de inmediato que el autor era un hombre extremadamente elocuente, incluso ampuloso, y que sentía un respeto profundo por el pueblo celta. Como continuación de sus estudios del folclore celta en Europa, había decidido llevar a cabo un estudio antropológico sobre la creencia en las hadas en Irlanda y había plasmado sus descubrimientos en un libro. No era la ocupación típica de un graduado por la Universidad de Stanford, desde luego. Hojeando un poco el contenido, comprendió que el autor trataba sus «descubrimientos» como una investigación científica y que estaba respaldado por hombres muy respetados, como el poeta Yeats y el doctor Douglas Hyde, antiguo presidente de Irlanda.

Encontrar el diario y ahora esto le parecía a Sarah algo más que una coincidencia. El artículo sobre el árbol de las hadas había desencadenado una serie de acontecimientos que estaban aparentemente conectados, como una cadena, aunque le resultaba imposible comprender cómo podían estar relacionados con ella. A pesar de que ni siquiera estaba segura de creer en la existencia de hadas, sí creía firmemente en la sincronicidad. La había experimentado con su obra artística. Una vida realmente creativa exigía una especie de fe ciega en los signos, las insinuaciones o los impulsos que te guiaban hacia una determinada dirección, a partir de la cual las cosas fluían inevitablemente de manera natural. Era algo que nunca había cuestionado y jamás había compartido aquel proceso con nadie, por miedo a que hablar de ello pudiera gafarlo. Pero de eso hacía ya mucho tiempo y ni siquiera imaginaba que pudiera volver a crear algún día. El dolor que consumía su cabeza y su corazón le había robado el deseo de crear.

El libro era mucho más misterioso de lo que su austera cubierta pudiera sugerir y Sarah se acomodó para disfrutar de la lectura. La forma de escribir de aquel hombre era poesía pura:

> *Sobre Erin se cierne un halo de romanticismo, rareza y misticismo. Percibes el aislamiento, descansas, paseas, escuchas los vientos que soplan desde el océano, subsistes, te pierdes entre la niebla. Cuando hay días oscuros y noches de tormenta, te sientas junto a un fuego de fragante turba en la casita con tejado de paja de un campesino y escuchas historias de la época dorada de Irlanda: de dioses, héroes, fantasmas y hadas. Solo así conocerás Irlanda y entenderás por qué su gente cree en las hadas.*

Capítulo 10

Diario de Anna
3 de enero de 1911

Escribo a la luz de la vela y tengo mucho que contar sobre los sucesos de ayer con el señor Krauss.

Los chicos ya estaban en casa cuando llegamos, había bullicio por todos lados. Las patatas ocupaban el centro de la mesa y las pieles habían dejado al descubierto la textura blanca y harinosa de su interior. Tenía tanta hambre después de una jornada tan larga que casi podía ya saborear la mantequilla derritiéndose sobre ellas. Mi madre cortaba lonchas de la pieza de panceta que su cuñado nos había regalado tras la matanza del cerdo. Todas las familias comparten la panceta y salchichas con sus vecinos; de este modo, todo el mundo dispone siempre de un poco de jamón. Los chicos no hicieron gala de ninguna elegancia especial delante de nuestro invitado y se abalanzaron sin remilgos sobre la comida. Con veinte años, Paddy es el mayor de nosotros y es capaz de comer por diez muchachos. La única diferencia entre Tommy y él es que todo su crecimiento parece estar concentrado en sus piernas, mientras que el de

Tommy se le acumula en la barriga. Mi padre le cedió a Harold el lugar de privilegio en la mesa y Billy no dudó en ofrecer sus servicios como rebañador de platos, en el caso de que el apetito de Harold no estuviera a la altura de las circunstancias.

Terminada la cena, ayudé a mi madre a recoger y fregar mientras los hombres se ponían a jugar a las cartas. Oí que los chicos le formulaban a Harold todo tipo de preguntas sobre América y sobre todas las cosas que ellos tienen y nosotros no, aunque la conversación acabó derivando inevitablemente hacia la situación que tenemos aquí en casa. Paddy es el más politizado de la familia y sigue con gran interés los progresos del proyecto de ley de autogobierno en el Parlamento, lo que todos conocemos como la «Home Rule».

—Tenemos derecho a mandar sobre nuestros propios asuntos —argumentó Paddy, mientras Billy repartía las cartas para jugar una nueva partida del veintiuno—. Y en cuanto a la Liga de la Tierra, todavía hay demasiados arrendatarios maltratados por los terratenientes ingleses. ¿Es usted miembro del Clann na nGael en los Estados Unidos? —le preguntó al señor Krauss.

—No puedo decir que haya oído hablar alguna vez de ellos, pero soy de la Costa Oeste y la verdad es que allí no hay muchos irlandeses —respondió con diplomacia Harold—. ¿A qué se dedican?

—Envían dinero para la Hermandad Republicana Irlandesa —explicó Tommy, y entonces fue cuando mi padre dio un puñetazo en la mesa.

—Nada de política en esta casa —vociferó, como suele hacer siempre que alguien empieza a hablar sobre la independencia.

Podemos considerarnos ricos en el sentido de que somos propietarios de nuestras tierras, que han ido pasando de padre a hijo, y mi padre no quiere verse implicado en temas complicados que sabe que no puede cambiar. Se consagra en cuerpo y alma a trabajar la tierra y no se preocupa por la política. Mi madre, en cambio, simpatiza mucho con la Hermandad, pero si ha sobrevivido a tantos años de matrimonio es por haber aprendido diversas maniobras tácticas; en consecuencia, siempre encuentra un motivo para instalarse en otra habitación cuando la conversación deriva hacia la política.

Cuando la oscuridad de la noche envolvió la casa, me encargué de encender todas las lámparas y de acumular una cesta adicional de turba junto a la chimenea. Los vecinos fueron llegando solos o en parejas, hasta que la mitad del pueblo acabó calentándose el trasero delante del fuego de nuestra casa.

Los Gallagher son los vecinos más cercanos. Gerard Gallagher pasó a hacerse cargo de su granja al fallecer su padre, después se casó con una joven muy guapa de Lisdoonvarna, poseedora de una cabellera oscura que es la envidia de las mujeres. Todo el mundo piensa que es demasiado buena para Gerard y su quisquillosa madre, Eileen, que vive en la casa con ellos, aunque Rosie parece satisfecha con su elección. Y desde que nació su pequeño la pasada primavera, que también ha sido bendecido con una mata de pelo negro azabache, se ha transformado en una cariñosa mamá gallina. Los Fox viven justo al otro lado de la ciénaga y son la familia más numerosa de la parroquia. El camino entre nuestras casas está tan trillado, que por las noches ni siquiera necesitamos una lámpara para orientarnos. Son cuatro chicos y cinco chicas, la menor de las cuales es Tess, mi mejor amiga. La vieja Nora Dooley suele pasarse también por casa muchas tardes a última hora para calentarse con nuestro fuego y así ahorrarse un poco de turba.

Los más jóvenes siguieron jugando a las cartas en la mesa, mientras las mujeres sacaban las agujas de tejer y tomaban asiento en fila en el banco, donde empezaron a hacerlas sonar rítmicamente, como juguetes de cuerda. Preparé una tetera grande y repartí platos con las sobras del pastel de Navidad.

Ocupé mi lugar de costumbre en el banco al lado de mi amiga Tess e intercambiamos risillas y comentarios en voz baja detrás de nuestras respectivas labores, compartiendo chismorreos y tonterías sobre quién andaba cortejando a quién. El pobre Harold debía de sentirse como una vaquilla en una exposición de ganado, con los hombres observándolo de arriba abajo y las mujeres lanzando miradas furtivas a su elegante atuendo. Cuando abrió la boca para saludar a los vecinos que iban llegando, su acento solo sirvió para diferenciarlo más de todo el mundo. Fue Paddy quien, con su encanto natural, salvó finalmente la situación al anunciar:

—Vengan a conocer a nuestro amigo Harry. Está recaudando fondos para los Voluntarios Irlandeses en los Estados Unidos —dijo, pasándole a Harold un brazo por la espalda.

La estancia se quedó un momento en silencio y mi padre fulminó con la mirada a Paddy, pero fue justo la señora Gallagher quien se levantó en primer lugar y fue a estrecharle la mano. Después de aquello, se formó casi una cola para ir a saludar al yanqui, acompañando el gesto con un coro de «Dios lo bendiga» y «Sabíamos que América no olvidaría a los suyos». Harold me miró con expresión de impotencia, como el novio que en el altar se da cuenta de que ha elegido a la novia incorrecta, pero yo me limité a encogerme de hombros y a indicarle con un ademán que les siguiera la corriente. Siempre es mejor que la gente piense que estás de su lado, y muy en especial en nuestro pueblo.

Después del té, la reunión empezó a relajarse y los asistentes tomaron asiento en cualquier taburete o caja de madera que pudieran encontrar. Harold, al ser el invitado de honor, ocupó un lugar de privilegio en el sillón de mi padre, y, a pesar de sus muchas protestas, no tuvo más remedio que beber un sorbito de *poitín*. Apiñados alrededor del fuego, empezamos a contar fragmentos de historias sobre *banshees* y a cantar viejas canciones. La paz se vio interrumpida cuando llamaron con potencia a la puerta. Tommy se levantó para ir a abrir y recibir a un nuevo visitante.

—Qué Dios bendiga a toda la casa —fue el saludo del señor Finnegan, el maestro.

—Bienvenido, señor Finnegan —dijo mi padre, y le estrechó con vigor la mano.

No es habitual que el maestro venga a visitarnos, y todos enderezamos un poco la espalda con su llegada. El hombre había perdido todo el pelo de la coronilla, pero lo que le quedaba por los laterales era suficiente para poder peinárselo y alcanzar el otro lado. Mi madre dice que es el tipo de hombre que podría discutir incluso con las uñas de sus pies, pero que no hay maldad en él, solo orgullo.

—Señor Krauss, qué suerte que esté usted aquí. Resulta que, después de nuestro encuentro de hoy, ha llegado a mis oídos una noticia muy inquietante.

Los hombres se estrecharon la mano y se sirvieron más bebidas.

—Se ve que esta misma noche han encerrado en el calabozo a un hombre oscuro y perverso —dijo, y todos contuvimos la respiración—. ¿Y creerán ustedes que su argumento de defensa es que todo el lamentable asunto es obra de la Gente Buena?

El maestro estaba excepcionalmente aturullado. Era un hombre que disfrutaba escuchando el sonido de su propia voz y que por lo general se relamía cuando encontraba un público cautivo. Aunque daba la sensación de que relatar aquella historia le estaba removiendo la conciencia.

—Llévate al niño a la cama —me ordenó mi madre, que tenía el regazo ocupado con calcetines para remendar.

Marché con Billy al cuarto de los chicos y le dije que se pusiera el pijama y que enseguida volvía para acostarlo. Regresé a la sala, donde todo el mundo seguía expectante, pero decidí quedarme en silencio en el umbral, ni dentro ni fuera.

—Tal vez no sea una historia para contar esta noche en esta casa, pero no tardará en salir en todos los periódicos y después todo el mundo hablará de ella.

—¡Suéltalo ya, hombre! —gritó Tadhg Fox, el padre de Tess.

El señor Finnegan apuró su bebida de un solo trago y le indicó con un gesto a mi padre que le sirviera otra.

—La noticia me ha llegado desde Ennis. Hoy han arrestado a un hombre y mañana mismo comparecerá ante la justicia. Me lo ha comunicado el director de la escuela de esa población… —El señor Finnegan hizo una pausa y ofreció la copa a mi padre para que pudiera llenársela de nuevo—. Me ha contado que vio al hombre en persona y que tenía una pinta muy rara. Todo empezó cuando la mujer de ese hombre se puso enferma. Se ve que estaba entregando pedidos de huevos de sus gallinas cuando por accidente se adentró en un lugar que era un círculo de hadas. Resulta que, a partir de aquel día, cayó muy enferma y acabó postrada en la cama. El marido mandó llamar al médico, también al sacerdote, pero nadie sabía qué mal la aquejaba. Pasaron las semanas y la mujer seguía sin recuperarse. El marido, desesperado, llamó entonces a una *bean leighis*.

Vi que Paddy le explicaba a Harold que el término hacía referencia a una curandera. En aquel punto de la historia, me alegré de estar en mi propia casa. Andar por el campo en plena noche después de escuchar una historia que hablaba de círculos de hadas y enfermedades pondría a prueba el valor de cualquiera.

120

—Cuando el cura visitó de nuevo a la mujer para ver si había habido alguna mejoría, descubrió que el hombre la había atado a la cama y la estaba obligando a tragar un preparado con leche y hierbas. Y le estaba gritando, además: «En nombre de Dios, Mary, ¿eres mi mujer o no?».

—Pero ¿qué le pasó a ese hombre? —preguntó la señora Gallagher, arropándose con el chal.

—Parece ser que estaba muy asustado por la enfermedad tan grave y repentina que había atacado a su esposa. Y estaba empezando a dudar de si aquella mujer era su esposa o si «Ellas» la habían raptado y la habían convertido en una bruja.

—La Gente Buena —dijo la anciana Nora Dooley, santiguándose.

—Y se ve que la estaba poniendo a prueba para ver si era de verdad su esposa o… si alguien estaba ocupando su lugar. Si la mujer no le respondía tres veces que sí, que era su esposa, entonces tendría ya su respuesta. El caso es que la triste historia terminó cuando la mujer no le respondió una tercera vez. Un vecino lo vio tirándola al suelo, montándose encima de ella y presionándole la garganta con una mano. Viendo que no le respondía, el hombre cogió un madero candente del fuego y se lo acercó a la boca. Después, la desnudó hasta dejarla en bragas, la roció con aceite de la lámpara y le prendió fuego.

Me tapé la boca con las manos para sofocar un grito que podría haber inquietado a Billy. Pero capté los murmullos de horror en la sala mientras el señor Finnegan proseguía con su relato.

—«¡No pienso tener a una vieja bruja ocupando el lugar de mi esposa! ¡Debo recuperar a mi esposa! ¡No es a Mary a quien estoy quemando!», se le oyó gritar, mientras veía el cuerpo consumirse por las llamas. «¡Esta no es mi esposa!», insistió.

—Que Dios nos bendiga y nos salve a todos —dijo la madre de Tess—. ¡Ese hombre es un loco!

—Se había convencido a sí mismo de que aquella mujer era una bruja, de que saldría volando por la chimenea y entonces su esposa de verdad volvería.

—¿Y lo hizo? —preguntó Nora—. ¿Volvió la bruja con los suyos?

Algunas de las mujeres se santiguaron y los hombres sacudieron la cabeza.

—¡Por supuesto que no, tonta! —le espetó el señor Finnegan—. El hombre asesinó a su esposa, así de claro.

Es raro que las personas que visitan nuestra casa no controlen su lenguaje. Pero ¿qué podíamos decir? Todos tenemos nuestras pequeñas supersticiones, aunque prender fuego a alguien por ellas ya es harina de otro costal. De pronto fue como si se hubiera producido una fractura en la sala. Miré los rostros de jóvenes y mayores congregados alrededor de la chimenea y observé la tensión entre corazones y cabezas, entre las viejas costumbres y las nuevas, dos mundos distanciándose. No creer en la Gente Buena, no respetarla, no me parecía seguro, pero ¿cómo justificar lo que había hecho aquel hombre?

—¿Lo colgarán? —preguntó mi madre.

El señor Finnegan se limitó a sacudir la cabeza con tristeza, en un gesto que no respondió a la pregunta. Los presentes recuperaron la voz, y cuando empezaron a preguntar por qué nadie había acudido en ayuda de aquella pobre mujer, volví al cuarto de los chicos para darle las buenas noches a Billy. Lo acosté en el blando colchón y le acaricié el pelo. Billy se acurrucó bajo el calor de la manta y sus facciones perdieron cualquier indicio del joven adulto en que estaba convirtiéndose. Era como un tierno bebé, que lo único que necesitaba era una voz tranquilizadora y una caricia reconfortante. Empecé a cantarle en voz baja su canción de cuna favorita:

Seoithín seo thó, mo stór é mo leana,
mo stóirín in aleaba ina chodladh gan brón.

Noté que le empezaban a pesar los párpados mientras le murmuraba el resto de la canción. Me incorporé sin hacer ruido y avancé de puntillas hacia la puerta sin dejar de canturrear... y me tropecé de bruces con Harold, que estaba en el umbral.

—¡Jesús, María y José! —dije entre dientes, asustada.

Harold me sujetó por el brazo para ayudarme a mantener el equilibrio y se disculpó enseguida por haberme asustado.

—Es que ya me iba —musitó—. Quería despedirme y agradecerle toda la ayuda que me ha brindado hoy.

Le resté importancia a mis servicios; no estoy acostumbrada a recibir elogios por hacer simplemente lo que se espera de mí. Harold tenía los ojos un poco vidriosos por el *poitín,* y al hablar en voz baja, perdía aquel aire de profesionalidad con el que siempre intentaba envolverse.

—¿Me permite preguntarle qué canción le estaba cantando a Billy?

—Oh, no es más que una antigua canción de cuna que me cantaba mi madre, y que su madre también le cantaba a ella —le expliqué.

—Me gustaría poder entender su idioma —repuso Harold con su sonrisa siempre entusiasta—. ¿Podría explicarme qué dice?

Dudé unos instantes. Pensaría que era una tonta por cantar aquello justo después de escuchar el escalofriante relato del señor

Finnegan. Pero no era más que una canción de cuna antigua, ¿qué mal podía hacer?

—Es una canción sobre las hadas, que esperan en el tejado de la casa para raptar al niño —dije.

—¿Y eso aporta consuelo? —dijo Harold con incredulidad.

—No, no me ha entendido bien —dije, esbozando una sonrisa paciente—. La canción dice así:

Duérmete, mi niño, duerme tranquilo,
en el tejado de casa están las hadas refulgentes,
juegan y beben bajo la delicada luz de la luna
de primavera; ya vienen, para llamar a mi niño,
para atraerlo hacia el montículo de las hadas.
Niño mío, corazón mío, duerme profundamente;
que la buena suerte y la felicidad te acompañen eternamente;
estoy aquí a tu lado y rezo por ti.
Duérmete, mi niño, duerme, nunca te irás con ellas.

Harold permaneció apoyado en la jamba de la puerta, hipnotizado por mis palabras.

—Me encantaría que pudiera escribirme la letra…, esta traducción, claro —dijo—. Me gustaría mucho poder incluirla en mi estudio.

Tenía una forma de ser muy sencilla. Para tratarse de un hombre con tantos conocimientos y, sin lugar a duda, adinerado, lo llevaba con naturalidad y se esforzaba en todo momento por encajar.

—¿Escribirá también en su libro esa historia del hombre que mató a su esposa? —pregunté.

—Por supuesto. Aunque me temo que no es la primera vez que escucho historias de este tipo.

Se quedó allí un momento más, haciendo girar el ala del sombrero entre dedos, como si estuviera haciendo girar la rueda de un molino. Yo no sabía qué decir. Aquella historia me había dejado con un nudo de nervios en la boca del estómago.

—Mire, si se lo ha pensado dos veces y no desea ayudarme a recopilar este tipo de historias…

—¡No, claro que no! —exclamé, interrumpiéndolo—. No estoy asustada, si eso es lo que piensa.

—No, no es este precisamente un error que suela cometer —replicó, pasándose la mano por el pelo e intentando disimular una sonrisa—. Bueno, mejor que me marche antes de que me ponga pesado. Está oscuro ahí fuera y mi vista no ha mejorado, ¡ni siquiera después de media botella de licor! —dijo con una carcajada.

Nos sonreímos con cierta incomodidad y lo acompañé hasta la puerta. Cuando montó en la bicicleta y empezó a pedalear para alejarse de casa, le dije adiós con la mano. La lucecita de la bici bailó en la oscuridad y recé en voz baja para que llegara sano y salvo a su alojamiento.

Capítulo 11

Siempre había sabido guardar secretos. No porque no tuviera deseos de compartirlos, sino porque, como decían los adultos, había perdido el interés por las habladurías. Fue después de lo de Milly. Los chicos de la escuela se burlaban de mí tildándome de tonta, aunque nunca permití que sus comentarios me molestaran. Después de lo de Milly, ya nada me enojaba, ni me hacía sentir triste, ni de ninguna manera, en realidad.

Ese día en particular era plena primavera y los jacintos se arqueaban por encima de las prímulas, coloreando de amarillo y azul las lindes de los caminos. Yo tenía trece años y aquella tarde me había escapado de las tareas domésticas. Mi abuelo me había enviado un libro precioso desde Dublín: *La princesita*, de Frances Hodgson Burnett. Siempre nos estaba enviando regalos, especialmente libros. Mi padre resoplaba cuando veía llegar paquetes; a su entender, los libros solo sirven para hacerte perder el tiempo e interferir en todo el trabajo que siempre hay pendiente en una casa. Si alguna vez sorprendía a alguno de los chicos leyendo libros en la mesa, le preguntaba si ya había limpiado el establo, apilado la turba o cualquier otra labor agotadora. De manera que todos leíamos en algún escondite:

por aquel entonces, Paddy lo hacía detrás del cobertizo, Billy y Tommy en lo alto de las lomas, y Milly y yo en el viejo roble.

Milly me enseñó a trepar por él con seguridad, verificando la fortaleza de las ramas antes de encaramarme a ellas. El tronco tenía cuatro brazos gigantes, aunque había una rama en particular que se curvaba en su parte central y era la más cómoda para sentarse. El roble estaba bellísimo en primavera, con las hojas nuevas liberándose de la madera oscura que había permanecido desnuda todo el invierno. Desde allí tenía una vista estupenda sobre nuestra granja y los campos colindantes. Los corderitos daban cabezazos a las ubres de sus madres para obtener leche y luego saltaban felices por todos lados, como si quisiesen imitar a las ranas. Guardaba mi libro en el hueco, un lugar secreto, una abertura situada hacia la mitad del tronco que parecía una boca abierta al inframundo. Era el escondite perfecto, un hueco lo bastante profundo para que mi libro se conservara seco y a salvo de los elementos. Milly y yo nos parábamos en el árbol de camino a casa al salir de la escuela y leíamos unos cuantos capítulos antes de que mi padre nos reclamara para ayudarlo con cualquier cosa. Me había sentado en el codo del árbol, con la espalda apoyada en el tronco y las piernas balanceándose en la brisa. Estaba llegando a la parte en la que muere el padre de Sarah y, por si eso ya no fuera malo de por sí, toda su fortuna se había esfumado también. No sé muy bien cuánto tiempo llevaría allí sentada, pero de repente me di cuenta de que se oían voces. No es que estuvieran gritando, pero sí discutían.

—¡Hazlo tú! —dijo en tono insistente una voz.

—No, tienes que hacerlo tú. Tú lo encontraste —replicó la otra.

Su acento era totalmente ajeno a aquel paisaje. Incluso los pájaros parecieron detener su canto al oírlas. Me incliné todo lo que me atreví a hacerlo y vi que los gemelos Hawley estaban en el camino, justo al otro lado del muro de piedra que delimita nuestra propiedad. Miraban algo en el suelo e iban vestidos con sus mejores galas de domingo, aun siendo martes.

—Tienes que hacerlo tú —dijo Olivia.

—¿Por qué? —preguntó George, claramente insatisfecho de que una chica le diera órdenes.

—¿Tienes miedo? ¡Georgie Porgie es un cobardica!

Olivia siguió burlándose de él y dedicándole todo tipo de cancioncillas poco halagadoras. A punto estuve de caerme de la rama en mi esfuerzo por ver cuál era el origen de su discusión. Me senté a horcajadas en la rama y me acerqué un poco más, asemejándome a un insecto que se aferra a una brizna de hierba. Entonces, abrí los ojos como platos al vislumbrar una bolita de pelo marrón acurrucada en la hierba. Era un conejito minúsculo, paralizado por el miedo. Tenía las orejas tan echadas hacia atrás que casi le rozaban el lomo y se defendía de la única manera que sabía: quedándose perfectamente quieto y confiando en que sus potenciales atacantes no se percataran de su presencia. Pero ahora que George lo había visto, el terror de su carita era inconfundible.

—Yo ya me he ocupado de los polluelos de aquel nido —dijo Olivia, pasándole una piedra del murete.

Me quedé boquiabierta al ver que George cogía la piedra. Olivia miró fijamente a su hermano, no al conejito, y parecía estar relamiéndose con lo mal que el chico lo estaba pasando. George estuvo tanto tiempo sosteniendo la piedra por encima de su cabeza, que empecé a pensar que ninguno de los dos se atrevería a cometer tal tontería. Aun así, deseé con todas mis fuerzas que el conejito echara a correr, que sus patas traseras encontraran la energía necesaria para impulsarlo y alejarse de aquella horrenda situación.

Los brazos de George empezaron a temblar por el peso de la piedra que sostenía en alto. Apretaba los dientes y daba la sensación de que iba a romper a llorar en cualquier momento. El sol se reflejaba en sus rizos rubios, que contrastaban con las facciones morenas de su hermana. Era como si el tiempo se hubiera detenido, y vi que George se sentía tan atrapado como el animalito impotente. Olivia sabía que su hermano no se atrevería a mostrar su debilidad delante de ella.

—¡Le diré a papá que eres un bebé llorica y gordinflón!

Apenas había salido de su boca la frase, cuando George lanzó la piedra con todas sus fuerzas. Lo único que se oyó fue un sollozo ahogado, que de pronto comprendí que acababa de salir de mi garganta.

Me inundó una oleada de náuseas y me vi obligada a cerrar los ojos para no caer de mi atalaya.

—¿Satisfecha? —le gritó George a su hermana.

Cuando abrí los ojos, el chico ya había dado media vuelta para emprender el camino hacia su casa. Sin embargo, Olivia se agachó y levantó la piedra para asegurarse de que la cría de conejo había quedado bien aplastada. Una sonrisa malvada cruzó sus facciones, y cuando se incorporó para seguir a su hermano, levantó la vista hacia donde yo estaba sentada. Igual que el conejito, permanecí inmóvil, pegada a la rama, rezando para volverme invisible. Olivia se aproximó, me lanzó una mirada amedrentadora y me sacó la lengua.

Recuperé el habla poco después. Ya era demasiado tarde para el pobre conejo, pero me juré que nunca más volvería a sentir aquella impotencia, para ello necesitaba mi voz.

Capítulo 12

Diario de Anna
4 de enero de 1911

Esta mañana había una capa dura de hielo que apresaba, como en un trance resplandeciente, los árboles y los arbustos que rodean la casa. Me cubrí los hombros con el chal y crucé el patio para ir a ordeñar a Betsy, intentando dejar atrás el gélido aire de la mañana. Colgué la lámpara del gancho de la pared y saludé a mi pequeña vaca parda con unas palmadas cariñosas en el lomo. Betsy es criatura de costumbres y le gusta que a diario las cosas se hagan siempre de la misma manera y a la misma hora. Cualquier desviación de la rutina la descoloca y, si no se hacen las cosas como toca, tiene tendencia a dar coces. Cogí el taburete de tres patas y el silencio se llenó con el reconfortante sonido de la leche al golpear con ritmo regular el cubo de hojalata.

Semana sí, semana no, utilizamos la leche para hacer mantequilla. La vertemos en cacerolas grandes y la dejamos allí toda la noche para que la nata se separe del suero. Luego, la retiramos de la superficie y la echamos directamente a la mantequera de madera.

Mi madre y yo nos vamos turnando para batirla, y cualquiera que entre en la casa remueve un rato también. Hay un dicho que afirma que batir demasiado tiempo produce mantequilla mala, de modo que cuanto más rápido se bata la nata, mejor.

Harold llegó justo cuando estaba yo en el patio echándole las sobras de comida a nuestra vieja cerda. La cerda es de Paddy y, normalmente, es quien se encarga de ella, pero se hallaba en aquel momento en casa de los Fox, lo cual estaba segura de que haría feliz a Tess.

—Buenos días, Anna —saludó Harold, resbalando sobre una placa de hielo del camino de acceso.

—Buenos días, señor…, quiero decir, Harold —rectifiqué justo a tiempo—. Voy a buscar el abrigo y el sombrero.

Al entrar en la casa, me paré un momento a pensar que, mientras yo andaba siempre corriendo de un lado a otro y cavilando en lo siguiente que tenía que hacer, Harold daba la impresión de tener todo el tiempo del mundo. Tal vez sea algo común en los americanos, pero, en el caso de Harold, siempre parece disponer de tiempo para reflexionar sobre cualquier misterio o para preguntarse por todas y cada una de las florecillas que crecen en el borde del camino. Para él, todo es un descubrimiento y ninguno parece tener más valor que otro.

—Y bien, ¿adónde piensa llevarme hoy? —preguntó, antes de empezar a pedalear por el camino.

—A casa de John O'Conghaile. Es un curandero —dije, satisfecha conmigo misma.

—¿De verdad? —cuestionó Harold en un tono ciertamente dubitativo.

—John es el séptimo hijo de un séptimo hijo —le expliqué—, lo cual le otorga ciertas habilidades. De pequeña, tuve un brote de culebrilla en la mano y mi padre me llevó a ver a John y…

—Disculpe, Anna, ¿está diciéndome que no la llevó a ver al doctor Lynch? —me interrumpió Harold.

—¡Por Dios, claro que no! No podíamos permitírnoslo. Además, con solo mirarme la mano, John ya supo qué era. Cogió una brizna de paja y escribió una frase invisible en la palma de mi mano. A continuación, pronunció unas palabras que ni siquiera recuerdo, y ya está. Dos visitas más, y la culebrilla se curó por completo. Le pagamos con una cesta de huevos y algo de mantequilla.

—Me parece extraordinario —dijo Harold—. ¡Eso en California es imposible!

—Pues aquí funciona así. Todos acudimos a John para curarnos. Y si no puede ayudarte, te lo dice de entrada. Mi tía Brid no podía concebir hijos y fue a ver a John para pedirle ayuda. Le puso las manos en el vientre y le dijo enseguida que nunca conseguiría tener a su propio bebé en brazos.

—Pues, en este caso, ¿a qué estamos esperando? —dijo Harold, anudándose la bufanda al cuello—. Usted delante, Anna.

Nos pusimos en marcha y me esforcé para que no me subiera a la cabeza mi recién descubierta arrogancia. Es sabido que el orgullo es pecado, pero me costó disimular el júbilo que sentí cuando Harold, un intelectual, me dijo que tomara la delantera para él poder seguirme.

En cuanto doblamos la primera curva del camino, pasamos sin detenernos por delante de casa de los Fox, donde vimos un grupo de hombres haciendo cola delante del pajar. Parecían un rebaño de ganado a la espera de que el granjero les abriera la puerta.

—¿Qué pasa ahí? —preguntó Harold.

—Es donde atiende el barbero —respondí, y saludé con la mano a mis hermanos, que formaban parte de la cola.

—¿Qué?

—Declan, el barbero. Se desplaza hasta aquí desde el pueblo vecino una vez al mes para cortar el pelo a todo aquel que lo quiera —le expliqué.

Harold sacudió la cabeza y sonrió para sus adentros.

—Se instala ahí, en el pajar rojo, con una silla y les corta el pelo a los hombres, uno detrás de otro. ¡Como si estuviera esquilando ovejas! —dije, riendo con él.

—No sé si algún día llegaré a acostumbrarme a cómo funcionan las cosas aquí —dijo—, pero lo que sí que sé es que, cuando me marche, echaré de menos estas peculiaridades.

—¿A qué se refiere? ¿Nos encuentra raros? —dije.

—Raros no, Anna, por supuesto que no. Simplemente pienso que esta autosuficiencia, en cualquier aspecto, resulta maravillosa. —Y su mirada se volvió vidriosa, como si estuviera viendo mucho más que el pajar de los Fox—. Los envidio —dijo finalmente, y pensé que, aunque se lo jurase a mis padres, jamás se creerían que Harold había dicho una cosa así.

La casita de John O'Conghaile es como una pequeña botica. De las vigas cuelgan hierbas secas y flores de todo tipo que impregnan el espacio con un encantador aroma a naturaleza en conserva. Es una vivienda limpia y bien cuidada, aunque también muy sencilla. De hecho, cuando llegamos, John estaba barriendo. Resultó que no le gustaba hablar de sus sanaciones, y nos explicó que trabaja con la regla estricta de no compartir con nadie las confidencias de sus pacientes. En lo referente a las hadas, en cambio, no se cansó de hablar de ellas, y podría decirse que tenía una historia para prácticamente todas y cada una de las categorías de estudio de Harold.

Me alegré de que Harold y él se llevasen bien desde un buen principio. John hablaba una mezcla de inglés y gaélico, y me congratulé de actuar como intermediaria siempre que fue necesario. John compartía con Harold su interés por los orígenes de las hadas y resultó ser bastante filosófico al respecto. La creencia más extendida era que descendían de los Tuatha Dé Danann, pero John era de otra opinión.

—Creo que cayeron del cielo, pero no fueron al infierno. En ellas no hay malicia —empezó a argumentar, mientras envolvía meticulosamente en papel unas hojas de tabaco.

—¿Serían ángeles caídos? —dijo Harold, tomando notas en su cuaderno.

—Podrían describirse así, efectivamente. Si estudia su naturaleza, verá que son buenas con los buenos y malas con los malos, tienen todo el encanto, excepto conciencia y coherencia. En realidad, son inocuas, pero tienden a ofenderse con tanta rapidez que no hay que hablar mucho de ellas, y, si lo haces, dirigirte a ellas como «la nobleza» o *na Daoine Maithe*.

Harold alzó la mano un momento y dijo que tendría que escribir «fonéticamente» esas palabras en gaélico. Sonreí y levanté la cabeza bien alta, para dar la impresión de que entendía lo que quería decir con aquello.

—Por otro lado, es tan fácil complacerlas, que basta con que les dejes un poquito de leche en el alféizar de tu ventana por las noches, y harán todo lo posible para que las desgracias se mantengan alejadas de ti —explicó John.

—¿Ha visto alguna vez un hada, John? ¿Cómo las describiría? —preguntó Harold.

—Las he visto, sí, aunque no es algo que me guste andar contando a la gente —respondió él—. Todo en ellas es caprichoso, incluso el tamaño. Es como si adoptaran la medida y la forma que más les apeteciera. Y encima tienen suerte: no se pasan el día partiéndose el lomo trabajando como nosotros, sino dándose festines, batallando y galanteando con jovencitos y jovencitas —dijo, con un guiño que me hizo ruborizar.

»La familia de mi padre era de Belclare, en el condado de Galway —continuó—, y siempre me hablaba sobre una gran colina que hay allí llamada Knockma. Se dice que es el lugar donde está enterrado Finvarra, el rey de las hadas de Connaught. Se cree también que, debajo de esa colina, hay una entrada al inframundo. En fin, se ve que en su día se desató allí una batalla encarnizada entre las hadas de Connaught y las de Munster. De haber pasado alguien por allí, simplemente habría notado un viento juguetón que lo arremolinaba todo a su paso. O quizá le habría parecido oír un zumbido de abejas. Pero tenga por seguro que, si alguna vez ve hojas arremolinándose o el aire burbujeando con algún sonido, se encuentra en presencia de hadas y haría bien en quitarse el sombrero y decir «Que Dios os bendiga».

Harold siguió escribiendo frenéticamente a medida que las historias iban saliendo de la boca de John. Viendo lo ensimismados que estaban, aproveché la oportunidad para observar con atención a Harold. Estudié sus manos, suaves y totalmente desprovistas de callos. Tenía unos dedos largos y finos, ¡y las uñas más limpias que las mías! Por debajo de los puños de la chaqueta le asomaban pelitos oscuros; por un instante irreflexivo, me pregunté cómo debían de ser sus brazos si se subiera las mangas de la camisa. Volví a ruborizarme, y supuse que los dos debieron de percatarse de mi reacción, pues, cuando alcé la vista, ambos estaban mirándome con expresión expectante.

—¿Té? —pregunté por instinto, y, por suerte, los dos respondieron con un gesto de asentimiento.

Colgué la tetera del gancho de la chimenea y removí un poco

la turba con el atizador. Mientras me encargaba de preparar las tazas, John siguió hablando:

—La madre de mi cuñada era la partera de aquella región. Un día apareció un hombre extraño montado a caballo y le pidió que lo acompañara para ejercer su profesión; ella lo acompañó hasta una lujosa mansión que mi cuñada no había visto en su vida. Cuando nació el bebé, todas las mujeres presentes en el lugar donde se produjo el acontecimiento sumergieron un dedo en una jofaina con agua y se frotaron los ojos con el dedo mojado; la partera, siguiendo su ejemplo, sumergió también el dedo en el agua y se frotó un ojo. Volvió a casa sin pensar más en aquel detalle. Pero un día estaba en la feria y vio casualmente a algunas de las mujeres que estaban presentes en aquel castillo cuando nació el bebé. «¿Qué tal está el bebé?», les preguntó. «Bien», le respondió una de las mujeres, y continuó diciéndole: «Dime una cosa, ¿con qué ojo nos ves?». «Con el ojo izquierdo», respondió la partera. Entonces, la mujer hada sopló sobre el ojo izquierdo de la partera y dijo: «Ya no me verás nunca más». Después de aquello, la partera se quedó ciega del ojo izquierdo de por vida.

Sentí un extraño escozor en la piel mientras servía el té. No tenía ni idea de que mis vecinos tuvieran una conexión tan estrecha con el otro mundo. ¿Sería quizá algo que todos experimentábamos, pero que manteníamos en secreto por miedo a traicionar a la Gente Buena y sufrir las consecuencias? ¿Y Harold? ¿Desencadenarían su recopilación de historias y su revelación de secretos un caos inconmensurable?

Finalizada la agradable conversación, nos despedimos y Harold le dio las gracias a John por su tiempo. Al salir de la casa, sin embargo, no vimos las bicicletas por ningún lado.

—Estoy seguro de que las dejamos junto a la verja, ¿verdad?

—Harold giraba sobre sí mismo como el perro que se persigue la cola.

—Sí, las dejamos aquí.

—No nos las habrán robado, imagino.

—¿Robado? No, por el amor de Dios. Aquí eso es imposible.

—A lo mejor ha sido «la nobleza» —repuso Harold con una sonrisa.

Sonreí también. Pero entonces, como si ambos hubiéramos llegado a la misma conclusión, dejamos de sonreír.

Miré de nuevo en dirección a la casa y vi las bicicletas perfectamente apoyadas en la pared del cobertizo de John.

—Allí están —dije, y señalé sin convicción. ¿Eran de verdad nuestras bicicletas?

—Ah, claro —comentó Harold, caminando hacia allí—. Ahora lo recuerdo. ¡A veces, los viejos tenemos la memoria como un queso suizo!

No sabía muy bien cómo debía de ser un queso suizo, pero sí entendía qué se sentía al dudar de tu propia memoria.

Capítulo 13

3 de enero de 2011

En el fondo de su corazón, Sarah sabía que sus problemas no podían desaparecer fácilmente, como por arte de magia, y, fiel a su costumbre, se despertó de nuevo a medianoche con las sábanas empapadas y el pulso acelerado. Llovía de forma torrencial. El tejado de paja amortiguaba el sonido de las gotas de lluvia, aunque los cristales de la ventana no dejaban lugar a dudas de que no era una noche para salir a pasear. Se cubrió los hombros con una chaqueta de punto y encendió la luz. De pronto se sintió tremendamente sola. La casita, que tan encantadora y romántica le había parecido cuando estaba tenuemente iluminada, tenía ahora un aspecto inhóspito y vacío. ¿Qué demonios hacía allí?

Ir al salón no mejoró la situación. El olor a cenizas frías y humedad impregnaba el ambiente. Era enero, y, por primera vez desde que había aterrizado en Irlanda, deseó estar en casa. La botella de vino en la que se había esforzado en no pensar le murmuraba desde el armario de la cocina. Y a pesar de su poco entusiasta intento de ignorar su tan conocida atracción y de decirse que podía pasar bien sin ella, se sirvió una copa grande de vino tinto y se bebió la mitad de un trago mientras permanecía apoyada en la encimera. El corazón le seguía latiendo acelerado, de manera que engulló la otra mitad y rellenó la copa. Se sentó a la mesa de la cocina y acarició el ejemplar de *Compendio de hadas* con la yema de los dedos, pero no tenía ni el humor ni la paciencia para ponerse a leer. Buscó entre sus cosas hasta que encontró su cuaderno de dibujo y sus lápices.

—Muy bien —dijo en alto, instalándose en la mesa. Imitó la voz de su antigua profesora de dibujo y se imaginó que estaba en Boston—: De aquí no se levanta nadie hasta que haya plasmado esta estancia en papel.

Usando el lápiz a modo de guía, empezó a medir el marco de la puerta y calculó los ángulos del rodapié y del techo. Con un lápiz blando, creó contornos y formas, pasó luego a otro de mina más dura para el sombreado y la definición. Recordó que en clase de dibujo les habían enseñado que el lado derecho del cerebro era como el ojo del artista. El cual, a diferencia del lado izquierdo, no se ocupaba ni de la lógica ni del lenguaje, sino que simplemente interpretaba las formas, la perspectiva y la percepción espacial. El vino estaba ayudándola a relajarse y a sentirse más ligera. Notaba que se deslizaba hacia ese modo de pensar característico del «lado derecho», que era más o menos como no pensar. Su padre era igual. Podían pasar las horas y su madre tenía que llamarlo enfadada para que fuera a cenar, igual que a un niño. Sin embargo, ahí estaba precisamente la belleza de sumergirse en una tarea como aquella, en revertir a ese estado infantil que solo se preocupaba por el aquí y el ahora. ¿Cómo encaja esta línea con esa curva? ¿Dónde se une esta forma con el borde de esa otra? Eran preguntas que sí podía responder.

Sin ni siquiera darse cuenta, la vela se había consumido y había salido el sol. Era como si hubiese pasado una estación entera dibujando la casita en el cuaderno, puesto que parecía como si la primavera hubiese llegado a Thornwood. La ansiedad era un recuerdo lejano y la copa de vino seguía medio llena. No recordaba la última vez que se había regalado tiempo y espacio para poder dibujar de aquella manera. Apoyó el dibujo en el jarrón de la mesa y se retiró un poco para admirar su trabajo. De pronto notó que algo resplandecía en su interior, una chispa de orgullo de sí misma. Las tuberías, llenas de agua gloriosamente caliente, emitieron un sonido metálico por encima de su cabeza. Después de dos duchas con agua fría y otra con agua hirviendo, había conseguido entender por fin qué era «el tanque de inmersión» y por qué era tan importante recordar encenderlo y apagarlo. Con vitalidad renovada, realizó la inspección rutinaria de las trampas para ratones antes de salir de casa. Cada vez tenía más claro que estaba alimentando a los ratones: llenaba las trampas con chocolate por la noche y por la mañana aparecían limpias. Sarah sonrió para sus adentros y guardó el cuaderno en la mochila, decidida a aprovechar al máximo su nueva musa.

Localizó el lugar perfecto para dibujar una vista del pueblo. La aguja de la iglesia, las bellísimas farolas, todo ello sobre un fondo de árboles, nubes y cielo. El tejado oscuro de Thornwood House asomaba desde detrás de un bosquecillo a la derecha e, incluso en un día soleado como aquel, seguía teniendo cierto aire de abandono y desolación. Había cogido una manta de la casa y la extendió para sentarse sobre una pradera en pendiente. Pensó en cuánto le habría gustado tener a mano unas acuarelas —el paisaje lo pedía a gritos—, pero tendría que contentarse con el carboncillo. Apenas había empezado a trazar unas líneas básicas, cuando una voz interrumpió su concentración.

—Eso está muy bien —dijo Oran, y se inclinó sobre ella—. Lo siento, imagino que no le gusta nada que la gente haga lo que acabo de hacer, mirar su dibujo antes de que esté terminado.

—No, no pasa nada, no me importa —respondió Sarah, lo cual no era en absoluto cierto—. ¿Qué hace por aquí arriba?

—Oh, simplemente mirar…, comprobar cómo está todo.

Sarah ladeó la cabeza, dándole a entender que no compraba para nada aquella excusa. Era evidente que Oran estaba intentando hacer las paces.

—Desde este lugar hay unas vistas magníficas sobre el pueblo. —Oran miraba hacia el horizonte.

Sarah empezó a recoger sus lápices y el carboncillo, provocando quizá a Oran a volver a disculparse por la intrusión.

—No, de verdad, no pasa nada. De todas maneras, ya estaba acabando. Puede que haga sol, pero aquí arriba hace un frío de mil demonios, incluso con todas las capas de ropa que llevo encima.

Cuando salía a dibujar exteriores, Sarah había adquirido la costumbre de vestirse con al menos dos capas de cada cosa, desde los calcetines hasta los guantes.

—Mire, el otro día en el bosque, no tendría que haber explotado con usted de aquella manera. No tenía por qué saber que…

—No pasa nada. Hazel me lo explicó todo. Siento mucho su pérdida —replicó Sarah, mirándolo a los ojos.

—El mes que viene hará siete años —explicó él con una mirada vacía.

Sarah, precisamente, tendría que haber sabido qué decir, pero no le salían las palabras.

—Lo siento, de todos modos. Solo quería decirle eso. —Oran se rascó el cogote—. La dejo tranquila.

Aquello debería haber marcado el final del encuentro, pero Sarah, por alguna razón, no quería que Oran se marchara.

—La verdad es que quería pedirle un favor.

—Bueno, supongo que se lo debo —dijo Oran con una sonrisa, algo que había estado ocultando hasta el momento y que, cuando apareció, resultó de lo más agradable.

—Sí, supongo que sí. Tenía esperanzas de poder ver más de cerca esa vieja mansión, Thornwood House. Sé que está cerrada a cal y canto, pero he pensado que quizá un hombre con sus contactos… —Dejó la frase flotando en el aire. Y cuando se dio cuenta de que estaba a punto de tocarse el pelo para agradar a aquel hombre, hizo un esfuerzo coordinado para detener aquel coqueteo involuntario.

—Es terreno privado. —Oran se rascó la barbilla, cubierta con una barba incipiente—. Y queda fuera de mi jurisdicción, claro —añadió, meneando a regañadientes la cabeza.

Sarah levantó la vista hacia el cielo y sacudió la manta antes de doblarla y guardarla en la mochila.

—Pero, tratándose de usted, supongo que podría…

—Venga, deje ya de quejarse y lléveme esto —lo cortó Sarah.

Echaron a andar a paso tranquilo por el camino hasta llegar a las verjas de entrada a Thornwood House. Oran, sin aquel manto de dolor que parecía llevar siempre encima, parecía otra persona. ¿Estaría intentando guardar en su interior los recuerdos dolorosos o intentado sacar al exterior su felicidad? Sarah se preguntó si el mundo la vería también así a ella, pero desechó enseguida la idea.

Un candado de dimensiones gigantescas cerraba la cadena oxidada que se enroscaba en las verjas como una serpiente. Oran lo cogió, como si estuviera sopesándolo, y se volvió hacia Sarah para decir innecesariamente:

—Está cerrado.

—Eso ya lo veo —replicó ella con un amago de sonrisa.

—¿Qué tal se le da lo de escalar muros?

—Me alegro de que me lo pregunte. Durante tres años seguidos quedé en primer lugar en el concurso de escalada de muros del estado de Massachusetts.

—El sarcasmo, no sé si lo sabe, es el nivel más bajo del ingenio —comentó Oran con otra de sus sonrisas cautivadoras.

La guio hacia un lado de la entrada y luego por un sendero estrecho; este bordeaba el bosque hasta toparse con el muro, de unos dos metros de altura, que marcaba el perímetro de la finca.

—Es trepar por aquí o coger una barca y tratar de entrar río abajo —le explicó Oran; ahuecaba las manos para que Sarah pudiera acomodar el pie y encaramarse.

Sarah miró dubitativa la suela de sus botas.

—Están un poco sucias —dijo.

—¿Es su manera de decir que se echa atrás? De verdad, si piensa que no puede…

Sarah plantó la bota enfangada sobre las manos de Oran.

—¿Cuánto pesa? —preguntó Oran, justo cuando Sarah se disponía a depositar todo el peso sobre su pierna derecha.

Al volverse, vio una sonrisa maliciosa dibujada en la cara de Oran. En verdad parecía un hombre distinto.

Sarah consiguió trepar el muro, cubierto con un remate que le permitió sentarse cómodamente. Le ofreció entonces la mano a Oran, quien decidió, en cambio, tomar carrerilla y subirse de un salto, fallando al primer intento, pero salvando el honor con el segundo.

—Muy bien, ahora que ya estamos los dos arriba, ¿cómo lo hacemos para bajar? —preguntó Sarah, observando la caída. Empezaba a tener la sensación de que eran dos adolescentes que trataban de escapar de los ojos de todo el mundo.

—Bajaré yo primero.

Saltó y cayó al suelo dando volteretas como un soldado en una misión de formación, lo que obligó a Sarah a morderse un instante el labio para no reír a carcajadas. Oran la miró con una sonrisa de satisfacción, igual que el niño que enseña un nuevo truco que acaba de aprender.

—Déjese caer y la cojo —le dijo, acercándose a la pared todo lo que le permitían las nudosas ramas de fucsia que crecían abajo.

Oran extendió los brazos, y, por un momento, Sarah experimentó una sensación que le resultaba levemente familiar. Se sentía feliz. Tanto, de hecho, que no se concentró en la caída. Y de golpe se encontró con las piernas sujetas con una fuerza tremenda y la parte superior del cuerpo doblada sobre el hombro de Oran, de tal modo que su trasero quedaba justo a la altura de la mejilla de él.

—Lo siento, oh, lo siento mucho —dijo aturullada.

Pero cuando Oran intentó enderezarla, su mano la agarró por las nalgas y se apresuró a disculparse con un tono tan formal que Sarah acabó perdiendo el control y soltándose. Cayó al suelo, con los brazos de Oran aferrándola todavía con fuerza por las rodillas, como si estuviera sujetando una carretilla. Sarah no pudo contener más la risa y rodó por la hierba presa de unas convulsiones incontrolables. Oran cayó también de espaldas, sin dejar de reír. Permanecieron así, viviendo el momento y riendo como dos chiquillos.

—Lo siento —dijo Oran—, pensaba que te tenía… y permíteme que te tutee. —Se había quedado sentado con las manos sujetándose las rodillas, como si estuvieran alrededor de una hoguera.

—Y me tenías, me tenías. ¡La jugada ha sido buenísima! —replicó ella—. Déjame recuperar el aliento, por favor. Dios, hacía años que no reía así.

Lo único que se oía era el sonido de su respiración agitada y un coro de pájaros que revoloteaban entre los arbustos. Sarah se volvió para ver dónde habían caído, y lo que descubrió silenció de inmediato todo su vértigo. A pesar de las décadas de abandono, la estructura de los jardines seguía siendo visible. El largo y serpenteante camino de acceso a la mansión se hallaba flanqueado por árboles centenarios que extendían sus ramas en lo que parecían círculos perfectos. A lo lejos se vislumbraba la oscura línea del río, salpicada aquí y allá por los destellos espontáneos de los rayos de sol, para acabar desapareciendo de nuevo bajo la sombra de los árboles. La naturaleza, sin embargo, reclamaba su territorio y extendía su dominio con la ayuda de una hiedra voraz que oscurecía las estatuas y las plantas más débiles. Con los años, el césped había sido colonizado por ortigas de aspecto feroz, y Sarah dio silenciosamente las gracias a la providencia por no haber caído encima de ellas. Los setos, que habían desbordado con creces sus formas originales, seguían creando límites a lo largo del terreno y guiaban la mirada del espectador hacia la casa.

—Es un lugar asombroso —dijo.

Oran se incorporó y le ofreció galantemente una mano, que Sarah aceptó por un breve momento para poder levantarse.

—¿Vamos? —preguntó Oran, y le indicó el camino de acceso.

—¿Vienes por aquí a menudo? —quiso saber Sarah cuando echaron a andar por el sendero de gravilla.

—¿Te refieres a si este es el lugar preferido de los adolescentes románticos? Supongo que en mis tiempos estuve más de una vez por aquí con alguna jovencita. De hecho, mi primer beso fue allí. —Señaló un porche de piedra con columnas y techo abovedado.

—Muy sofisticado —observó Sarah—. ¡Mi primer beso fue justo detrás de un McDonald's!

De repente, tanto hablar de besos hizo que se sintiera cohibida.

No quería que Oran pensara que andaba buscando una aventura romántica para distraerse durante las vacaciones. ¿La buscaba acaso? No, rotundamente no. Oran le gustaba como persona, eso era todo. Y el simple hecho de que él la mirara de una determinada manera de vez en cuando, con un brillo especial en los ojos, no debería abocarla a sacar conclusiones precipitadas. Él debía de estar seguramente saliendo con alguien, pensó, intentando, sin éxito, olvidar el tema.

—La casa tiene un estilo muy inusual, ¿verdad? No me suena a irlandés para nada —comentó Sarah.

Intentó concentrarse en la arquitectura y se fijó en la hermosa torre que destacaba entre un batiburrillo de tejados coronados con chimeneas y ventanitas terminadas en arco apuntado. Cuando se acercaron más a la mansión, vio que las ventanas estaban tapiadas con toscos tablones de madera contrachapada. Aquello le daba al edificio un aspecto inquietante, como si allí dentro hubiera sucedido algo tan malo que incluso los ojos de la casa habían tenido que ser clausurados. No le sorprendía que la gente creyera que era un lugar embrujado.

—Mi abuelo me contó algunas cosas sobre esta casa. Estuvo trabajando con los caballos después de la guerra. Recuerdo que decía que era un lugar extraño, lleno de belleza, pero siempre con un toque de tristeza.

Sarah sabía exactamente a qué se refería, aunque estaba segura de que no estaba viendo Thornwood en su mejor versión.

—El edificio fue diseñado por un arquitecto inglés y construido alrededor de 1880. Por lo visto, durante la construcción surgieron problemas de todo tipo; al final, se vieron obligados a contratar a gente de fuera para terminarlo. Es de estilo baronial escocés, parece ser —explicó Oran, señalando la curiosa arquitectura—. Inspirado en los castillos franceses.

—Sí, es verdad. Tiene un aspecto ciertamente gótico, o medieval, quizá —dijo Sarah al llegar delante de la casa—. Resulta imponente, aun en el estado en que se encuentra hoy, pero imagino que en su momento debió de ser incluso bonito.

—Sí, en algún sitio he visto fotos en blanco y negro. Recuerdo haberlas visto quizá en el periódico cuando pusieron el edificio en venta.

—¿Y lo comprará alguien algún día? Porque supongo que la renovación costará una fortuna. —Sarah intentó ver algo del interior a través de un hueco en las tablas que tapiaban la puerta principal.

—Imagino que lo dejarán así hasta que se caiga a pedazos —dijo Oran con un suspiro que daba a entender que no aprobaba que fuera a acabar de esa manera.

—Pero no estaba bien, ¿verdad? Me refiero a que una familia tuviera tanta riqueza y el resto del pueblo fueran campesinos pobres.

—Por supuesto que no estaba bien, pero en aquellos tiempos las cosas eran así. Y de hecho, si lo piensas, siguen siendo así.

—¡Oh, desde aquí se puede ver el interior! ¡Ven a mirar!

Se divisaba una majestuosa escalera de madera que descendía hacia un vestíbulo de gran tamaño. El interior estaba oscuro, aunque podía apreciarse la talla decorativa del pasamanos y los paneles de madera de las paredes. El viejo papel pintado se hallaba descolorido y se desprendía por todas partes. El suelo, que debía de ser un mosaico de baldosas, estaba cubierto de polvo y era complicado distinguir el color.

—Vaya lugar, ¿eh? —dijo, dejando que Oran se colocara a su lado.

—Nunca había observado el interior; resulta un poco espeluznante, ¿verdad? ¿Qué eso de ahí en la esquina, al lado de la escalera?

147

—¿El qué? —Sarah estiró el cuello para poder ver lo que Oran le indicaba.

—Ahí, mira —dijo Oran, colocándola delante de él. Se inclinó detrás de ella y le acercó la boca al oído—. Mira allí, es como si se estuviera moviendo alguna cosa.

—No lo veo. —Sarah notó que el corazón empezaba a retumbarle en los oídos.

—Ya no está… ¡Uh! —gritó Oran, agarrándola por los hombros y dándole a Sarah un susto de muerte.

—¡Cabrón! —exclamó Sarah, pero cuando el susto pasó, se sumó a las carcajadas juveniles de Oran—. Te la devolveré —le prometió.

—No me cabe la menor duda —replicó él sin dejar de sonreír.

Capítulo 14

Diario de Anna
5 de enero de 1911

Harold me comunicó que hoy iría a Roscommon. El doctor Hyde había solicitado hablar con él sobre un «asunto de hadas», me había explicado, acompañando sus palabras con un guiño cómplice. El sol brillaba con fuerza esta mañana y la temperatura había subido hasta tal punto que parecía casi que hubiera llegado la primavera. Tras dar de comer a los animales y de que los hombres se marcharan al campo a reparar muretes y cavar zanjas, enfilé el camino con la excusa de llevarles leche a los Gallagher. Su vaca se había quedado seca y, en nuestro pueblo, las cosas funcionan así: todo el mundo se ayuda. Lo que a uno le falta, el otro lo proporciona. No me entretuve mucho en casa de los vecinos y, aunque no fuera propio de mí, rechacé su ofrecimiento de té y pan moreno con mantequilla. Mi destino era Cnoc na Sí y tenía por delante media hora de caminata por el bosque.

El sendero entre árboles se desviaba justo antes de llegar a las verjas de Thornwood House. Bordeaba el límite de sus tierras y,

149

cuando empezó a empinarse, pude ver sus terrenos inmaculados, cuidados y modelados según las preferencias de los Hawley. La totalidad de nuestras tierras está destinada a la labranza o a la cría de animales. Trabajamos en armonía con la naturaleza y no intentamos domesticarla con setos esculpidos y parterres impecables. Thornwood es muy bonito, sí, pero no es real.

No me había atrevido a contarle a mi madre lo de la invitación para ir a comer allí con Harold. Sé de sobra lo que piensa de los Hawley. Y lo que se comenta en el pueblo sobre el señor George no es muy halagador, la verdad. *Tá grádh gach cailín i mbrollach a léine*, dicen. Se mete en el bolsillo a cualquier chica y es tan guapo que no para de dar y recibir besos. Es, además, aficionado al juego, y si hay una feria, una carrera o cualquier tipo de encuentro en diez kilómetros a la redonda, ten por seguro que lo encontrarás allí. Los miembros de la familia Hawley no dedican su tiempo a trabajar, pero tampoco les falta el dinero. Tienen como mínimo diez criados y, como dice mi hermano Paddy, viven a costa de sus esforzados arrendatarios. Resulta imposible no dejarse impresionar por ellos, por sus elegantes atuendos y su aspecto sofisticado.

El suelo estaba cubierto con hojas húmedas y resbaladizas, así que ascendí hasta la cumbre de la colina caminando con cuidado. Llevo años viniendo aquí, y el tiempo no ha conseguido disminuir mis esperanzas de volver a ver a Milly. La vieja Maggie Walsh, la mujer a la que llaman bruja, vive en una choza al otro lado de la colina. Me dijo una vez que había visto a Milly en varias ocasiones, bailando a la luz de la luna con Ellas. Aseguraba que era una «vidente» y que veía a la nobleza con la misma claridad con la que podía verme a mí. Nunca le he contado a nadie las revelaciones de Maggie. No es del tipo de persona de la que te puedas fiar. Todo el mundo sabe que está medio loca, aunque nadie recuerda por qué.

Tengo mis dudas con respecto a llevar a Harold a conocerla. Sé que se irá de la lengua con lo de Milly y prefiero contárselo yo a su debido tiempo. Antes que nada, he de estar segura de él. Aguardaré el momento oportuno y seguiré escuchando con atención. Porque con todas las historias que está recopilando, seguro que habrá una que me dirá lo que tengo que hacer. Nunca me rendiré.

Los rayos de sol me deslumbraron al emerger de la cubierta moteada de los árboles que extendían sus largos brazos por encima de mi cabeza. Cnoc na Sí posee una belleza singular que nunca deja de impresionarme, sea la estación del año que sea. Desde allí puede verse la totalidad del pueblo de Thornwood, desde la aguja de la iglesia hasta los muros de piedra gris que dividen las granjas en un mosaico de pequeños campos de cultivo. El canto de los pájaros parece más dulce en lo alto de la colina, e incluso en pleno invierno la hierba marchita y la maleza crean bellas formas y estructuras que, observadas de una determinada manera, se asemejan a universos en miniatura que esconden en su interior habitantes mágicos.

En las innumerables ocasiones en que he visitado este lugar, nunca he visto nada fuera de lo común. Afirma la creencia popular que, si das siete vueltas a la colina en una noche de luna llena, consigues encontrar la entrada. Sin embargo, al no poder subir hasta aquí de noche, no puedo decir si eso es verdad o no. A veces, en verano cojo algo de fruta y extiendo una manta para merendar aquí, con la idea de que, si espero el tiempo suficiente, veré alguna cosa o descubriré alguna pista. De vez en cuando, al moverse una rama, mi corazón se detiene un segundo, pero enseguida me doy cuenta de que no es más que un petirrojo curioso. Este tipo de decepciones, no obstante, no lograrán desalentar nunca mis visitas. Todo lo contrario: estar aquí me hace sentir más cerca de Milly, y esto, de por sí, ya es una bendición.

Estaba siguiendo mi ruta habitual, rodeando las rocas que conducen hasta una grieta que se abre en la colina, cuando me sorprendió la presencia de una yegua de color gris. Fue como si hubiese salido de la nada y, por un instante, pensé que por fin me encontraba en presencia de la nobleza. Caí de espaldas al suelo, aterricé con torpeza sobre el tobillo y, cuando levanté la vista, vi el perfil de la señorita Olivia Hawley, dándole un fuerte puntapié al vientre del caballo y desapareciendo entre los árboles. «Ha debido de verme», pensé, y antes de que me diera tiempo a incorporarme, noté un brazo fuerte detrás de mí que me ayudaba a levantarme.

—¿Está bien? —preguntó una voz refinada, mientras su propietario levantaba mi cuerpo con facilidad y me sentaba en lo alto de las rocas planas—. Anna, ¿verdad? —dijo George Hawley.

—Oh, sí…

Oírlo pronunciar mi nombre me dejó momentáneamente sin habla. El sol brillaba con fuerza por detrás de él y hacía que su pelo pareciese de oro. Su mano seguía sujetándome por el brazo, estabilizándome.

—Olivia no debe de haberla visto —dijo, y miró su caballo, que había bajado la cabeza para investigar mi mano—. Ha tenido suerte de que no se encabritara —añadió.

Por un momento no supe si se refería a la yegua o a su hermana.

—Les gusto a los caballos —dije, con un lenguaje que parecía burdo en comparación con el de él.

—Ya lo veo —repuso. Hundió la mano en el bolsillo de la chaqueta y sacó una petaca—. Tenga. Beba un poco, la ayudará a calmar los nervios.

Era *whisky*, lo que me pareció un poco innecesario, cuando me habría bastado con una taza de té fuerte con una pizca de azúcar. Decliné educadamente la oferta e intenté recuperar la compostura.

—¿Y qué hace por aquí arriba, Anna? —preguntó.

Era como si estuviera tanteando qué tal sonaba mi nombre. Sus ojos parecían turquesas de tanto que brillaban, y estaban tan llenos de vida y vitalidad que se hacía difícil concentrarse en una cosa tan simple como responder a una pregunta.

—Estaba dando un paseo, eso es todo.

—¿Sola? —replicó, soltándome por fin el brazo y confiando en que pudiera mantenerme estable—. ¿Dónde está su amigo el americano?

—Harold ha ido hoy a Roscommon, a visitar un colega —respondí.

Utilicé la palabra «colega» porque era la que había empleado Harold, y sonaba muy importante, la verdad, como si yo también tuviera colegas repartidos por toda la parroquia.

—Entiendo. Pues, en este caso, ¿me permitirá, quizá, acompañarla hasta su casa? —preguntó, como si hacerlo fuera la cosa más natural del mundo.

—No, no; no es necesario, señor Hawley. Ni en sueños se me ocurriría imponerle esta obligación —dije precipitadamente.

Pero cuando fui a levantarme, la punzada de dolor que sentí en el pie casi me tumba de nuevo. El señor Hawley extendió los brazos para sujetarme de nuevo, y, a pesar de todos mis esfuerzos por ignorar la sensación, mi corazón retumbó contra mis costillas, como el de un pajarillo cuando lo acunas entre tus manos. Bajó la vista, y su mirada penetrante hizo que quisiera echar a correr y quedarme a la vez. Pero no podía correr.

—Es evidente que se ha lesionado. La acompañaré hasta casa y llamaré al médico para que le eche un vistazo.

La verdad es que no estaba en posición de discutir. No podía caminar y, en consecuencia, respondí con un gesto de asentimiento. A continuación, me montó hábilmente a lomos del caballo, donde me quedé sentada de lado. Sé montar a caballo, incluso sin que esté embridado, aunque el modo en que me quedé instalada sobre la montura del señor Hawley me daba un porte elegante.

—Estoy segura de que no necesito ningún médico, señor Hawley —protesté—. Esto no es más que una torcedura.

—Pues creo que deberíamos dejar que sea el médico quien le dé un diagnóstico —replicó él con sarcasmo—. Usted, querida mía, es una damisela en apuros, y sería incumplir mis deberes de caballero no rescatarla del aprieto en el que se encuentra. —Chasqueó la lengua y tiró de las riendas del caballo para guiarlo hacia el sendero del bosque.

No podía pensar en otra cosa que en la cara que pondría mi madre cuando me viera llegar a casa sentada a lomos del caballo del señor Hawley y con él a pie tirando de mi montura. Los pensamientos se acumulaban de tal modo en mi cabeza que me resultaba imposible hablar. No era correcto por mi parte pensar aquellas cosas sobre un hombre como él, y tampoco era apropiado.

—Y deje de llamarme señor Hawley. Me llamo George —dijo con su acento angloirlandés—. Y ahora, Anna, cuénteme de verdad que hacía ahí arriba completamente sola cuando este pueblo está lleno de hombres hechos y derechos a los que jamás se les ocurriría pasar por aquí por miedo a molestar a las hadas.

Me sentía incapaz de responder. Tenía la boca seca y me resultaba imposible articular una frase.

—Lo único que puedo deducir es que no cree usted en estas… supersticiones —dijo, casi escupiendo la última palabra.

—No, por supuesto que no creo en ellas —contesté con las mejillas encendidas tanto por la vergüenza como por el sentimiento de culpabilidad.

Me convencí de que sería más seguro que no supiese lo que estaba tramando, pero la verdad era que me sentía turbada por mis creencias y por el desdén que el señor Hawley mostraba hacia ellas. Éramos mundos aparte, aunque, al menos en aquel momento, si había que compartir uno, resultaba más fácil integrarme en el suyo.

—Imagino que una chica tan bonita e inteligente como usted debe de tener un pretendiente —comentó despreocupadamente.

Su conversación era brillante y cada palabra que pronunciaba contenía infinitas posibilidades. Mi corazón empezó a retumbar de nuevo y caí en la cuenta de que nunca me había sentido de aquella manera con ninguno de los muchachos del pueblo. Cuando llegamos al camino principal, el caballo giró a la derecha en vez de a la izquierda y no me quedó otro remedio que hablar.

—Mi casa está hacia el otro lado, señor…, quiero decir, George —dije.

—Sí, pero Thornwood queda más cerca —respondió él, guiando el caballo e ignorando mis objeciones.

Mientras me conducía por el camino de acceso a Thornwood House, me sentí como si estuviera inmersa en un sueño estrambótico. Solo había visto sus terrenos durante las festividades de mayo que se celebraban a orillas del río, y siempre acompañada por la mitad de la población del condado. En cambio, en aquel momento me sentí como la invitada personal del señor de la casa y era emocionante. El caballo levantó la cabeza e, intuyendo el heno y la calidez de los establos, aceleró el paso hasta alcanzar un delicado trote.

—Tranquilo. —George le daba unas palmaditas en el lomo y le hablaba en voz baja. Se volvió para mirar si yo seguía sana y salva, y, regalándome una sonrisa cautivadora, dijo—: Ya casi hemos llegado.

Empecé a preguntarme si George era realmente tan distinto a nosotros. Sí, hablaba muy bien y vestía ropajes elegantes, pero quizá no le importara si una chica es o no de familia adinerada; a diferencia de su hermana Olivia, que solo se relacionaba con los de su clase. Parecía el perfecto caballero y, a pesar de que la confianza que tiene en sí mismo podría confundirse con arrogancia, la sinceridad de su preocupación resultaba admirable. Aunque me sentía un poco nerviosa por estar en Thornwood —yo, la hija de un granjero, medio coja, con el pelo lleno de hojas y las botas embarradas—, la curiosidad y la vanidad aplacaron mis miedos. ¿Cuántas chicas más en mi posición, sin contar las del servicio, que se ocupaban de encender chimeneas y fregar suelos, podrían llegar a ver algún día el interior de aquella mansión? ¡A Tess Fox le daría un síncope cuando se lo contara!

El mozo de cuadras llegó para ocuparse del caballo y conducirlo hacia la parte posterior de la casa, y, claro, di por sentado que mi acceso al edificio sería también por allí. Pero para mi sorpresa y regocijo, George extendió los brazos hacia mí y se quedó a la espera de que bajara de la silla. Cuando vio que me quedaba mirándolo sin entender nada, se echó a reír con ganas.

—Me gusta considerarme un hombre hospitalario, pero no puedo permitir que entre en la casa a lomos de la vieja Seaborne —dijo, señalando la yegua de color castaño—. Tendrá que desmontar en algún momento y no irá a subir todos esos escalones a saltos. —Se divertía de lo lindo con mis buenos modales—. Lo cual nos deja con una única alternativa: tendré que llevarla en brazos.

Volvió a extender los brazos hacia mí.

Mientras observaba su cabeza rubia y su elegante traje de montar, repasé mentalmente todas mis opciones, intentando encontrar alguna que no implicara arrojarme en brazos del hijo del mayor terrateniente de la zona.

—No hay otra manera, me temo —dijo George, y carraspeó un poco—. Aunque podemos seguir aquí fuera pasando frío todo el tiempo que usted desee.

Levanté el trasero de la silla y me dejé caer en sus brazos. Estoy segura de que los cascos de Seaborne resonaron contra el suelo cuando el mozo de cuadras la condujo hacia los establos y que los pájaros siguieron con sus trinos, pero no escuché nada de nada. Le pasé el brazo por los hombros y George cargó conmigo como un corderito para subir la escalera de piedra y cruzar las grandes puertas de madera que parecieron abrirse con solo detectar su presencia.

—Bienvenida a Thornwood House —susurró.

Lo dijo tan cerca de mi oído que noté incluso el calor de su aliento en la mejilla. Olía a cuero y a sándalo; nada que ver con mis hermanos, que siempre huelen a hierba y a sudor. Nunca me había sentido tan deliciosamente feliz y nerviosa al mismo tiempo. La sensación comenzaba en mis oídos y se extendía hasta los dedos de los pies.

—Buenos días, señor George —dijo a modo de saludo un mayordomo vestido con una elegante librea—. ¿Desea que lo ayude con su… invitada?

—No, gracias, Malachy —contestó George y, cargando conmigo, recorrió un espacioso pasillo con paredes recubiertas con paneles de madera oscura y arcos tallados con meticuloso detalle. Estaba decorado con cuadros de hombres uniformados y mujeres con vestidos exquisitos—. Traiga un poco de té a la biblioteca y algo dulce para la señorita —añadió.

Pasamos de largo una escalinata majestuosa y accedimos a una estancia opulenta repleta de muebles que parecían muy poco usados. Las paredes estaban cubiertas de arriba abajo con estanterías de caoba que parecían contener todos los libros de Irlanda, o, al menos, eso fue lo que me pareció. Era como estar en un mundo totalmente distinto al de mi casa, donde el aparador y la vajilla de porcelana son la única muestra de riqueza.

George me depositó con cuidado en un banco con reposabrazos tapizado en color amarillo pálido. Jamás en la vida había estado en una biblioteca y ni siquiera me había imaginado que existieran lugares así. La sala contenía una colección de libros que pensé que me llevaría tres vidas leer. George se movía con comodidad en su entorno, mientras que yo me sentía allí una impostora.

Llegó el té, y, en cuanto estuvo servido, George ordenó al mayordomo que fuera a buscar al médico para que me examinara el tobillo. Me daba miedo tocar cualquier cosa, pero George me animó a beber mi té y a probar uno de aquellos deliciosos bollos rebosantes de crema. Jamás en todos mis años de vida me habría imaginado que llegaría a experimentar tanta majestuosidad. George cogió un cojín para que pudiera descansar el pie, pero rápidamente le dije que no.

—¡No pienso poner las botas sobre un cojín tan bonito! —exclamé.

—Pues, en este caso, habrá que quitárselas —replicó él.

Se agachó a mi lado y fue a cogerme el pie en el mismo instante en que yo me inclinaba para hacer lo mismo. Nuestras cabezas chocaron y nos echamos a reír como tontos. Pero entonces, desde la puerta, una voz aguda rompió el encanto.

—¡Qué imagen tan bucólica! —Olivia lanzó sus palabras como si fueran puñales. Empezó a despojarse de los guantes de montar, con parsimonia, un dedo detrás de otro—. ¿Y a quién tenemos aquí? —preguntó, mirándome como si su hermano hubiera llevado a la casa un zorro herido.

Cuando me disponía a responder, George lo hizo por mí.

—Querida hermana, te presento a Anna, del pueblo —dijo, y comprendí que había olvidado por completo mi apellido.

—Anna del pueblo —repitió Olivia, como si fuera una pantomima—. ¿Y qué está haciendo Anna del pueblo en nuestra biblioteca?

—Se ha torcido el tobillo en la colina y la he traído aquí mientras esperamos que llegue el médico —respondió George, luego se levantó y dejó que fuera yo quien aflojara los cordones de mis botas.

—Qué… caritativo por tu parte —observó Olivia, y en voz baja añadió—: Procura que papá no la vea.

—Es lo mínimo que podía hacer, después de ver que ha sido tu caballo el que ha provocado el accidente. ¿Qué tipo de sinvergüenza dejaría a una joven dama allí abandonada?

—¿Mi caballo? —repitió Olivia, llevándose la mano al pecho con falsa sorpresa. Supe entonces que Olivia me había visto y que me había tirado al suelo a propósito—. ¡Cielos! La próxima vez que salga a montar, tendré que ir con más cuidado por si hay chiquillas escondidas entre los arbustos.

Su risa aguda inundó el ambiente y me sentí de nuevo incapaz de desafiarla.

Permaneció en el umbral, ni aquí ni allí, con un mohín que habría agriado una tina de leche. George se acercó a ella y, curiosamente, descansó una mano en la cintura de su hermana, después le murmuró algo al oído. Me sentí de repente como una intrusa, como si estuviera interrumpiendo una intimidad extraña y poco natural entre hermano y hermana. Aparté la vista y, al volverme de nuevo, Olivia ya no estaba.

—No le haga caso a mi hermana —dijo George. Cogió una copa de cristal del aparador y se sirvió una bebida—. No lleva muy bien lo de los desconocidos —añadió a modo de explicación.

—Deben de estar muy unidos —comenté, aun sin ser en absoluto mi intención decir algo de aquel estilo.

—Somos gemelos —replicó George, y sonreí, como si supiera lo que aquello implicaba.

—Me llamo Anna Butler, por cierto —dije, esbozando una mueca de dolor al intentar colocar la pierna sobre el cojín.

—Sí, claro —dijo George, bebiendo un sorbo—. Espere, permítame… —Se apresuró a ayudarme a levantar el pie y lo descansó con delicadeza sobre el cojín—. Lo sabía. —Acompañó sus palabras con una sonrisa pícara que volvió a dispararme el corazón—. Tiene usted una sonrisa muy bonita.

Aquello naturalmente me llevó a sonreír más si cabe y me ruboricé por completo. Fue un alivio ver que el mayordomo reaparecía para anunciar la llegada del doctor Lynch, pues no podría haber pasado ni un instante más a solas con George y sus tan encantadores modales. Me sentía como una simple jovencita tonta e ingenua.

—Ha tenido suerte de que estuviera por la zona —vociferó el doctor Lynch desde el pasillo—. ¿Dónde está la paciente? —preguntó cuando George se levantó para invitarlo a pasar.

Tras un examen superficial, el médico confirmó lo que yo ya sabía: no había nada roto, pero había sufrido una torcedura de tobillo.

—Tendrá que mantenerlo elevado durante una semana como mínimo y aplicar compresas frías para aliviar la hinchazón —dijo el médico, y se ofreció a acompañarme a casa en su carruaje.

Con tanto drama, había olvidado por completo que habría que pagar sus servicios. Mi padre se pondría furioso cuando se enterara.

La salida de la casa fue mucho menos romántica. El médico insistió en que George y él me sujetaran cada uno por un brazo y así salí, sirviéndome de ellos como muletas. Me subieron al carruaje sin mucha ceremonia y, cuando el médico volvió a entrar en la casa para recoger su maletín, George me tomó la mano.

—Espero que nos perdone por todo el problema que le hemos causado —dijo en voz baja.

—Por supuesto —dije—, no hay nada que perdonar.

—Es usted muy amable. Y me alegro de que no nos guarde rencor, porque de no haber sido por el caballo de mi hermana que se cruzó en su camino, quizá no habríamos llegado a conocernos; eso sí que sería imperdonable.

Las mejillas me ardieron ante tantos halagos y cualquier intento por mi parte de mantenerme impasible se fue al traste. Oí a mis espaldas que el doctor Lynch se despedía del mayordomo. Nuestro tiempo juntos estaba tocando a su fin. Sin soltarme la mano, George se la acercó a los labios y me besó la muñeca, justo por encima del guante, con tanta ternura que por un momento pensé que me desmayaría.

El doctor Lynch subió al carruaje y trajo la celestial mañana de vuelta a la realidad con un golpe sordo poco elegante. Cuando el caballo empezó a galopar, tuve que recurrir a toda mi fuerza de voluntad para no mirar por encima del hombro. Sonreí para mis adentros al pensar en el tremendo fracaso del plan de Olivia; quizá hubiera actuado por despecho, pero sus actos habían servido para acercarme a George y eso era lo único que importaba.

A pesar de que nuestra casita distaba apenas un cuarto de hora de Thornwood House, me sentía como si hubiese estado en otro mundo. Sin embargo, al dejar atrás la mansión, no pude evitar pensar en la criada de Cork de la que me había hablado Tess. Los rumores se habían apaciguado con rapidez por tratarse de un pueblo tan pequeño como el nuestro, aunque seguramente se debiera al hecho de que la chica había abandonado Thornwood aquel mismo día. Después de haber pasado aquellas horas con el señor George, sabía que era un trozo de pan. La pobre muchacha, que Dios la ayudara, debía de hallarse bastante desesperada por quererlo acusar de cosas tan espantosas. Entonces, cuando el carruaje se detuvo delante de nuestra casa, la vi con nuevos ojos. A pesar de que habíamos encalado las paredes por Navidad y que en invierno estaba todo pulcro y ordenado, seguía teniendo un aspecto apagado y carecía de la elegancia de Thornwood House. El estómago empezó a arderme de vergüenza ante pensamientos tan traicioneros.

Mi madre salió corriendo, horrorizada al ver el carruaje del médico.

—¿Qué ha pasado? —preguntó, con las palabras saliendo casi de refilón entre sus labios tensos.

—Nada, mamá —dije, tranquilizándola.

Pero casi podría decirse que el doctor Lynch hizo saber a todo el vecindario que me había torcido un tobillo. Me ayudó a bajar del carruaje y no pude evitar sentir una punzada de pena al saber que ya no era el señor George quien me ayudaba.

El doctor me instaló en el silloncito delante de la chimenea y Billy me acercó un taburete para que pudiera descansar el pie. Mi madre cogió la caja de hojalata que guardábamos en lo alto del aparador y le preguntó al doctor si podía pagarle a plazos.

—No se preocupe, señora Butler, el señor George ya ha pagado la factura en Thornwood House —dijo, y volví la cabeza hacia la ventana mientras los ojos de mi madre me taladraban la nuca—. Tendrá que evitar cargar pesos durante unos días y ya le he dicho a la joven Anna que se aplique compresas frías. Eso debería mantener a raya la hinchazón —explicó el doctor, luego salió rápidamente para poner rumbo hacia su siguiente paciente.

Tan pronto como la nube de polvo se disipó y el carruaje del doctor Lynch quedó reducido a un sonido apagado en la distancia, mi madre dejó una cesta de ropa limpia en el suelo y acercó la plancha de hierro al fuego. Empezó a trabajar en silencio, estirando con destreza la ropa sobre la mesa, aunque yo sabía que simplemente estaba esperando el momento oportuno. Cuando el silencio se hizo casi insoportable, me miró por fin y tomó la palabra.

—Pues quizá estaría bien que me contaras qué estabas haciendo en Thornwood House —dijo con calma.

—No estaba en Thornwood… Bueno, no estaba allí de entrada —respondí, poniéndome a la defensiva—. Estaba arriba, en Cnoc na Sí —le expliqué, y el rostro de mi madre se suavizó un poco. Sabía que visitaba con frecuencia aquel lugar y el motivo por el cual lo hacía—. Los gemelos Hawley estaban montando a caballo en el bosque y me caí cuando la yegua de la señorita Olivia se abalanzó sobre mí —continué, enrollándome en el dedo un hilo suelto de la manta que me cubría las piernas—. El señor George me ayudó a montar en su caballo y fue él quien mandó llamar al médico. Yo insistí en que estaba bien.

Ahora que me encontraba de nuevo en casa, todo parecía desprovisto de color y me reprendí por haber tenido tantos aires de grandeza después de haber pasado solo media hora en aquella mansión.

—Entiendo —dijo mi madre.

Probó la temperatura de la plancha echando unas gotas de agua a la superficie. Se escuchó un siseo y las gotas desaparecieron de inmediato en forma de vapor.

Nunca había tenido una conversación de adultas, de mujer a mujer, con mi madre. Viviendo en una granja, disponemos de muy poco tiempo libre o de cierta intimidad. Siempre hay algo que hacer, algún trabajo que atender. Los lujos como las conversaciones íntimas son un bien escaso.

—Los Hawley son gente muy distinta a nosotros, Anna —dijo; aplastaba una camisa con la plancha para poder quitarle las arrugas.

—Lo sé —dije, no sin cierta impaciencia—. Son protestantes, ingleses y ricos.

—No es eso —repuso mi madre—. O, mejor dicho, no es solo eso. Vienen de un mundo muy distinto. La nobleza terrateniente tiene la obligación de hacer buenos matrimonios. No es por una simple cuestión de educación por lo que mandan a los hijos a estudiar a Inglaterra. Sino porque entre sus deberes está conseguir un buen matrimonio y hacer crecer con ello su patrimonio —me explicó.

Nunca había oído a mi madre hablar de esas cosas. Por lo general, tenía muy poco interés por todo lo que sucedía en Thornwood House (a diferencia del resto del pueblo, que, muy a su pesar, está fascinado por sus habitantes).

—No temas, mamá, simplemente me ha ofrecido una taza de té, no su mano en matrimonio —bromeé alegremente.

—No seas tan descarada con tu madre —me regañó con un tono de voz que me pilló totalmente por sorpresa—. Ahora te lo tomas a la ligera, pero conozco bien a los de su clase, Anna. Los hombres como él tienen un talento especial para romper corazones —dijo, de una manera que me llevó a preguntarme si estaría hablando aún del señor George—. Rebosa encanto y es adulador, pero al final se aferrará a los de su clase. Te lo advierto: quítate de la cabeza cualquier idea absurda que puedas tener sobre ese joven.

No dije nada. Nunca me sorprendía que mi madre pudiera leer mis pensamientos como aquel que lee el tablón de anuncios de la parroquia, pero su precisión me dejó estupefacta. Peor aún, sus palabras se clavaron como agujas afiladas en mi burbuja de júbilo, haciéndola estallar. Nunca en mi vida me había sentido tan enamorada de un muchacho y allí estaba ella, arruinándome el momento.

—Te lo digo por tu bien, Anna —dijo mi madre para terminar.

Recogió la ropa y se la llevó a su cuarto para clasificarla.

Capítulo 15

3 de enero de 2011

—Asistí a algunas clases de dibujo en la escuela —dijo Oran al regreso de su paseo alrededor del perímetro de la casa; miraba por encima del hombro de Sarah el rudimentario contorno del edificio que había dibujado.

La mañana se había abierto y se había extendido hasta transformarse en una tarde espaciosa, ocupada por un cielo azul que contenía infinitas promesas.

—¿Te gustaría…? —preguntó Sarah, ofreciéndole el cuaderno y el lápiz.

Oran no se parecía en nada a Jack, pensó, cuando empezó a observarlo mientras tomaba cuidadosamente medidas con el lapicero que sostenía en su mano extendida y entrecerraba los ojos para defenderse de la luz del sol. Oran era más como los novios que solía llevar a casa de sus padres cuando vivía en Boston. Bromistas de trato fácil que siempre complacían a su padre, pero nunca a su madre. A Frank Harper le gustaban los jóvenes honestos capaces de ayudar a descargar un camión de leña o a arreglar la caldera. Los chicos normales, que disfrutaban con una cerveza al finalizar la jornada y un buen partido de béisbol en la tele.

Cuando llevé a Jack a casa, mi madre se puso contentísima.

—Es una joya, Sarah —dijo, y preparó una lasaña casera para celebrar la llegada de Jack a sus vidas.

Una de las profesoras de la universidad de Sarah exponía en la galería que Jack tenía en el East Village. Así fue como se conocieron. Fue bastante romántico, la verdad. La galería estaba oscura, salvo por varios focos aislados que iluminaban unos discos de cerámica vidriada de un bello tono turquesa. Eran como pétalos de mar, flotando sobre el suelo. Sarah estaba ensimismada con la atmósfera de la exposición, deambulaba en la oscuridad cuando tropezó contra un torso potente y derramó sobre él todo el contenido de su copa. Se disculpó rápidamente e intentó apartarse, pero el hombre intentó hacer la misma maniobra y lo único que consiguieron fue estar más cerca el uno del otro.

—Espero que seas guapa —dijo una voz seductora en la negrura, y Sarah se echó a reír—. Normalmente, suelo pedirle a una chica que me invite a cenar antes de magrearme en la oscuridad —añadió, lo que llevó a Sarah a reír otra vez como una colegiala.

Al final, giró en dirección contraria y encontró el camino de vuelta a la recepción, que, por suerte, estaba bien iluminada. Después de servirse otra copa de vino barato, vio de lejos a su profesora y fue a felicitarla.

—Sarah, tienes que conocer a Jack Zaparelli, el dueño de la galería —le dijo su profesora.

En cuanto oyó su voz, supo que era él. Y la mancha de vino en su camisa sirvió para confirmarlo.

—Hola, lo siento, me parece que ahí dentro he tropezado contigo —confesó Sarah, tendiéndole la mano.

Era alto, moreno y sin miedo alguno a dejar claras sus intenciones. El italiano típico, con piel aceitunada y una sonrisa que te hacía temblar las piernas.

Le cogió la mano, le dio un beso en la parte interior de la muñeca y dijo:

—Sabía que eras guapa.

Y eso fue todo. Muchísimas veces, le costaba creer que hubiera encontrado un hombre tan atractivo y carismático. Era exitoso, perspicaz y convertía hacer contactos con clientes en una forma de arte. Y a pesar de que en aquel momento estaba elogiando el trabajo de la profesora y discutiendo con ella cómo podía lograr que su estilo resultase más comercial, Sarah tuvo claro (aunque no quiso reconocerlo) que no la consideraba parte de la élite, aunque tampoco quiso mencionarlo por no poner a ninguno de los dos en un compromiso. Y así fue como sucedió: Sarah empezó a trabajar en la galería como secretaria de Jack y a dedicar cada vez menos tiempo a las labores creativas. Se dedicaba a preparar exposiciones para otros artistas y a vender sus obras. No le importaba; trabajar en el mundo del arte era estupendo, algo que su madre procuraba recordarle a cada oportunidad que se le presentaba. Se mudó a su apartamento y, con una rapidez quizá excesiva, quedó integrada en la vida de él. Jack era el protagonista; y Sarah, un simple personaje secundario. Se convirtió en «Sarah, la de Jack», incluso antes de que le pusiera en el dedo la alianza que la marcaba como de su propiedad. Entonces, se quedó embarazada y todo cambió.

—¡Terminado! —anunció Oran, sacando a Sarah de su ensoñación.

Casi había olvidado qué estaban haciendo allí. Oran se dispuso a devolverle a Sarah el cuaderno, pero cambió de repente de idea y lo recuperó para dar una última ráfaga de trazos vigorosos y garabatos con el lápiz que, a aquellas alturas, se había quedado romo.

—Casi se me olvida firmarlo —dijo, observando su trabajo desde cierta distancia y entrecerrando los ojos.

Sarah estaba ansiosa por ver el resultado. Hacía mucho tiempo que no trabajaba con alguien de aquella manera. Desde la universidad, seguramente.

—Y bien, ¿qué opinas? —preguntó Oran expectante.

La boca de Sarah esbozó una sonrisa de suficiencia.

—Oran, has estado veinte minutos dibujando.

—Lo sé, y creo que tengo una lesión por movimiento repetitivo. —E hizo girar la muñeca.

—¡Es un bloque cuadrado con dos monigotes de pie a su lado! —exclamó Sarah, y al mirarlo vio lo satisfecho que se sentía por haberla hecho reír otra vez.

—Es cubismo —le explicó Oran, haciéndose el ofendido.

—Ah, sí, claro, qué tonta soy. —Lo miró fijamente y levantó la mano para protegerse los ojos del sol—. No eres lo que pareces, ¿verdad?

—No sé por qué lo dices —replicó él, riendo por el comentario—. Sé que te causé una pésima primera impresión, y por eso he querido darte la oportunidad de que conozcas mis verdaderos talentos. —Señalaba el dibujo.

—Es realmente… impresionante —dijo ella, acompañando sus palabras con un gesto de asentimiento. Entonces, sin que le diera ni tiempo a pensarlo, salió de su boca una invitación—: Creo que nos hemos ganado un café. ¿Te apetece tomar una taza conmigo en Butler's Cottage?

La pausa que se produjo a continuación fue todo lo que ella

necesitaba saber. Oran se levantó rápidamente y la atmósfera entre ellos cambió.

—Da igual, creo que ya te he robado demasiado tiempo —añadió enseguida.

—Gracias, es que…

—No pasa nada, no es necesario que digas nada. —Sarah se sentía turbada, como si hubiera intentado besarlo y él la hubiera rechazado.

—No, es solo que intento evitar esa casa si me es posible. Me encargo de aprovisionarla de turba y eso, pero, desde que Hazel y yo dejamos de vivir allí, prefiero que sea mi padre quien se ocupe del alquiler de temporada. —Le dio la espalda a Sarah y miró hacia la casa, como si estuviera realizando un estudio exhaustivo del edificio.

—Lo siento, no pensaba que…

—No tienes por qué sentirlo. Ya sé que es irracional. Que no es más que una casa. Que no son más que cuatro paredes. —Aquello sonó como si fueran palabras que Oran había oído infinidad de veces en boca de gente cargada de buenas intenciones.

—Tal vez, pero está llena de recuerdos. —«Y llena de fantasmas», estuvo a punto de decir, pero se calló justo a tiempo.

—Eso seguro —reconoció Oran, volviéndose hacia ella—: Hazel nació allí.

—¿En la casa?

—Sí, en el suelo del salón. Un parto acuático. Cathy quería que todo fuese natural.

—Caramba.

—Sí, si quieres verlo así. Pero creo que cambió de idea en un momento dado, aunque para entonces ya era demasiado tarde y tuvimos que seguir empujando.

—¿Tuvimos?

Oran sonrió, una sonrisa ladeada que hizo asomar un hoyuelo en su mejilla izquierda. Aunque no es que ella fuera de las que prestaban mucha atención a ese tipo de cosas.

—Fue surrealista, pero al final tuvo razón, como solía suceder casi siempre. No quería ni médicos ni hospitales.

—Sí, entiendo —dijo Sarah.

Carraspeó levemente. La que se sentía ahora incómoda era ella. No podía contarle a Oran lo de la Gran Desgracia. Acababan de conocerse y daba la impresión de que él ya tenía bastantes penas con las que cargar.

—Hazel es una joven estupenda —dijo entonces, animada, intentando poner un parche a la situación—. ¡A veces parece que sabe de todo mucho más que yo!

—Ah, ¿te has dado cuenta de eso? —Oran sonrió como un padre orgulloso que no puede atribuirse ningún mérito—. Ha salido a su madre, es un auténtico ratón de biblioteca. Antes me preocupaba que no jugara con niños de su edad, pero Cathy… —Se interrumpió de repente.

—Parece mayor de lo que es —coincidió Sarah, que recordó entonces la advertencia que le había hecho Hazel de no comentarle nada a su padre sobre *Compendio de hadas,* e, igual que una nefasta jugadora de póker, bajó la vista y se rascó la oreja.

—Siempre anda buscando significados donde no los hay. Hace unos años vio una película sobre las hadas de Cottingley. No sé si conoces el tema, lo de aquellas dos niñas que afirmaban haber tomado fotografías de hadas en no sé qué lugar de Inglaterra.

—No puedo decir que me suene, la verdad —repuso Sarah, esperando que cambiase pronto de tema.

—¿Has oído hablar de Arthur Conan Doyle?

—Sí, por supuesto, el autor de Sherlock Holmes —respondió Sarah, y empezó a recoger sus cosas.

—Pues estaba convencido de que las fotografías eran reales. En fin, eso no viene al caso, pero la cuestión es que Hazel empezó a obsesionarse con lo sobrenatural. Y vivir al lado de Cnoc na Sí no ayudó, claro.

—Ah, sí, la colina de las hadas.

—Se pasaba horas allí arriba, buscando hadas con su cámara digital. Y cuando no estaba allí, estaba en la biblioteca leyendo cualquier libro que pudiera encontrar que hablara sobre «la Gente Buena» y todas esas viejas creencias. Al principio pensé que no era más que una cosa de «niñas» —siguió explicando Oran cuando echaron a andar por el camino para dejar atrás la mansión.

—Sí, porque todas las niñas creen en las hadas —dijo Sarah con ironía.

—Pero después de lo de Cathy…

Sarah vio entonces la oportunidad para cambiar de tema.

—¿Qué tamaño tiene la parcela?

—Esto es una propiedad de cuarenta hectáreas, de modo que deberías haber llegado a casa antes de que anochezca —respondió Oran, con una sonrisa irresistible. Habían llegado a la parte inferior del muro que habían saltado, aunque con mucho menos drama que antes—. Pero, ahora en serio, si necesitas cualquier cosa durante tu estancia aquí, pídelo sin problemas. Cuidaremos de ti, Sarah.

No era habitual en ella quedarse sin palabras, pero oírlo pronunciar su nombre con aquella voz grave y ronca le puso la piel de gallina. Decidió, sin embargo, no empezar a sacar conclusiones.

* * *

Cuando Sarah llegó a Butler's Cottage, su estado de ánimo era excelente. No recordaba la última vez que se había divertido tanto y se había dejado simplemente llevar. Estar en compañía de Oran la hacía sentirse de nuevo joven y libre. Los últimos años se había notado vieja antes de tiempo, y estar con alguien que la veía por lo que era, y no como el resultado de sus cicatrices, era revitalizante. También ella empezaba a verse a sí misma desprovista de aquella terrible historia que parecía haber definido toda su vida.

Se preparó un sándwich de queso y abrió el libro de Harold, que había dejado sobre la mesa. Cayó entonces en la cuenta de que nadie parecía haber cuestionado los motivos que habían llevado a Harold a viajar hasta Thornwood. Se habían fiado de todo lo que les había dicho y en ningún momento se habían preguntado por qué un hombre tan culto como él estaba dedicando a las hadas no solo su vida, sino también su carrera profesional. Porque, incluso entonces, debía de ser algo muy peculiar. Por otro lado, había que tener en cuenta que seguramente las clases trabajadoras ni se inmutaban ante las frívolas aventuras de las clases altas, que disponían del tiempo y, lo que es más importante, del dinero necesario para perseguir cualquier tipo de sueño que les apeteciera.

Por primera vez desde su llegada, Sarah enchufó el teléfono. No había querido repasar los mensajes que pudiera haber recibido. Vio entonces que tenía mensajes de su hermana y algunas llamadas perdidas de su madre que decidió devolver más tarde, pero no todavía. La wifi era muy lenta, aunque le bastaba para sus propósitos. Estar desconectada de su antigua vida, incluso por Internet, la hacía sentirse deliciosamente delincuente, una sensación similar a la de hacer pellas, y no tenía ninguna prisa por volver a todo aquello. Tecleó el nombre de «Harold Griffin-Krauss» en el buscador y esperó con paciencia a que se cargaran las páginas. No había una gran cantidad de información personal, solo la fecha de nacimiento y de defunción. Se alegró de leer que había llegado a la avanzada edad de ochenta y nueve años. Solo había publicado un libro en toda su vida, *Compendio de hadas*. Sin embargo, había escrito numerosos artículos sobre sus estudios antropológicos, que lo habían llevado desde Australia hasta la India, pasando por un montón de lugares exóticos. Y uno de aquellos artículos, titulado «El coleccionista de historias», debía de haber sido su tesis final.

Mi madre me contaba historias cuando era pequeño, pero solo recuerdo fragmentos de canciones, ecos y susurros. Murió cuando yo tenía ocho años, y, con el paso del tiempo, mi cerebro infantil extravió esas historias. Todo aquel folclore, creencias y cultura murieron con mi madre. Salvaguardar las historias de la gente, y en especial de aquella cuya cultura está desapareciendo, se convirtió en mi obsesión. Las tradiciones orales están muriendo con la gente que las transmite. Mi vocación es recordar a estos individuos y salvar sus conocimientos haciendo una crónica de los mismos.

Griffin-Krauss fue fundamental para la recopilación de la mitología aborigen de Australia en la década de 1930, afirmaba la página web, y fue quien documentó el concepto del tiempo más allá del tiempo, lo que al parecer se conoce como el *everywhen*, un tiempo y un lugar habitado por figuras ancestrales de proporciones heroicas y habilidades sobrenaturales que posteriormente se popularizó como el «tiempo del sueño». Un anciano le explicó:

Nuestra historia está en la tierra [...] está escrita en esos lu-
gares sagrados. Mis hijos cuidarán de esos lugares [...] esa es la ley.

Era asombroso: un anciano aborigen del otro extremo del mundo diciendo prácticamente lo mismo que la gente que protagoniza-
ba el diario de Anna. Y, de un modo similar, los habitantes del
condado de Clare seguían protegiendo su árbol de las hadas, un lugar sagrado custodiado durante siglos. Cada generación transmitía
a la siguiente su conocimiento ancestral y su respeto solemne por
la tierra. Y remontarse a cientos o tal vez miles de años atrás, hasta
encontrar el origen de estas creencias, las hacía aún más creíbles a
ojos de Sarah. ¿Estaríamos de verdad compartiendo esta tierra con
otros seres ancestrales o espirituales? El progreso estaba divorcian-
do la sociedad de estas creencias, pero Harold decidió salvar aquellas historias. Sabía lo importantes que eran, por mucho que el
mundo moderno les diera la espalda, declarándose demasiado inteligente o demasiado sofisticado para los cuentos de hadas.

Sus últimas palabras eran las más conmovedoras:

Si perdemos nuestras historias, nos perderemos también a
nosotros.

Sarah sacó el cuaderno de dibujo y volvió a reír al ver el dibujo de Oran. Echó entonces un vistazo al boceto que ella había
hecho de Thornwood House e intentó imaginarse las historias
que se escondían detrás de aquel edificio tan intimidante. Incluso en el estado ruinoso en que se encontraba, resultaba inquietante. Había dibujado toscamente algunos de los árboles centenarios
que rodeaban la casa, pero entonces un detalle en el fondo le llamó la atención. Había una zona oscura, que podría ser una

mancha, en la base de los árboles. Acercó el cuaderno a la luz de la pequeña ventana y, estudiándolo, vio que la mancha tenía ojos. Desafiando cualquier creencia, había una criatura que asomaba por detrás del tronco del árbol. Una criatura que ella no había dibujado.

Capítulo 16

Diario de Anna
11 de enero de 1911

Harold regresó de Roscommon rebosante de entusiasmo tras una jornada más de recopilación de historias. Mi madre le dio la bienvenida en casa como si fuese un primo que hacía tiempo que no veía y oí cómo lo regañaba por habernos traído un regalo.

—¡No tenía por qué haberlo hecho! Le habrá costado una fortuna.

—No es más que una caja de bombones, señora Butler; además, quería darle las gracias por su amable hospitalidad la otra noche —dijo Harold, y entró en la sala detrás de ella.

Intenté ponerme en pie sobre mi pierna buena para saludarlo, pero, al ver mi vendaje, Harold se quitó de inmediato el sombrero y los guantes, como si se dispusiera a realizar una intervención quirúrgica improvisada.

—No es nada, solo una torcedura. Pero me temo que hoy no podré acompañarlo —le expliqué sinceramente decepcionada.

—No se preocupe ahora por eso. Debe mantener el pie en alto —dijo, acercándome un taburete.

Me detalló la importancia de mantener la compresión sobre la lesión y de asegurarme de que el vendaje tampoco estuviera demasiado apretado. De hecho, parecía más un médico que el de verdad.

Mi madre observó la escena divertida.

—¿Y nadie ha ofrecido a este pobre hombre una taza de té? —preguntó mi padre, que irrumpió en aquel momento por la puerta; traía con él una ráfaga de aire frío.

—Gracias, señor Butler. Pero resulta que me esperan hoy en Thornwood House para comer. Confiaba en que Anna pudiera acompañarme, pero dadas las circunstancias… —Harold me señaló el pie.

—Anna no visitará Thornwood House por el momento —dijo muy secamente mi madre, y la fulminé con la mirada.

Harold y mi padre intercambiaron una breve mirada de confusión y acordaron en silencio no cuestionar la raíz de aquel desacuerdo.

Habíamos mantenido en secreto para mi padre mi excursión a Thornwood House con el señor George. Era una lástima que ahora me hubiera quedado coja y no pudiera desempeñar mi trabajo con Harold, y no quería aumentar la desaprobación de mi padre contándole que había pasado una tarde con George Hawley.

—Bueno, mejor será que vaya yendo hacia allí —rompió Harold el incómodo silencio—. Tengo la impresión de que a la señorita Olivia no le gusta que la hagan esperar —dijo con ironía—. ¿Le parece bien si vengo a visitarla mañana?

Me dispuse a responder, pero mi madre se me adelantó:

—Sería muy amable por su parte, señor Krauss.

Ella estaba utilizando de nuevo su acento refinado y, tras decir eso, se apresuró a acompañarlo hasta la puerta.

—Pero ¿qué te pasa, Kitty? —preguntó después mi padre, levantando la tapa de la enorme olla negra con patatas que hervía en el fuego.

—Siéntate ahí y deja de parlotear, si es que quieres comer —lo amenazó levemente mi madre, y la discusión acabó ahí.

Estaba rabiosa con Olivia Hawley. De pronto, veía clarísimo su odioso plan. No quería que acompañase a Harold en la comida, por eso se había encargado de que no pudiera ir. Me entraron escalofríos solo de pensar en lo decidida que estaba a salirse con la suya, sin importarle en absoluto hacerle daño a la gente.

Llegaron los chicos, empezamos a comer y lo único que se oyó a partir de entonces fue el sonido metálico de los cubiertos contra los platos. Uno de nuestros vecinos le había regalado una trucha a mi padre, uno de mis platos favoritos. Y enseguida me di cuenta de que mi cara traicionaba las emociones en conflicto que se removían en mi interior.

—Parece que hayas perdido una libra y hayas encontrado un penique —dijo mi hermano Tommy.

Dándole vueltas a la comida del plato, respondí a mi hermano con una sonrisa lánguida.

—¿Te duele el pie? —preguntó Billy.

—Un poco, sí —respondí, y le alboroté el pelo.

La verdad era que no podía dejar de pensar en George. Cada vez que alguien cruzaba la puerta de casa, tenía la estrafalaria idea de que pudiera ser él. Me sentía como un animal enjaulado, encerrada en casa con mi lesión. No es que pudiera haber ido a verlo, como tampoco él iba a venir a verme, pero deseaba con todo mi corazón poder salir a Cnoc na Sí, pues estaba segura de que él me encontraría allí. Había estado a punto de acceder a acompañar a Harold a la comida, aunque mi madre me había quitado rápidamente la idea de la cabeza.

Cuando Paddy terminó de comer, me ayudó a levantarme, me hizo pasar el brazo alrededor de sus hombros y fuimos juntos al granero.

—He estado trabajando en una cosa para ti —me anunció.

—¿Qué es? —pregunté, mientras avanzaba dando saltitos con él.

—Ya lo verás.

Me dejó apoyada en el alféizar de la ventana de la parte posterior de la casa y entró corriendo en el granero. Salió cargado con una rama grande de fresno, lijada y con forma de muleta, con un trozo de tela claveteado encima a modo de acolchado.

—La he probado yo mismo —dijo, colocándosela bajo el brazo y descansando en la rama todo su peso—. Es muy fuerte —me aseguró, y me la pasó para que la probara.

Me coloqué la improvisada muleta debajo del brazo izquierdo y caminé en círculos como un gallo con una sola pata, pero en cuanto me acostumbré, me volví aventurera y di una vuelta entera a toda la casa.

—¡Es fantástico, Paddy! —Y le di un abrazo que casi nos tumbó a los dos.

Paddy siempre ha sido muy hábil con la madera y fabrica palos para jugar al *hurling* para los chicos del pueblo. Su ingenio no me sorprendió en absoluto, pero me conmovió mucho que hubiera dedicado su tiempo a fabricarme una muleta. De hecho, no solo me había regalado una muleta, sino que además me había devuelto la libertad.

Tardé muy poco en ponerme de nuevo en marcha y reanudar mis visitas con Harold. El aburrimiento de estar encerrada en casa y mi anhelo por ver al señor George aceleraron mi recuperación. Lo buscaba con la mirada por todos los caminos e interrogué a Harold sobre el almuerzo que había celebrado con ellos.

—¿Y quién estaba? —pregunté, como sin darle importancia, mientras rodábamos de camino a casa de los Lenihan. A pesar de llevar el pie todavía vendado, me resultaba más fácil ir en bicicleta que andando.

—La señorita Olivia y el señor George. Lord Hawley se había demorado en alguna parte —respondió.

—¿Es verdad eso que cuentan de que les envían a diario la comida desde el Shelbourne Hotel de Dublín a través del tren correo? La madre de Tess dice que les llega en cajas de madera protegidas con paja para que la comida se mantenga caliente —le expliqué.

—La verdad es que no podría decírselo, Anna.

Fruncí levemente el entrecejo al tiempo que buscaba más preguntas que no pudieran levantar sospechas.

—¿Y comió bien?

—Muy bien, gracias —contestó. Estábamos pasando por delante del cementerio, con aquellas lápidas torcidas que siempre me recordaban un diente desprendido de la encía—. ¿Se ha preguntado alguna vez en qué momento los que están abajo empezaron a superar en número a los que estamos arriba?

Me quedé mirando a Harold boquiabierta. Solo él podía reflexionar sobre cosas tan tenebrosas. Me recordaba un poco a Billy, en su forma de hacer que sus pensamientos se engancharan en ideas pasajeras, como la lana se engancha en un matorral con pinchos.

—¡Qué pensamiento más alegre! —exclamé.

La confianza creciente que había entre nosotros hizo innecesario que me tomase la molestia de disimular mi sarcasmo. Empezaba a pensar que Harold no quería compartir conmigo nada de lo

181

sucedido en Thornwood House, lo que no sirvió más que para aumentar mi curiosidad.

—¿Estuvo animada la conversación? ¿Le preguntó el señor George sobre… su trabajo?

—Si lo hizo, fue por pura cuestión de educación.

Era la primera vez desde que lo conocía que se expresaba con poca sensibilidad por los demás. Captó mi mirada y su rostro se ruborizó de inmediato. Intentó esbozar una sonrisa.

—Ignore mis palabras, Anna. La comida con los Hawley fue más bien un calvario, si quiere que le sea sincero.

—¿Un calvario? ¿Almorzar en la casa más bella de toda la zona?

—Habría preferido un caldero de patatas nadando en mantequilla y servido en la cocina de su madre —dijo, y la sonrisa regresó a su cara—. Están muy aislados allí, ellos dos, viviendo en ese caserón y totalmente separados del resto de la sociedad del pueblo. No sé si eso ha sido muy beneficioso para su estado mental.

Harold estaba cambiando por completo mi perspectiva de los Hawley. Se suponía que debían estar separados de nosotros. Y se relacionaban básicamente con los otros terratenientes adinerados del condado.

—Debieron de tener una infancia muy solitaria —continuó—. Según tengo entendido, ambos fueron enviados a internados de Inglaterra. Olivia me confesó que no se siente ni irlandesa ni inglesa, pero que la desprecian por ser ambas cosas.

—Supongo que nunca me lo había planteado de esta manera —dije.

Son una familia rica, viven en una mansión y no les falta de nada. ¿Cómo iba alguien a sentir lástima por ellos?

Hablando, habíamos llegado a la granja de los Lenihan casi sin darnos cuenta. Harold me ayudó a bajar de la bicicleta y toqué con cautela el suelo con el pie bueno. De un modo similar a nuestra casa, la de los Lenihan estaba recién encalada y resplandecía bajo el sol invernal, aunque tenía un añadido decorativo que siempre había admirado: una veleta con un gallo muy grande que indicaba la dirección del viento. Mi padre solía decir que si un granjero necesitaba un gallo para conocer la dirección del viento era porque necesitaba también que le miraran si le funcionaba bien la cabeza, pero a mí me parecía que le daba a la casa un aspecto muy elegante.

Harold recostó nuestras monturas en la pared, que estaba cubierta con una bella maraña de hiedra corazón de oro. Me apoyé en el muro un momento, para aligerar el peso sobre el tobillo y recuperar el aliento.

—¿Así que no le gustaron los Hawley? —pregunté, aunque no estaba segura de si me lo diría.

—No me dejará en paz, ¿verdad? —replicó Harold, removiendo el contenido de su mochila.

Me encogí de hombros a modo de respuesta.

—Hay alguna cosa que no logro identificar, una barrera entre ellos y el resto del mundo. Para tratarse de una pareja de hermanos, podría decirse que tienen una relación bastante… inusual. Supongo que es lo que cabe esperar, después de la muerte de su madre, y, por lo que he podido deducir, su padre nunca se ha tomado la molestia de ocuparse de criarlos.

—¿Y quién los crio, entonces? —En mi mundo, si no te crían tus padres, es que eres un huérfano.

—Una larga y variopinta lista de institutrices, por lo que parece. Con sus rabietas se aseguraron de que nunca duraran mucho.

—Sí, claro, pero todos los niños son traviesos —dije, sintiendo de repente la necesidad de defender a George.

Pensé entonces en aquel día en el camino, con el conejito, y cómo se provocaban el uno al otro. Quería creer que George era la parte inocente y que había actuado como lo había hecho solo por la influencia de su hermana.

—Cierto. No me haga caso, Anna. Tal vez fuera la casa en sí lo que me dejó tan frío —dijo Harold—. Pero la verdad es que allí dentro hay una atmósfera especial. Cuénteme otra vez la historia del árbol de las hadas de Thornwood House —me pidió.

Pero, para mi fastidio, tuvimos que cortar la conversación porque Mary Lenihan salió a recibirnos con sus perros, que nos dejaron sordos con su calurosa bienvenida.

Capítulo 17

Mary Lenihan, acompañada por dos pequeños y alborotadores terrier, nos invitó a pasar a su casa. Los perros estaban indecisos entre mordernos o lamernos; al final, cuando la anciana me indicó un asiento junto al fuego, ambos se acurrucaron en mi regazo. De una familia con catorce hijos, Mary y sus dos hermanos, Ned y Jimmy, no se habían casado. En una comunidad tan pequeña como la nuestra, el matrimonio es un juego de números e, igual que sucede con las sillas musicales, muchos se encuentran sin pareja cuando la melodía deja de sonar. Los hermanos viven juntos en la antigua casa familiar, donde el paso del tiempo está marcado tan solo por las arrugas de sus caras. Todo allí está exactamente igual a como sería en tiempos de sus padres y las rutinas se llevan a cabo de la misma y precisa manera. Desconozco su edad, pero tengo claro que los tres han celebrado su setenta cumpleaños hace algún tiempo. La principal peculiaridad de su acuerdo es que los dos hermanos varones no se hablan entre ellos. Se enfadaron hace muchos años; de hecho, hace tanto tiempo que dudo que alguien se acuerde del motivo de aquel enfado. Pero el caso es que el enojo llegó tan lejos que no es algo que pueda olvidarse fácilmente; en consecuencia, Ned y Jim viven la vida ignorándose mutuamente por una causa que ha quedado perdida en la noche de los tiempos. Toda su comunicación tiene que pasar por Mary, quien vive resignada a su posición de intermediaria.

Tienen muy poco, pero lo que tienen lo comparten con quien pase por su casa, y Ned, el más joven de los tres, se encargó de preparar el té, cortar el pastel de semillas y servir las porciones en platitos de porcelana muy delicados, como si estuviéramos en un elegante salón de té.

—El señor Krauss está aquí para recopilar historias sobre *na Daoine Maithe* —les expliqué, después de que todos hubieran tomado asiento y dado un sorbito a su té—. Ha estado por toda Irlanda e incluso en Inglaterra y en Francia recopilando historias que le han ido contando desde el cura hasta el mendigo —añadí; quería demostrar con ello que la clase social no era ningún requisito para creer en el mundo de las hadas.

—¿Y para qué quiere saber todo eso? —preguntó Jimmy.

—¿Puedes decirle a este tipo que no interrumpa a la muchacha? —le dijo Ned a Mary, instando a esta a repetirle a Jimmy la misma frase y con el mismo volumen.

De pronto tuve la impresión de que la jornada iba a ser muy larga.

—Si me permite, Anna —intervino entonces Harold, con su educado acento norteamericano—. Estoy estudiando Antropología en la Universidad de Oxford y estoy muy interesado en las creencias del pueblo celta.

—¿Qué está diciendo? —preguntó Jimmy; su expresión era la de un hombre que está intentando calcular la distancia entre nosotros y la luna.

—Que está escribiendo un libro sobre el tema —respondí, en un intento de poner fin a las explicaciones.

—Bueno, en realidad se trata más bien de una tesis… —dijo Harold, pero con la mirada que le lancé decidió abandonar su explicación.

—Muy bien, empecemos —dije, dando una palmada.

Harold abrió su cuaderno y sostuvo en alto la pluma, dispuesto a empezar a tomar notas de la historia que le contaran.

—Pues sí, existen antiguas creencias… —empezó Mary dubitativa, sin saber bien qué se esperaba de ella—. Como la de siempre pronunciar una advertencia antes de tirar un cubo con agua de fregar los platos, por si acaso hay algún hada rondando por ahí —dijo, y sus labios esbozaron una sonrisa tímida—. Y luego están los *piseogs*, claro.

Le expliqué a Harold que los *piseogs* son una especie de superstición y que, para ahuyentar la mala suerte, tienes que realizar ciertos rituales.

—El primer día de mayo atamos una cinta roja al cuello de las vacas lecheras para protegerlas —explicó Mary con una media sonrisa, como si supiera que aquello le sonaría ridículo a un extranjero, aunque para ella eran cosas que siempre se habían hecho así y siempre seguirían haciéndose.

—Le contaré una historia sobre esos pequeños demonios —dijo Jimmy, interrumpiéndola y con expresión feroz y alterada.

—Jimmy, no es necesario desempolvar de nuevo eso. —Mary descansó la mano en el brazo de su hermano para contenerlo.

Harold y yo nos miramos en busca de una explicación. Ned le lanzó a Jimmy una mirada muy seria y vi que entre ellos había una nueva tensión.

—No tiene que contarme nada que no quiera —intentó Harold apaciguar los nervios de los presentes—. Y quiero que sepan que trataré sus evidencias con la confidencialidad más estricta.

Mary y Ned intercambiaron entonces una mirada de preocupación, pero Jimmy se movió con nerviosismo en la silla, descansó los codos en las rodillas y fijó la vista el suelo, como si estuviera buscando allí inspiración.

—Era mi noche de bodas —empezó a contar, y su voz llenó el espacio y nos sumió a todos en una especie de trance—. Estaba aquí todo el pueblo, en esta misma casa, bailando y comiendo hasta no poder más. Cuando Rosaleen Garrett accedió a casarse conmigo, fue el día más feliz de mi vida.

—De eso hace ya mucho tiempo —insistió Mary, aunque Jimmy no se dejó convencer.

—Bailamos y bailamos y el violinista tocó todas las canciones que tenía en su cabeza. Entonces, Rosaleen entró para refrescarse la cara con un poco de agua de la jofaina —continuó explicando Jimmy, y señaló la jarra y la jofaina de barro cocido que seguían aún en el aparador—. Tardaba mucho en salir, y cuando entré a buscarla, la encontré tumbada en ese banco de ahí, con la mano en el pecho. —La voz se le quebró y sacó del bolsillo de su chaleco un pañuelo grisáceo para sonarse la nariz—. Su corazón se había parado.

—Siento muchísimo su pérdida, señor Lenihan —dijo en voz baja Harold.

Jimmy se limitó a responder con un silencioso gesto de asentimiento.

—Pero ahí no acabó todo —continuó, balanceándose hacia delante y hacia atrás en la silla—. Se me apareció, sí, justo una semana después, y me contó que no estaba muerta, sino que la habían alejado de mí por un tiempo. Me contó que no estaba mal, allí donde se encontraba, pero que quería volver. Me dijo que, si quería ayudarla a regresar a casa, tendría que situarme junto a ese hueco que se abre en un lateral de la casa y cogerla cuando pasara por allí.

—¿Dónde se le apareció? —preguntó Harold.

—Estaba acostado en la cama, en plena noche, cuando se me apareció —respondió Jimmy—. Aún con su vestido de novia.

Los perritos, que seguían en mi regazo, me reconfortaron y el calor que desprendían sus cuerpos me sirvió para ahuyentar los escalofríos que me estaba provocando el relato de Jimmy. Ned interrumpió el silencio de la estancia cuando echó la silla hacia atrás y salió furioso y refunfuñando por la puerta. Era evidente que Mary no sabía a qué hermano consolar, aunque era evidente también que no podía abandonar la casa teniendo visitas.

—Me explicó que vivía cerca y que podía verme, aunque yo no a ella —continuó Jimmy. Sus labios cortados hacían que cada palabra que pronunciaba pareciese una tortura—. La Noche de San Juan, cuando todas las hogueras estuvieron encendidas, me dirigí a ese lugar para esperar a verla. Permanecí sentado allí muchas horas, maldiciéndome por creer en tales tonterías. Pero entonces, de pronto, vi pasar por allí unos desconocidos. Eran excepcionalmente altos, como si estuvieran andando sobre zancos, y vestían con ropajes muy raros. Y tan seguro como que ahora estoy sentado aquí, vi de repente a mi esposa acercándose detrás de ellos. Cuando pasó por el hueco, intenté alcanzarla, pero me quedé inmóvil —declaró, y en las arrugadas comisuras de sus ojos aparecieron las lágrimas—. El miedo me había dejado paralizado. Ella abrió la boca, como si fuera a gritar, pero no emitió ningún sonido. Pensé que tenía la mandíbula rota, puesto que su boca se iba abriendo cada vez más. Yo seguí allí, incapaz de mover ni siquiera un brazo o un pie para salvarla. ¿Se lo imagina? ¡Mi propia esposa! —dijo, enterrando la cabeza entre las manos.

—Después de aquello, nunca volvió a casarse —dijo su hermana, poniendo con ello fin al desolador relato.

Capítulo 18

No me cuesta nada decir que el relato del anciano me conmovió mucho. Independientemente de que creyeras o no en las hadas, era imposible negar que Jimmy Lenihan estaba obsesionado con aquella pérdida.

—Esa mujer murió de un ataque al corazón —nos dijo Ned cuando salimos de la casa. Se había quedado merodeando cerca del lugar donde almacenaban la turba, a la espera de que saliéramos—. El resto es simplemente producto de la imaginación de Jimmy.

Me habría gustado responderle a gritos. Porque me acordé de cuando me decían que todo era producto de mi imaginación y me enfurecí muchísimo. Harold le respondió con algún tópico cortés y montamos en las bicicletas.

—¿Va todo bien, Anna? —me preguntó al cabo de un rato.

Sus palabras me sorprendieron. Estaba tan perdida en mis pensamientos que casi había olvidado que Harold estaba allí.

—Por supuesto —conseguí decir.

—¿Seguro que todo esto no es demasiado para usted? Quizá le duele la pierna y... —Se interrumpió.

Detuve la bicicleta cuando llegamos al pequeño puente y la

apoyé en el murete de piedra. El sol estaba bajo en el cielo y me calentaba la cara. Inspiré hondo unas cuantas veces, mirando el río crecido que hacía tiempo que había inundado las orillas con agua marrón de la montaña.

—No es la pierna lo que me preocupa —dije.

Miré a Harold y vi, por la sinceridad de sus ojos, que quería que confiase en él. Había estado esperando el momento oportuno y había observado cómo interactuaba con la gente del pueblo. Quería estar segura de que mi historia estaría a salvo con él. Conocía muy bien el ridículo que te hacía sentir la gente a la que le daba miedo creer. Pero Harold trataba con infinito respeto todas las historias, todos los retazos de pequeños recuerdos. Nunca juzgaba al narrador de la historia, ni hacía nada que insinuara si él creía o no. Era un científico.

—Dígame, Harold, ¿qué cree usted? —pregunté por fin, apoyándome en el puente de piedra. El reflejo del arco en el agua formaba un oscuro círculo completo.

Harold sacó un poco de tabaco del bolsillo superior de la chaqueta y enrolló un cigarrillo. Lamió el papel para cerrarlo y se lo llevó a los labios antes de sacar una cerilla que encendió con la suela del zapato. Me hacía gracia verlo hacer cosas tan americanas como esa.

Exhaló una bocanada de humo blanco grisáceo y se apoyó en el puente, a mi lado.

—¿Se da cuenta de que está pidiéndome que le revele mis conclusiones antes incluso de haber escrito mi tesis? —dijo con un aire de fingida arrogancia.

Me limité a encogerme de hombros.

—Pero bien, teniendo en cuenta que es usted mi asistente, supongo que no le hará daño a nadie —continuó, con una sonrisa—.

Aunque jamás tuve este tipo de insubordinación con mis anteriores asistentes.

El corazón se me aceleró de inmediato. Nunca me había planteado la posibilidad de que otra chica hubiera ayudado a Harold en su trabajo de recopilar historias.

—¿Y cómo eran, entonces, sus anteriores asistentes? —pregunté; miré por encima del hombro, como si simplemente estuviera charlando para pasar el rato.

—Ni la mitad de interesados que usted, se lo aseguro. Y no los culpo por ello; la mayoría de los muchachos que he conocido en mis viajes han mostrado mayor interés por el dinero que por mis estudios.

Solté el aire que hasta entonces no me había dado cuenta de que estaba conteniendo.

—¿Así que soy la primera chica que emplea?

No podía, o mejor dicho, no quería reconocer por qué esto me parecía tan importante.

—Es mi primera asistente mujer, sí. Y la más inquisitiva.

—En este caso, por favor, responda a mi pregunta, señor Krauss.

Harold cruzó un pie por encima del otro y miró el cielo, como si estuviera esperando que le diera una pista sobre por dónde empezar.

—Bien, veamos. Tras pasar tanto tiempo en Oxford con la cabeza metida entre libros, entiendo ahora que es imposible aprender cosas sobre la creencia en las hadas investigando solo a través de los libros. La única manera de experimentar de verdad sobre el tema es pasando tiempo en los lugares sagrados y hablando con la gente que los considera su hogar.

—¿Lugares como Thornwood? —pregunté.

—Exactamente como Thornwood. Aquí, cada grupo de árboles o cada pila de piedras posee un significado o una historia que solo conocen este lugar y sus habitantes. Sin embargo, es una historia compartida entre los países celtas, lo que me lleva a deducir que la creencia en las hadas es casi una doctrina de las almas. —Vio que no estaba entendiendo del todo sus elevados conceptos, pero siguió adelante con la convicción de que acabaría captándolos—: Todos los lugares que he visitado, en todos los países celtas, comparten las mismas creencias. Sí, existen ligeras variaciones en detalles particulares de cada lugar, pero, en general, las historias son las mismas. Según he llegado a entender, «el país de las hadas» es un ámbito o un lugar que contiene las almas de los muertos, donde habitan en compañía de todo tipo de espíritus, demonios o dioses. Un mundo invisible.

—Lo explica de un modo que lo hace parecer muy real —dije.

—Porque es real, al menos para la gente que cree haber entrado en ese mundo o haber visto a sus habitantes. Con frecuencia carecen de formación escolar o universitaria, pero no por ello hay que infravalorar sus testimonios, puesto que a menudo están más autorizados y son más fidedignos que la mayoría de los manuscritos antiguos que se conservan en el Museo Británico. Supongo que mi interpretación de estas historias les otorga cierta credibilidad adicional ante sus ojos, puesto que hablo de todo ello como erudito.

—Y si no estuviera hablando como erudito, sino como usted mismo, ¿qué diría que cree? —presioné.

—Creo que hay mucha investigación interesante en el área de lo psíquico y…

—¡Harold! —exclamé, un poco molesta con tanto lenguaje florido para evitar una respuesta directa.

—¿Sinceramente? —preguntó y se sentó en el puente, a mi

lado—. No estoy seguro de qué creo. Pero es muy difícil estar en un lugar como este y no tener una sensación mística. —Miraba hacia las colinas que defienden nuestro pueblo—. Pero si me presionaran, como obviamente está sucediendo ahora, me inclinaría hacia la hipótesis de que estos «seres» se están comunicando con nosotros de alguna manera. Todas estas evidencias —dijo, dando unos golpecitos a la mochila que contenía su cuaderno— demuestran que existe una conexión entre el ámbito espiritual y nuestro mundo natural.

Compartimos un silencio contemplativo, roto tan solo por el grito lejano de un faisán.

—El porqué eligen revelarse a una gente y no a otra sigue siendo un misterio para mí. Aunque sus vecinos tienen razón al temerlas y respetarlas. Pueden parecer seres humanos, pero no lo son.

—Dice que se comunican con nosotros, pero ¿y si somos nosotros los que queremos comunicarnos con las hadas?

Estaba a punto de contarle lo de Milly, e inspiré hondo para prepararme para la conmoción que me acarrearía sumergirme en aquella historia, cuando Paddy y un amigo que no había visto nunca aparecieron de pronto montados en bicicleta.

—¡Hola! —gritó Paddy, y el otro no dijo nada—. ¿Vas de camino a casa? —preguntó.

Miré a Harold, que llegó a la conclusión de que ya habíamos trabajado bastante por aquel día.

—Nos vemos mañana —dijo, ofreciéndome aquella sonrisa reconfortante con la que había llegado a encariñarme.

Nos dijo adiós con la mano y emprendimos camino de vuelta a casa.

—Te presento a Danny —dijo Paddy—. Trabaja en una granja.

—Hola, Danny —dije—. ¿En qué granja trabajas?

Los dos chicos se miraron y respondieron, el uno detrás del otro, que la granja estaba en otro pueblo y que yo no la conocería. Estaba demasiado preocupada con mis cosas para molestarlos con preguntas, pero el más tonto del pueblo adivinaría que me estaban ocultando algo.

—Mejor que decidáis en qué granja está trabajando antes de que lleguemos a casa y veamos a nuestros padres —les aconsejé, y aceleré para adelantarme a ellos.

Por la noche, unos golpes en la puerta me despertaron. Dormía en la buhardilla y allí, por encima de las vigas, siempre me había sentido protegida, pero algo en aquel ruido hizo que mi cuerpo entero se tensara.

—¡En nombre del rey, abran esta puerta! —gritó una voz enojada.

Me cubrí con las mantas hasta la nariz. Hemos sufrido alguna redada por fabricar *poitín*, aunque nunca en plena noche. Además, mi padre ya no guarda el *poitín* en el granero; guarda toda la parafernalia en una vieja cabaña en ruinas que hay en uno de nuestros campos. Y justo cuando estaba pensando en todo esto, oí que mi padre se levantaba para ir a ver qué pasaba.

—Ya va, ya va —dijo—. ¡Denme un poco de tiempo para ponerme los pantalones!

Cuando abrió la puerta, irrumpieron en la casa media docena de hombres uniformados que empezaron a removerlo todo.

—¿De qué va esto? —preguntó mi padre, más enfadado de lo que lo había visto en toda mi vida.

—Tenemos motivos para creer que aloja usted a un joven que responde al nombre de Daniel Freeman —respondió el uniformado responsable del grupo.

Pensé enseguida en el nuevo amigo de Paddy, que se había

sentado delante de nuestra chimenea y había disfrutado de una cena generosa. Pero se había marchado antes de que yo subiera a la cama.

—¿Quién? —dijo mi padre, pero comprendí que ya lo había adivinado.

—Un miembro de la Hermandad Republicana Irlandesa, señor Butler. ¿Sabe algo al respecto?

—¿Y qué tendría que saber yo? Soy un granjero, no un activista —contestó—. ¡Y cuidado con la vajilla! —gritó a uno de los jóvenes soldados que inspeccionaba el aparador—. Si estuviera aquí, no se escondería en una tetera, ¿no le parece?

Mi madre y mis hermanos se habían levantado también y se hallaban delante de la chimenea, junto al banco. Los policías registraron todas las habitaciones y al final se vieron obligados a reconocer que no había nadie escondido en la casa. No hubo ninguna disculpa por alborotar nuestra vivienda en horas tan intempestivas, aunque tampoco la esperábamos.

—¿Qué está pasando? —preguntó entonces mi madre.

—Se ha producido un asalto al tren de mercancías —respondió el agente—. Un trabajo bien planeado, según dicen los informes. Se han hecho con dos barriles de Guinness, cinco mil cigarrillos, dos raciones grandes de panceta y cincuenta pasteles de Navidad. ¡Malditos fenianos! —vociferó.

Sofocamos visiblemente un grito al enterarnos de todo lo que habían robado. El agente, convencido de que no sabíamos nada, ordenó a sus hombres pasar a la siguiente casa. En cuanto se fueron, mi madre cerró la puerta, pasó el pestillo de seguridad y bajé apresuradamente por la escalera de mano. Billy, por instinto, se aferró a mi cadera y abracé su cabecita adormilada.

—¿Qué has hecho? —le preguntó mi padre a Paddy—.

¡Trayendo a un tipo así a nuestra casa! —Y le arreó un bofetón, que Paddy ya anticipaba, pues se agachó y consiguió esquivarlo.

—Déjalo, Joe —dijo mi madre muy seria.

Fue entonces directa a levantar la tapa del asiento del banco. Y allí, para mi asombro, estaba Danny, escondido como un conejillo asustado.

No merece la pena repetir aquí el colorido lenguaje que mi padre utilizó al descubrir a nuestro invitado secreto. Pero fue mi madre la que calmó las cosas, diciendo que los soldados volverían si oían tanto alboroto.

—Tienes que irte, Danny —le pidió mi madre—, en este pueblo no estás seguro.

—Alguien debe de haberse chivado —dijo Paddy, sintiendo lástima por sí mismo.

Paddy está firmemente decidido a aportar su granito de arena a la Hermandad, pero por mucho que mi madre apoye su causa, jamás permitiría que su hijo mayor se sumase a sus filas.

—Paddy, que lo de esta noche te sirva de lección. Esto no es un juego y esos soldados no están jugando —le advirtió ella.

—Haz caso a tu madre, Paddy —dijo Danny—. Te agradezco mucho tu ayuda, pero tu papel en esto ha terminado. Gracias, señora Butler. —Se volvió hacia mi madre—. Nunca olvidaré su amabilidad —añadió. Se cubrió la cabeza con la gorra y se dirigió con cautela hacia la puerta de atrás.

—Escóndete en el corral de las vacas hasta que estés seguro de que no hay peligro a la vista —dijo mi padre, dándonos la espalda a todos.

Danny dudó, me ofreció una brevísima sonrisa y desapareció en la oscuridad.

Eso fue lo último que supimos de él, hasta que esta mañana hemos encontrado en la puerta un precioso pastel de Navidad glaseado.

Capítulo 19

6 de enero de 2011

—Pues, bueno, querrá ver el árbol, ¿no? —dijo Marcus por segunda vez.

—Perdón, ¿qué? —Sarah se sentía incómoda, descalza en el umbral de la puerta (que, de un modo u otro, había conseguido abrir correctamente). Llevaba un camisón corto, y el hecho de ir sin sujetador la hacía incapaz de seguir la conversación—. Deme diez minutos —dijo, y echó a correr hacia el dormitorio para ponerse la ropa que había dejado tirada sin cuidado sobre la cama.

Era muy temprano, o al menos eso era lo que los pájaros proclamaban a todo pulmón, y la falta de sueño empezaba a pasarle factura. Marcus se sentó en el coche para esperarla; desde la ventana, Sarah le vio la mano enguantada dando golpecitos en el volante, al ritmo de la sintonía que debía de sonar por la radio.

—¿Lista? —le preguntó a Sarah, mientras ella tiraba del cinturón del asiento del acompañante—. Tenemos solo media hora en coche hasta casa de Fee.

—¿Fee?

—Oh, Fiona. Mi media naranja.

—No sabía que estaba casado —comentó Sarah, que se abrochó por fin el cinturón.

—Y no lo estoy —replicó Marcus con un brillo en la mirada.

—Oh, perdón, pensaba que… —dijo Sarah; se sentía de pronto muy anticuada.

—No es por no pedírselo, eso seguro. Pero Fiona Devine insiste en que, mientras yo siga casado con el hotel, no piensa ponerse mi anillo. ¡De modo que llevamos los últimos treinta años viviendo en pecado!

El coche hizo un veloz giro a la izquierda para salir del pueblo y adentrarse en la naturaleza salvaje de Clare. El paisaje estaba hibernando bajo un manto de árboles de ramas oscuras y hierba encorvada. Sarah intentó imaginarse lo bello que debía de ser aquel lugar en plena floración y se preguntó si algún día regresaría allí. «¿Y si te quedaras?», preguntó una vocecilla en su cabeza.

El Mercedes verde abandonó la carretera principal para seguir un camino adornado con hierba en la parte central. Y cuando empezó a rezar en silencio para no encontrarse con otro coche de frente o, peor aún, un tractor, Sarah vio una anciana junto a una verja, con un pañuelo negro ceñido a la cabeza. Los ojos oscuros que la observaban le resultaron familiares y Sarah se estremeció bajo aquella mirada.

—¿Conoce a esa mujer? —le preguntó a Marcus, al ver que el coche pasaba de largo.

—¿Qué mujer?

Sarah miró por el retrovisor y se quedó pasmada al comprobar que no había nadie.

—Oh, no importa —dijo, intentando bloquear la sospecha instintiva de que aquellos eran los ojos que habían aparecido en su dibujo de Thornwood House.

Pronto llegaron al patio de una granja de dos plantas situada a mano derecha del camino.

—¿Es aquí? —preguntó excitada Sarah, después de guardar su avistamiento de la anciana en las sombras proyectadas por el sol invernal y la falta de sueño. Al fin y al cabo, la última vez que creía haber visto un fantasma había acabado siendo un burro.

—Este es mi hogar —confirmó Marcus—. Aunque debería decir que es la granja Devine. No soy más que un advenedizo. Ella misma dirige la granja. Yo aquí no serviría de nada, ni siquiera de adorno, o eso al menos es lo que ella me dice.

—Tiene un aspecto muy acogedor. —Sarah observó las viejas ventanas de guillotina y la gigantesca rueda de carro apoyada contra el hastial.

En cuanto el coche hizo su entrada, una mezcolanza de animales acudió a recibirlos o a pelearse con ellos. Un *collie* blanco y negro se puso a ladrar como un loco y a menear la cola hasta que Sarah bajó del vehículo y le acarició la cabeza. Como por arte de magia, se quedó quieto y callado para disfrutar de sus atenciones. Luego llegaron los gansos, que, con graznidos de enojo y las alas extendidas, amenazaron a Sarah con enviarla de vuelta a dondequiera que fuese su origen.

—¡Largaos de aquí ahora mismo! —sonó el grito agudo de Fiona Devine—. Bienvenida, querida. Sarah, ¿verdad?

—Hola, Fiona —saludó Sarah, y le ofreció con cuidado la mano para evitar ser mordida por algún ganso.

—Llámame Fee, por favor.

Fee tenía dos rasgos sobresalientes: el cabello totalmente gris, peinado con un práctico corte *pixie* que le daba un aspecto muy juvenil, y los ojos azules más claros que Sarah había visto en su vida. Tenía una mano callosa y trabajada, ese tipo de mano en la que el padre de Sarah depositaría toda su confianza. Marcus le dio un beso rápido en la mejilla, y, cogidos de la mano, la pareja guio a Sarah hacia la parte posterior de la casa.

—En Irlanda no utilizamos la puerta principal, al menos aquí en el campo —explicó Marcus.

El porche trasero hacía las veces de almacén de aparejos y contenía botas Wellington y chaquetas de todo tipo. Desde ahí pasaron a la cocina, un espacio acogedor donde la línea entre lo bien equipado y lo desordenado era muy fina. Si en el mundo existía un refugio para sillas abandonadas, era allí. La mesa estaba rodeada por dos sillas antiguas de madera con brazos, una de ratán, varias con asiento tapizado, taburetes diversos y una desvencijada silla de mimbre pintada de color rosa chicle. Eso sin contar dos sillas desparejadas estilo Reina Ana colocadas la una frente a la otra al fondo de la estancia, que proporcionaban el rincón perfecto para leer los libros y los periódicos que descansaban sobre las mesitas que había a su alrededor.

—Bienvenida a nuestro hogar —dijo Marcus, que retiraba una de las refugiadas con asiento tapizado para que Sarah pudiera sentarse.

En la mesa de la cocina había una bandeja con bollos, además de una voluminosa tetera vestida con lo que parecía un jersey.

—Oh, Fee, no era necesario que se tomara tanta molestia. —Sarah estaba abrumada por tanta hospitalidad y deseó en silencio haber pensado en llevar unas flores para su anfitriona.

—¿Qué molestia? Abrir un paquete de bollos y un tarro de mermelada no es ninguna molestia. ¡No se engañe pensando que me he pasado la mañana entera delante del horno preparando pasteles! —bromeó y dejó en la mesa un conjunto de tazas y platitos de barro cocido.

La actitud práctica de Fee ayudó a Sarah a sentirse un poco más relajada. Su anfitriona le explicó que era la primera mujer del clan de los Devine que heredaba la granja. Ninguno de sus hermanos había mostrado interés por las labores agrícolas y se la habían dejado encantados, prefiriendo marcharse a Dublín para convertirse allí en «peces gordos».

La tetera se vació y se rellenó mientras estuvieron sentados charlando durante más de una hora. A pesar de que Marcus y Fee eran de la misma generación que los padres de Sarah, tenían una actitud respecto a la vida totalmente distinta. La ausencia de fotografías familiares en las paredes le hizo pensar a Sarah que no habían tenido hijos y que quizá esa fuera la diferencia. Las parejas sin hijos siempre parecían algo más inconformistas y mucho más relajadas.

—Pues, bien, si nos quedamos aquí sentados atiborrándonos de comida, hoy no haremos nada —proclamó Fee, echando hacia atrás su silla.

Marcus, por instinto, empezó a recoger la mesa y se enfundó un par de guantes de goma amarillos.

—Déjalo para más tarde —dijo Fee, señalando el fregadero.

—¿Cuándo me has visto a mí dejar los platos sin lavar? —replicó Marcus con falsa impaciencia—. Id pasando vosotras dos.

—Me parece que tiene COT —le dijo Fee en voz baja a Sarah.

Y Sarah no se atrevió a corregirla y decirle que el acrónimo del trastorno obsesivo compulsivo no era COT, sino TOC.

Echaron a andar para ir a ver el espino blanco por un trillado sendero que cruzaba los terrenos de las granjas vecinas. Un grupo de vacas blancas y negras los observó con atención, rumiando como niños gamberros en el patio del colegio en busca de pelea. Sarah se alegró de ver la valla electrificada que los separaba de ellas. Le habían prestado un par de botas de agua de color verde oscuro e iban acompañados por el *collie* que tan amablemente le había dado antes la bienvenida. Hacía un día gris y, según Fee, olía a lluvia, aunque la temperatura era templada y perfecta para estar al aire libre.

—Es justo detrás de esa loma —le explicó Fee—. El espino blanco es un árbol sagrado en Irlanda. Se parece a cualquier árbol del bosque, pero tiene sus raíces en el inframundo.

—¿En el inframundo? —repitió Sarah.

—Sí, el lugar donde se dice que residen las hadas. —Fee lo dijo tranquilamente, como si la posibilidad de que se tratara de una simple superstición o de un hecho histórico fuera irrelevante.

El rugido de los coches en la distancia informó a Sarah de que la autopista no quedaba muy lejos. Era un terreno accidentado; sin embargo, en cuanto empezaron a descender, Sarah pudo contemplar el paisaje de la fotografía de aquel periódico que había visto en el aeropuerto de Newark. La autopista trazaba una curva pronunciada alrededor de una pequeña parcela de tierra, en el centro de la cual se alzaba el espino blanco.

—Parece más pequeño que en la fotografía —dijo Sarah, sintiéndose un poco ingenua.

—Pequeño y poderoso —añadió Fee, que muy fácilmente podría estar refiriéndose también a sí misma.

A medida que fueron acercándose, Sarah vio que aquel árbol tenía una presencia inexplicable que lo hacía destacar de inmediato. Una gran maraña de ramas se enroscaba a su alrededor formando un círculo casi perfecto, y el árbol estaba engalanado, acorde con la estación, con unas bayas de color rojo oscuro que, según Fee le informó, recibían el nombre de espinos.

—Se puede hacer té o vino con ellas —le explicó—. Yo no soy muy de hacer pasteles ni tampoco me gustan las tareas de la casa, ¡pero preparo un té excelente!

Sarah experimentó de repente una fuerte necesidad de tocar el árbol y llenar las manos con aquellas pequeñas bayas.

—¡Cuidado! —le gritó Fee.

Sarah dio un paso atrás automáticamente, casi esperando que apareciera un hada y le diera un mordisco.

—Tiene muchas espinas.

—Sí, claro, supongo que de ahí le viene el nombre —sonrió Sarah.

Se había levantado viento. No era exactamente como Sarah se había imaginado que sería, pero había algo cautivador en aquel árbol centenario, nudoso y terco en su determinación por mantenerse fuerte y con las raíces clavadas en aquella tierra, a pesar de los cambios de estación y los vientos constantes. Su tenacidad era admirable.

—Su mejor momento es en mayo, cuando está en flor. Quizá podría volver a visitarnos entonces.

Sarah hizo un gesto de asentimiento, pero, mientras le ofrecía a Fee una débil sonrisa, recordó la última vez que había prometido regresar a un lugar. Después de salir del hospital, Jack y ella habían viajado a Italia, puesto que a ninguno de los dos le apetecía estar en casa. En Roma, se habían mezclado con otros turistas en la Fontana di Trevi, tratando de fingir una felicidad que ninguno de los dos sentía. Tras una discusión muy poco romántica sobre dónde debían de acabar todas aquellas monedas cuando los limpiadores de la ciudad pasaban a recogerlas al final de cada jornada, habían decidido renunciar a la tradición de lanzar una moneda a la fuente para asegurarse su regreso a Roma. Sarah había entendido a la perfección el rechazo de Jack a comportarse como un turista en la ciudad de sus antepasados, aunque quizá tendría que haber echado aquella moneda a la fuente. Quizá todo habría sido distinto. Pensando en todo eso, metió la mano en el bolsillo y sacó una moneda de un euro.

—Debería dejar algo, ¿no?

—Por supuesto, estaría muy bien. Siempre deberíamos dejar a las hadas una pequeña ofrenda —replicó Fee.

Sin necesidad de que le dijeran nada más, Sarah se volvió y lanzó la moneda por encima de su hombro izquierdo, confió en que aterrizara cerca del árbol.

—Ya está —dijo con un marcado gesto de asentimiento.

Cuando el peregrinaje tocó a su fin, decidieron regresar a casa y emprendieron la caminata colina arriba. Fueron bienvenidos por una manada de ruidosos gansos y por los balidos de las ovejas que pacían en el campo vecino a la granja.

—A esos habrá que darles de comer. —Fee fue directa al granero que estaba en un lado de la casa.

—A lo mejor podría echarle una mano —sugirió Sarah, que no quería volver enseguida a su casita vacía.

Seguía sin ver a Marcus por ningún lado, de manera que se dispuso a ayudar a Fee llenando varios cubos con comida para los animales.

—¿Ha encontrado lo que esperaba? —preguntó entonces Fee, pasándole a Sarah unos guantes de trabajo—. ¿En el espino blanco?

—Supongo que no soy muy buena disimulando mis sentimientos —reconoció Sarah—. Si quiere que le sea sincera, le diré que mi viaje a Irlanda fue más bien una decisión de última hora. No estoy muy segura de lo que esperaba encontrar.

Fee no intentó profundizar más en el tema. Le pasó entonces a Sarah un cubo con pieles de verduras y le encomendó la poco envidiable tarea de dar de comer a los gansos.

—No tema, es la comida lo que andan buscando, no a usted.

—¿Está segura? —dijo Sarah, intentando mantenerse firme en su lugar ante la estampida que se aproximaba.

Cuando el cubo quedó vacío, Sarah se unió a Fee en el campo vecino, donde la mujer estaba ocupada llenando los comederos de las ovejas, que aparecieron a gran velocidad por todos lados en cuanto reconocieron la presencia de su dueña.

—Imagino que le encanta vivir aquí —comentó Sarah; contemplaba el paisaje de campos verdes, unidos entre sí como una vieja colcha de retales.

—No viviría en ningún otro lugar —replicó Fee, que se secaba la frente con la mano—. A veces, mantener todo esto en funcionamiento puede resultar duro, pero disfruto haciéndolo.

Sarah no recordaba haber conocido a nadie tan unido a su entorno.

—Se lleva en la sangre —continuó Fee—. Mi gente lleva siglos trabajando esta tierra.

—Ojalá yo pudiera sentir un arraigo similar. A veces me pregunto si estoy realmente conectada con algo y… —Sarah se cortó, cohibida. ¿Qué hacía hablándole de esas cosas a una completa desconocida?

Fee se colgó el cubo del brazo y avanzó un paso hacia Sarah.

—Confíe en esto —dijo mientras se daba unos golpecitos en el pecho—, y no se equivocará demasiado.

Sarah respiró hondo y se esforzó en mantener a raya las lágrimas. Había gente que sabía qué decir justo en el momento más necesario. Fee le dio una palmada firme en el brazo, igual que había hecho antes con los animales para calmarlos, y Sarah encontró aquel gesto extrañamente reconfortante.

—Marcus me ha dicho que se ha hecho amiga de Oran —dijo entonces Fee, guiándola hacia el granero con los cubos vacíos.

Sarah se ruborizó, como si acabara de pillarla el director de la escuela.

—Vivimos en un pueblo pequeño —continuó Fee con expresión amable—. Me alegro de que sus caminos se hayan cruzado.

—¿Por qué lo dice? —preguntó Sarah.

Pero justo entonces, Marcus hizo su aparición, tintineando las llaves del coche para darle a entender que ya estaba listo para devolverla a su casa.

—Eso dejaré que lo averigüe por sí misma —respondió Fee sonriente.

En cuanto llegó a Butler's Cottage, Sarah vio que había dejado el cuaderno de dibujo en la mesa. Lo abrió por la hoja donde tenía el boceto de Thornwood House, pero los ojos que estaba segura de haber visto mirándola desde las sombras del carboncillo ya no estaban allí. Quizá todo hubieran sido imaginaciones suyas. Pasó la página y sonrió al ver el dibujo que había hecho de su casita. Había conseguido capturar su esencia, el calor de la chimenea, su pintoresca perspectiva y el mobiliario sencillo que le otorgaba un aspecto simple y sin complicaciones. Oran y su esposa debían de haber sido muy felices en aquel lugar, pensó. Era comprensible que él no quisiese volver a entrar. Demasiados recuerdos. Oran y ella tenían mucho en común: ambos lloraban una pérdida, ambos huían de un pasado que carecía de futuro. ¿Y cómo se suponía que tenían que seguir adelante? ¿Cómo reparar todo aquello?

Entonces se le ocurrió una cosa. Tal vez fuera por el gentil empujoncito que le había dado Fee, pero decidió actuar antes de que le diera tiempo a cambiar de opinión. Arrancó la hoja y, a falta de un sobre grande, la metió como un sándwich entre dos hojas de papel de dibujo en blanco, luego sujetó el paquetito con un cordel. Escribir su nombre le resultó de repente algo curiosamente personal, pero emocionante también. Aun así, ese no era el objetivo, se recordó reprendiéndose. Pensó en añadir algún mensaje o una cita conocida, algo ingenioso con lo que poder decir: «Sé que acabas de pasar por la peor experiencia de tu vida, pero quizá con esto podrás aprender a amar de nuevo esta casita». Pero esa era precisamente la razón por la cual ella no era una artista. No dominaba en absoluto las palabras. Solo le cabía la esperanza de que sus habilidades como dibujante estuvieran a la altura. Así, sin más dilación, puso rumbo a casa de Brian Sweeney y dejó el dibujo en el buzón antes de convencerse a sí misma de echarse atrás.

Capítulo 20

Diario de Anna
13 de enero de 1911

El tobillo se ha curado bastante bien, aunque sufro todavía una leve cojera. Dice Billy que empiezo a tener andares de pato, en consecuencia, me estoy esmerando en remediarlo. Paddy se mantiene a una distancia sensata de nuestro padre, y a pesar de que mamá siempre nos ha advertido de que las cosas de la familia tienen que quedarse en la familia, hoy le he comentado a Harold lo de Danny, incluso antes de cruzar la verja de casa.

—¿Y todo el mundo salió ileso? —fue su primera pregunta.

—Sí… Bueno, aparte de Paddy, claro —reí.

—Reina la sensación de que en Irlanda está a punto de pasar alguna cosa, una rebelión —dijo pensativo—. ¿Y cuál es su postura con relación a la Home Rule?

De pronto caí en la cuenta de que nunca nadie había pedido mi opinión sobre un asunto de aquel calibre; por lo tanto, reflexioné largo y tendido mi respuesta. Al no encontrar las palabras adecuadas, pensé en lo que solía decir mi abuela.

—Supongo que los ingleses se han quedado en Irlanda más tiempo del necesario para seguir siendo bienvenidos —la parafraseé—, y no hay nada peor que un visitante que no sabe cuándo debe volver a casa.

—Muy bien expresado —dijo Harold—. Y bien, ¿adónde piensa llevarme hoy?

—Al hogar de las hadas —respondí con seriedad—. Cnoc na Sí.

Cuando nos adentramos en el bosque, las bayas caídas de los acebos cubrían el suelo con un manto escarlata, la señal de que lo más duro del invierno estaba aún por llegar. Palomas asustadas levantaron el vuelo desde las ramas a nuestro paso, aunque avanzábamos despacio por culpa de mi tobillo convaleciente.

—Vamos, cójase de mi brazo —me ofreció Harold, y enlacé mi brazo con el de él—. ¿Le duele?

—No mucho —dije, e intenté disimular la cojera.

Resultó muy agradable caminar con él de aquella manera, del brazo. A pesar del poco tiempo que Harold lleva en Thornwood, me he acostumbrado a su presencia y disfruto del tiempo que pasamos juntos. Me hace sentir como si escuchar lo que digo siempre mereciera la pena.

Al llegar al claro de lo alto de la colina, Harold admiró la maravillosa vista del pueblo que había desde aquella atalaya.

—Dios mío, esto es precioso —dijo, inspirando hondo—. Lo echaré de menos cuando tenga que regresar.

—¿Cuándo tiene usted que volver a nuestra querida y vieja Inglaterra? —pregunté con un nefasto acento inglés.

—Oh, en unas cuantas semanas, supongo. Quizá intente alargarlo un poco. ¿Le iría a usted bien? —preguntó.

No entendí muy bien el sentido de su pregunta, como si yo

pudiera influir de algún modo en sus planes, pero le dije que su presencia en Thornwood era siempre bienvenida.

—Ahora, hablemos de Cnoc na Sí —volví al asunto que nos ocupaba.

—Perfecto —dijo Harold, que sacó su amado cuaderno y su lápiz.

—Este lugar se conoce como la «colina de las hadas» porque se dice que aquí es donde viven. La gente cree que en el interior de la colina hay pasadizos excavados que conducen hasta un palacio, donde viven las hadas; se cree que hay todo un mundo subterráneo.

Dimos una vuelta por la cumbre y le fui señalando los distintos huecos y marcas que había en las piedras. De pequeños, creíamos que todas y cada una de las briznas de hierba que crecían allí estaban custodiadas por un hada, así que no era difícil que nuestras mentes hiperactivas imaginaran viviendas y fuertes escondidos en los lugares más diminutos.

—Hay quien cree que, cuando los tísicos parten de esta tierra, vienen a morar aquí y viven con las hadas disfrutando de buena salud. —Observé atentamente su reacción. Si de verdad me creía, me lo tomaría como una señal para poder contárselo todo—. Dicen que el cuerpo y el alma reales son transportados conjuntamente hasta el país de las hadas, y que en su lugar se colocan los de un ser cambiado. El viejo cuerpo decae enseguida y muere. Hay quien dice que nuestros seres queridos siguen con vida y bien, aunque no podamos verlos —dije, y se me formó un nudo en la garganta.

—Suena muy similar a lo de la colina de Knockma sobre la que nos habló John O'Conghaile. —Harold empezó a buscar en su cuaderno.

Se agachó entonces, dobló una rodilla y arrancó una brizna de hierba, que frotó entre sus dedos. Era como si estuviera intentando percibir la magia de aquel lugar o entender la imaginación de un pueblo tan estrechamente unido a la tierra.

—La envidio, Anna —dijo por fin.

—¿Por qué?

—Mire, yo soy un simple observador. Estudio los hechos y tomo notas para mi trabajo de campo, intento darles sentido a cosas que no entiendo del todo. Pero usted…, usted forma parte de este lugar y sus secretos viven dentro de usted. Usted camina por este paisaje, igual que yo camino por él, pero usted forma tanta parte de él como las hojas forman parte de los árboles. Usted no necesita intentar entenderlo, porque el conocimiento ya está en su interior.

Mi corazón se aceleró y noté la piel sudorosa antes de decidirme. Si alguien podía ayudarme a encontrar a Milly, era Harold. Sin saber qué palabras iba a utilizar, me preparé para hablar, pero justo en ese momento oí un susurro a nuestras espaldas y me contuve.

—¡Buenos días! —Un grito agudo destrozó por completo la paz del lugar.

Mi expresión se alteró al ver que era George Hawley a lomos de su caballo, Seaborne.

—Buenos días, señor George —saludé con una sonrisa que a duras penas cabía en los límites de mi cara.

—Señor Hawley —dijo Harold no a modo de saludo, sino simplemente para reconocer su presencia.

—Han elegido un buen día para una caminata —dijo George. Sus botas resplandecientes brillaban como el cuero de la silla de Seaborne. Siempre parecía demasiado perfecto para ser real.

—Estamos llevando a cabo una investigación importante, si no le importa…

Nunca había visto a Harold tan reacio a mantener una conversación, e incluso me pareció un poco descortés.

—¡Buscando hadas! —exclamó George en tono burlón, lo que me hizo sentir incómoda por Harold, cuando solo unos momentos antes…

—No los entretendré, aunque a mi hermana y a mí nos gustaría invitarlos a una pequeña *soirée* que celebraremos el dieciséis.

No tenía ni idea de qué era una *soirée*, pero sabía que acababan de invitarme a asistir y esta vez no pensaba desperdiciar la oportunidad.

—¡Suena maravilloso, señor George! —dije.

—Olivia y yo celebramos nuestro veintiún cumpleaños, así que pónganse elegantes. Sus mejores galas. —Me guiñó el ojo y dijo que estaba impaciente por vernos allí, aunque, en el fondo de mi corazón, sabía que sus palabras estaban dirigidas solo a mí.

Cuando lo vi desaparecer por el sendero al trote, sentí que la sangre burbujeaba en mi interior.

—¿No le parece maravilloso, Harold? ¡Una fiesta en la gran casa! —chillé.

—Me alegro de que eso la complazca, Anna —replicó Harold, aunque con poca alegría—. No estoy seguro de que vaya a asistir.

—¡Oh, tiene que hacerlo! —le imploré.

Sabía que era imposible que mi madre me dejara asistir a esa fiesta sin algún tipo de carabina, y Harold era ya casi uno más de la familia.

—¿Tengo? —Me miró con extrañeza.

—Por supuesto —dije, buscando un argumento convincente—. ¡Es una fiesta! —Y al ver que aquello no servía, intenté ser más creativa—: La señorita Olivia querrá que asista, a buen seguro.

La mirada que me lanzó era la de un anciano cansado, harto de intentarme explicar algo que yo jamás entendería. Sin embargo, Harold no era de los que se dejaban llevar por la tristeza. Las comisuras de sus ojos se marcaron con arruguitas cuando la sonrisa regresó a él. Fue como una brisa cálida en un día despejado.

—Si eso la hace feliz, por supuesto que iremos —accedió finalmente.

No es necesario decir que la excitación que me provocó la invitación de George descalabró por completo mi plan de contarle a Harold lo de Milly. Tendría que esperar a otro momento, pues mi cabeza, de repente, solo podía pensar en bailes y vestidos. Fui a cenar a casa de los Fox para poder comentarlo todo largo y tendido con Tess.

—¡Estás hecha toda una mujer! —me dijo enfurruñada cuando acabé de contarle todos los detalles de mi encuentro con George Hawley y mi breve visita a Thornwood House—. ¿Por qué no me lo has contado antes?

—Quería hacerlo, pero mi madre me hizo jurar que guardaría el secreto. No lo sabe nadie más, así que ni se te ocurra contárselo a Paddy —le advertí.

—¿Por qué tendría que contarle yo algo a tu hermano? —preguntó Tess, poniéndose colorada.

—Y ahora, ¿quién es la que va de mujer? ¿Te crees que no te he visto mirándolo con ojos de bobalicona?

—Anna Butler, ¡retira eso ahora mismo!

Pasamos una animada velada hablando sobre tonterías y cosas de muchachas, con toda la intensidad de dos mujeres de mundo. Después de decidir que debía preguntarle a Paddy sobre sus intenciones con Tess, la conversación volvió a la noche mágica que muy pronto tendría lugar en Thornwood House.

—No sé qué ponerme, y no creo que mi madre me deje comprar un vestido nuevo para ir a la mansión de los Hawley. De hecho, me tiene prohibido ir allí —dije y me mordí el labio.

—Entonces, ¿qué te lleva a pensar que sí te dejará ir a la fiesta? —preguntó Tess; me peinaba los rizos negros en distintos estilos.

—Confío en que, en cuanto le diga que Harold va, se muestre algo más favorable a la idea.

—Oh, Harold, es verdad —dijo Tess—. Harold y George… ¡Nos hemos convertido en grandes damas!

Tuve que reír con ella. Las jóvenes como nosotras no conocemos a muchos Harold o George, pero tampoco teníamos vestidos adecuados para acompañarlos.

—¿Te imaginas el refinamiento que habrá allí dentro esa noche? No quiero quedar como una palurda luciendo un vestido sin ningún estilo.

—¿Cuántos días tenemos? —preguntó Tess.

—Solo dos. ¿Por qué lo dices?

—Va a ser muy justo, pero creo que podremos hacerlo —dijo, después de hacer unos cálculos invisibles para mí.

—¿Hacer qué? ¿De qué estás hablando?

—¡Estás delante de las dos mejores encajeras del condado! Si nosotras no podemos crear un atuendo digno de una princesa, ¿dime tú quién va a poder? —Se levantó y se puso de puntillas para alcanzar la parte superior del armario, donde guardaba el costurero—. ¿Acaso no hemos dedicado ya suficiente tiempo a vestir a la nobleza? Ha llegado el momento de tener también algo bonito que ponernos.

—Sí, pero no puedo ir con un vestido de encaje blanco. No es mi boda. Y lo único que tenemos es hilo blanco. Es demasiado tarde para hacer un pedido de cualquier otra cosa —dije cuando Tess me pasó un costurero lleno de hilo del color incorrecto.

—Tienes razón. No es una boda. ¡Aún no, claro está!

Reímos tan escandalosamente que la madre de Tess nos regañó por cacarear como gallinas.

—Déjalo en mis manos, alguna cosa saldrá —dijo Tess.

Y abracé a mi amiga con fuerza antes de volver a casa corriendo por el sendero de la ciénaga con la luz intensa de la luna llena alumbrándome el camino.

Capítulo 21

Diario de Anna
14 de enero de 1911

Tess y yo nos pusimos a trabajar en el vestido a primera hora de la mañana. Me aseguré de que mi madre hubiera salido un buen rato para hacer recados y de que mi padre y mis hermanos también estuvieran ocupados para, de este modo, tener la casa entera para nosotras y comenzar con los preparativos. Había localizado un vestido sencillo de algodón blanco que mis abuelos me compraron un par de años antes para asistir a la boda de unos vecinos. A pesar de que ahora me queda un poco pequeño, pensé que con algunas variaciones serviría para nuestro objetivo.

Tess llegó con un saquito bajo el brazo y reveló con orgullo su contenido después de articular con las manos lo que parecía un triunfante truco de prestidigitador.

—¿Pieles de cebolla? —pregunté perpleja.

—¡Vamos a teñir el hilo! —anunció con emoción, y corrió a coger una olla para llenarla con agua del tonel.

—¿Y sabes cómo? ¿Lo has hecho alguna vez? —quise saber, y me dispuse a ayudarla.

—Bueno, no exactamente. Pero un día, en la casa postal, oí que Nelly O'Halloran le explicaba a Eileen Gallagher que su suegra lo hacía siempre con la lana antes de tejerla —aseguró Tess.

—Saldrá bien.

No es que compartiera su optimismo, pero a falta de ideas mejores, asumí el papel de ayudante y ella de modista jefe dándome órdenes. Pusimos a hervir las pieles de cebolla amarilla y las dejamos a fuego lento en la olla durante media hora. Entretanto, pusimos en remojo en agua caliente el hilo y el vestido de algodón, antes de sumergirlos en el tinte, habiendo retirado previamente las pieles de cebolla. Recalentamos el agua y, sirviéndonos de una cuchara de madera vieja, removimos bien para asegurarnos de que el color se repartiera de manera uniforme. Cuando lo sacamos para aclararlo todo con agua fría, nadie se quedó más pasmado que yo al ver que acabábamos de crear un vestido de color dorado y un hilo de la misma tonalidad.

—¡Tess, parece magia! —exclamé maravillada.

—Ya te dije que funcionaría —replicó Tess, aun pareciendo también sorprendida con el resultado—. Ahora, tenemos que colgarlo para que se seque, quizá en el cobertizo, donde nadie pueda verlo —sugirió.

—Estupendo. Primera parte hecha —dije—. Ya solo nos queda transformar esta sencilla prenda de algodón en un vestido de baile.

—¡No irás de ninguna manera a esa casa! —anunció mi madre. Estaba vertiendo el suero de leche en la montañita de harina que había formado previamente sobre la mesa. Cuando mi madre prepara el pan, nunca utiliza un cuenco, sino que construye una especie de muralla de harina y vierte el líquido en el hoyo central. Entonces, poco a poco, empieza a mezclar la masa con movimientos circulares de la mano derecha, cerrada en forma de garra. Siempre le echa un puñado de pasas adicional, por si a alguien se le ocurre pensar que es poco generosa. «Has echado las pasas desde la puerta», me dice siempre cuando ve que he preparado el pan sin la cantidad suficiente de fruta.

—Pero si estaré con Harold —gimoteé por enésima vez—. Será mi carabina.

—Me da igual, como si te acompaña el papa de Roma. No irás a esa casa, Anna Butler, es mi última palabra. Y ahora, trae un poco más de turba y quítate de una vez por todas esa idea de la cabeza.

Salí y aproveché para descolgar el hilo y el vestido de las vigas del cobertizo. Se había secado todo a la perfección y parecía estar esperando ser transformado en un vestido de cuento de hadas. Cuando lo sostuve en mis manos, me sentí la chica más triste del mundo.

—Bueno, enfurruñarse no sirve de nada —me dije.

Lo metí todo en una bolsa y le dije de lejos a mi madre que me iba a casa de los Fox. Protestó un poco, comentando que siempre estaba paseando por ahí, pero le repliqué que lo de ir a casa de Tess no era ir de paseo.

—¿Así que te lo ha prohibido? —me preguntó Tess al ver mi expresión apesadumbrada. Me limité a asentir y me dejé caer en su cama—. No habrá descubierto el vestido, imagino.

—No, pero ha sido una pérdida de tiempo. —Amortiguada por la almohada, mi voz sonó débil e infantil.

Tess se quedó un momento sin decir nada; cuando levanté de nuevo la vista, observé que mostraba una expresión cohibida.

—¿Qué pasa? —dije.

—Es que estaba preguntándome si habías hablado con Paddy.

—No he tenido aún oportunidad de hacerlo. La verdad es que evita estar por casa desde lo del incidente con Danny. Pero te prometo que esta noche hablo con él.

Tess sacó de la bolsa el hilo dorado y el vestido, y se quedó maravillada del resultado.

—Dios mío, hemos hecho un buen trabajo, ¿no te parece?

—No lo «hemos» hecho, lo has hecho tú, Tess.

El semblante le cambió por completo tras recibir el cumplido. Sus facciones parecían casi angelicales, como si nunca hubiese roto un plato. La mayoría de las veces Tess parece estar al borde de ponerse a discutir. Tal vez sea el resultado de haberse criado en una familia tan numerosa, pero la verdad es que siempre está a la defensiva. Su envidia puede con ella, a pesar de tener más que la mayoría. Y cuando estás demasiado ocupada codiciando los bienes de tu vecino, no alcanzas a ver tus propias bendiciones. Al menos, eso fue lo que el padre Peter nos enseñó en catequesis.

—Confeccionemos igualmente el vestido, Anna. ¿Qué tenemos que perder? —Y me dio un codazo.

—Es mucho trabajo para nada.

—Venga, no seas quejica. Seguro que habrá algún baile en el futuro. Además, mi madre siempre dice que nunca se sabe qué pasará mañana o pasado mañana. ¿No te daría rabia tener que ir de repente a la fiesta y no disponer de un vestido? —dijo Tess con el hilo en la mano.

—Eres una buena amiga, Tess Fox.

—Pues sí que lo soy —replicó sin darle importancia—. Resulta, además, que ya tengo hecho un boceto del bordado, ¡de modo que coge la aguja y ponte a trabajar!

Trabajamos durante horas, hasta que se me quedaron los dedos arrugados de la presión constante de la aguja. Tess soltó parte de las costuras del vestido y empezó a coser el delicado encaje alrededor del escote y las mangas, creando una bellísima superposición de flores y lágrimas de ganchillo. Era increíble lo mucho que avanzamos; cuando miré el reloj, lancé un grito al ver lo tarde que era. Volví corriendo a casa, cruzando por los campos empapados de rocío, segura de que mi madre estaría esperándome para darme un buen tirón de orejas. Sin embargo, al llegar, fue a Paddy al que encontré sentado delante de la chimenea, mirando las brasas como si no estuviera viéndolas.

—¿Ya está todo el mundo durmiendo? —pregunté en voz baja, mirando a mi alrededor como si fuese un ladrón.

—No te preocupes. Ha dicho mamá que ya tendrá unas palabras contigo mañana por la mañana —dijo Paddy.

Levantamos los dos los ojos al cielo en un gesto de auténtica hermandad. Me despojé del abrigo y las botas y me puse el par de calcetines de lana que se estaban calentando junto al fuego.

—¿Te apetece una taza de chocolate caliente antes de acostarte? —pregunté, y puse ya un cazo a hervir.

—Pues no te diría que no. Y ahora, cuéntame qué has hecho para tener a mamá tan alterada.

—Lo que está claro es que no he estado dando cobijo a un hombre buscado, si es a eso a lo que te refieres —respondí con malicia.

La leche rompió a hervir y retiré el cazo del fuego para incorporar el polvo de cacao.

—No, pero andas dando vueltas por la campiña persiguiendo *leprechauns*.

Paddy aceptó la taza humeante y sopló levemente la superficie.

—No te rías de mí, Paddy, ya sabes que no me gusta.

Mi hermano me había creído cuando una vez le conté lo de Milly, pero los años le habían robado su sensibilidad por esas cosas de niños.

—No me río de ti. Simplemente intento hacértelo entender. En el mundo suceden cosas más importantes, Anna, y no puedes seguir con la cabeza en las nubes toda la vida.

«¿Qué hay de malo tener la cabeza en las nubes?», me habría gustado decir, porque cierto es que a Harold no le hace ningún daño. Aunque él es un hombre, y un hombre de dinero, además, no la hija de un granjero. Puede hacer lo que le plazca. Así que no comenté nada; sabía lo que estaba haciendo Paddy. Intentaba endurecerme para que pudiera enfrentarme al mundo grande y malvado, como hacen de forma tan fastidiosa todos los hermanos mayores. Pensándose que lo saben todo. Como si yo no fuese ya perfectamente consciente de lo injusta que puede llegar a ser la vida. Decidí cambiar de tema.

—¿Estás cortejando a alguien, Paddy? —pregunté, soplando el contenido de mi taza.

—¡Anda que te lo diría de ser así! —Casi se atraganta con el chocolate.

—Pues yo sé de alguien a quien le gustas. —Me hice la interesante con mi afirmación, aunque entendí enseguida que no me serviría de nada si él no mordía el anzuelo. Cuando vi que pasaba el tiempo y no decía nada, insistí—: ¿Quieres saber quién es? —Paddy era un jugador de cartas magnífico y era imposible adivinar si iba o no de farol—. Es Tess —dije por fin, incapaz de mantenerme más rato callada.

Paddy siguió mirando el fuego, sin delatar en absoluto sus pensamientos.

—¿Y bien? ¿A ti te gusta? —pregunté.

—Anda que voy a decírtelo —insistió, esta vez con una sonrisa de suficiencia.

Y subí a acostarme.

Capítulo 22

8 de enero de 2011

—Jack. —Sarah pronunció su nombre como si estuviera proclamando un secreto en voz alta después de años de guardarlo.

Su cuerpo entero se quedó paralizado al ver el número en la pantalla.

—Hola, solo llamaba para ver si seguías bien. Meghan me contó que estabas en Irlanda… —Dejó la frase sin terminar, a la espera de que su esposa le ofreciera una explicación.

—Sí —fue todo lo que Sarah consiguió decir.

No existía una forma fácil de contarle por qué había acabado en el otro lado del Atlántico; además, ¿por qué necesitaba darle explicaciones? Sarah se había hartado de hacer que todo fuera agradable para quien que la rodeaba. Decidió, en consecuencia, hablar lo menos posible.

—Estoy… Sí. Estoy bien, sí.

—Oh.

—¡Parece que acabes de llevarte una decepción! —De repente le entraron ganas de discutir, aun sin saber por qué.

—Dios, Sarah…, estaba preocupado, eso es todo. Todavía me preocupa lo que pueda pasarte. Es normal, ¿no?

Ella bajó la cabeza e intentó borrar la angustia de su rostro. La preocupación de Jack se había convertido en una vara con la que solía fustigarse. «Mira qué amable y considerado es. ¿No debería bastarte con eso?», se decía siempre. En cambio, ahora, con tiempo y distancia de por medio, estaba dándose cuenta de que su «cariño» la asfixiaba y la incapacitaba. No quería que se pusiera a menospreciar su viaje a Irlanda, y ya había empezado a captar aquel tono condescendiente en su voz, como si ella fuera incapaz de salir adelante sin él.

—No lo sé.

—Bueno, pues… —Jack se había quedado sin habla, Sarah lo notó.

Normalmente, su rutina de «tipo agradable y encantador» conseguía camelarla y alejarla de cualquier discusión. Sarah se dejaba engatusar y aceptaba su eterno papel de persona equivocada. Siempre era ella la que tenía que cambiar, mejorar o pedir perdón. Tal vez fuera porque siempre le había dado miedo perderlo. Pero había perdido algo mucho más valioso y la aprobación de Jack había dejado de importarle.

—Es demasiado tarde para preguntarme si estoy bien, Jack. Hace mucho que no lo estoy. Pero no querías oírlo, ¿verdad? ¿Pensabas que evitándome podrías evitar lo que pasó?

—Sarah, cariño, en ningún momento fue mi intención… —Se interrumpió y suspiró sonoramente—: Mira, échame a mí la culpa si eso te hace sentir mejor, pero tú también me excluiste de tu vida.

—¿Que yo te excluí de mi vida? ¿Acaso ya no te acuerdas de lo que me dijiste después de salir del hospital? ¡Dijiste que no eras capaz de gestionar mi dolor tan bien como gestionabas el tuyo! ¿Quién dice una cosa así, Jack? ¿Quién dice una cosa así a su esposa? He pasado los últimos dos años intentando esconderte mi dolor, por si acaso te molestaba. Deberíamos haber estado llorando juntos nuestra pérdida; sin embargo, tú me abandonaste por completo y jamás te lo perdonaré.

Sarah no se había percatado de que se había puesto a gritar. Estaba temblando, pero resultaba liberador decirle por fin la verdad. Independientemente de los miles de kilómetros que los separaran en aquel momento. Tal vez Jack hubiera colgado ya. Pero entonces se oyó su voz al otro lado de la línea, casi irreconocible:

—¡No eres la única que perdió a alguien!

Y con eso, la línea quedó definitivamente muerta.

Sarah seguía temblando cuando llegó a la tienda. No vendían alcohol de alta graduación, así que tuvo que conformarse con dos botellas de vino blanco y una cajetilla de tabaco.

—Me llevaré también esa caja de bombones —le dijo a la chica del mostrador, que metió los componentes de una fiesta penosa en una bolsa de plástico.

—¿Nada de propósitos, entonces?

—¿Cómo?

—Propósitos de Año Nuevo, ya sabe. La mayoría decide aprovechar este momento del año para olvidarse de estas cosas —dijo la chica, y le entregó el cambio a Sarah.

—Pues yo no soy la mayoría —replicó Sarah.

Se estremeció solo de pensar en cómo debía de verla aquella joven: una cascarrabias de mediana edad cargada con una mochila de resentimiento del tamaño de Texas. «A la mierda —se dijo—, ¿por qué tengo que preocuparme por caerle bien a la gente? No pueden ni imaginarse por lo que estoy pasando y, francamente, tampoco es asunto suyo».

El crepúsculo eterno que parecía ser el enero en Irlanda se cerró sobre ella durante el camino de vuelta a la casa. Las nubes bajas la hacían sentirse como si el cielo empezara solo metro y medio por encima de su cabeza. No había coches, así que decidió abrir una de las botellas y beber unos tragos para sosegarse. Tiró del celofán de la cajetilla y se llevó un pitillo a los labios, pensando que debía de parecer un caballo ansioso por terrones de azúcar. No fumaba desde sus tiempos en la universidad, pero de repente el cuerpo tenía mono de nicotina. La primera calada casi la atraganta; parecía haber pillado por sorpresa al fondo de su garganta. ¿Cómo era posible que le hubiera gustado fumar? Un trago rápido de vino sirvió para apagar el fuego y, decidida a retomar el hábito, dio una nueva calada, aunque más corta esta vez. ¿Qué sentido tenía convertir su cuerpo en un templo?, se preguntó desafiante. Ser buena nunca le había servido de nada. Por lo tanto, podía perfectamente ser mala.

—Tú debes de ser la yanqui, imagino —dijo de repente una voz salida de la nada.

Sarah se giró en redondo y vio a la anciana del pañuelo negro justo detrás de ella.

—¿Dónde…? ¿Cómo…?

—Veo que te gusta el alcohol —dijo la mujer, que miraba fijamente la botella abierta que Sarah tenía en la mano—. No ofrecer una copa a los vecinos trae mala suerte.

Sarah se quedó estupefacta. No sabía por qué, pero aquella mujer le daba miedo. Su figura delgada estaba encorvada por la edad y su rostro, aun estando cubierto en su mayoría, se adivinaba surcado por arrugas profundas y con pelos grises visibles en las mejillas y la barbilla.

—La he visto antes —consiguió por fin decir Sarah, aunque lo único que parecía interesarle a la anciana era la botella.

—Te diré la buenaventura a cambio de un trago.

Sarah le habría dado la botella entera solo por perderla de vista. La mujer se llevó la botella a los labios y vació prácticamente la mitad del contenido antes de soltar un sonoro eructo.

—Gracias —dijo, devolviéndole la botella a Sarah.

—Tranquila, quédesela. —Sarah esbozó una mueca de asco solo de pensar en acercar de nuevo la boca a la botella de la que acababa de beber la mujer—. Espere un momento, ¿cómo ha sabido que soy americana?

La anciana la ignoró. Su mirada se volvió vidriosa y dio la impresión de que entraba en algún tipo de trance.

—Llevas encima el hedor de la muerte —dijo—. Veo sangre. No hay latido.

Sarah se apartó.

—¿Cómo puede decir estas cosas?

Los ojos de la anciana se clavaron en ella y pareció recuperar la lucidez.

—Tengo visiones. No elijo las cosas que veo.

—Manténgase bien lejos de mí —dijo Sarah, y se echó casi a correr.

No se permitió volver la cabeza hasta estar casi en la casa. No había nadie en el camino. Y cuando empezó a manipular con torpeza la puerta de entrada, se dio cuenta de que tenía los dedos entumecidos y de prácticamente el doble de su tamaño normal. Las lágrimas le nublaban la visión. Una vez dentro, cerró la puerta con llave y pensó en no volver a abrirla nunca más.

* .* *

El exterior estaba oscuro cuando oyó que llamaban a la puerta. Acurrucada en el sofá, Sarah ni siquiera había conseguido encender la chimenea y ahora temblaba de frío. La segunda botella de vino que había comprado no le había dado ni para empezar. La llamada se repitió, con más fuerza esta vez. La anciana la había puesto nerviosa de verdad. ¿Y si era ella? Se levantó y se acercó a la puerta para intentar captar cualquier cosa que delatara la identidad de quien se hallara al otro lado. Cuando volvieron a llamar, dio un brinco, asustada.

—¿Qué quiere? —gritó, enojada.

—Oh, no quería molestar. Soy yo, Oran. Solo…

—Mierda —dijo Sarah, intentando abrir la puerta. Y, por una vez, lo logró con facilidad.

—Hola. —Oran esbozó una sonrisa ladeada. Tenía un papel en la mano. El dibujo. Al ver la expresión de Sarah, sus facciones se alteraron—. Lo siento, no tendría que haberme presentado así, es evidente que no es buen momento.

Sarah se imaginó perfectamente cómo debía de ser su aspecto. Ojos rojos de tanto llorar, una manta cubriéndole los hombros, el pelo por lavar.

—No, no pasa nada, es solo que… —¿Qué decir? ¿Que había tenido una pelea con su ex, que luego una anciana loca le había dado un susto de muerte y que había pasado las dos últimas horas bebiendo y sin ni siquiera encender la luz?

—Solo quería darte las gracias. Por el dibujo, claro —dijo Oran, un poco tímido.

—Oh, sí, por supuesto…

—Ha sido todo un detalle. Bueno, te dejo tranquila —añadió con medio camino de acceso ya recorrido.

—Pero… —empezó a decir Sarah; entonces cayó en la cuenta de que debía de parecer desesperada, además de histérica.

Oran levantó la mano en un gesto que tanto podía querer decir «Lo entiendo totalmente», como «Qué suerte he tenido de escapar de esta»; era difícil saberlo. Cerró la puerta y con la espalda apoyada a ella se deslizó hasta quedarse sentada en el suelo. Probablemente era la primera vez que Oran se decidía a entrar en la casa desde el fallecimiento de su mujer y Sarah acababa de estropearlo todo. Golpeó la puerta con la cabeza en un gesto de frustración. Cuando lo había visto allí, con el dibujo en una mano y la otra mano en el bolsillo, había deseado abrazarlo. «Incluso un corazón roto sigue sintiendo». Lo había leído en algún lado. Y, de cierta manera confusa, creía que sanar el corazón de otra persona podría ayudarla a sanar el suyo.

—Idiota —dijo mientras se daba un palmetazo en la frente.

Capítulo 23

Diario de Anna
18 de enero de 1911

Tengo tantísimo que escribir sobre los acontecimientos de la fiesta de los Hawley y lo sucedido en los días posteriores, que aún me cuesta creerlo…

El día de la fiesta me desperté temprano con un vendaval frío que soplaba del norte, pues el viento había cambiado de dirección durante la noche. No pude volver a dormirme, pensando como estaba en el señor George, la fiesta en Thornwood House y mi vestido. Encendí la vela que tenía al lado de la cama para poder hacer algunos dibujos más. Tess había sugerido un encaje de redecilla para cubrir los brazos y había pedido prestada una cinta de seda preciosa de color marfil que remataría la cintura a la perfección. Caí en la coincidencia de haber vuelto a encontrar a George en Cnoc na Sí. ¿Sería una tontería creer que había subido allí arriba con la esperanza de verme? No creía posible que un hombre como él fuera a enamorarse de alguien como yo. George podía elegir a la chica que quisiera, pero me había invitado a asistir a su fiesta, así que seguro que eso significaba algo.

Cuando terminé mis tareas matutinas, hallé a Harold esperándome ya junto a la verja de casa. Aunque iba bien protegido con un abrigo largo de lana, guantes y bufanda, se estaba dando pequeños manotazos contra el cuerpo para mantenerse en calor. Verlo de aquella manera me hizo sonreír. Imagino que los yanquis están acostumbrados a más comodidades que nosotros. Pero sé que Harold ama nuestra tierra, por mucho que esta no siempre le devuelva su amor.

—¡Buenos días, Anna! —gritó al verme salir de casa y apartar las gallinas que se interponían en mi camino y rascaban el suelo en busca de comida.

—¿Lleva mucho rato esperando? Tendría que haber entrado a calentarse junto al fuego.

Llevaba el pelo oscuro engominado hacia atrás y las gafas le brillaban con la luz de la mañana. De repente, me sentí cohibida en su presencia y con dificultad para respirar. Jamás me había imaginado entablar amistad con un erudito como él. ¿Acaso no era lo más extraño del mundo que dos personas tan distintas como nosotros, de lados totalmente opuestos del mundo, hubieran cruzado sus caminos?

—De haberlo hecho, me habría perdido una conversación muy ilustrativa con Nora Dooley. —Y se recolocó la bufanda.

Jamás se me habría ocurrido que un encuentro con Nora Dooley fuera una bendición, pero podía ser que tuviera alguna historia que contarle a Harold.

—¿Conoce a esa mujer que llaman la «vidente»? ¿Una tal Maggie Walsh?

Se me erizó el vello de la nuca. No había, pues, forma de evitarla.

—Sí, la conozco. —No añadí nada más y Harold me miró

igual que mira nuestro perro, Jet, cuando aguza el oído para escuchar un sonido muy lejano—. Vive más allá de Cnoc na Sí —le expliqué, pasado un momento.

—Pues, de ser así, mejor que nos pongamos ya en marcha —propuso Harold, dirigiendo la rueda de su bicicleta hacia el camino.

Pedaleamos en silencio durante un rato, algo que no parecía molestar nunca a Harold. Aunque a aquellas alturas ya debía de saber que no puedo estar callada mucho rato, que no tenía que hacer otra cosa que jugar a esperar.

—No es muy… ¿Qué palabra utilizó usted en una ocasión? «Fiable», eso es. —Ya estaba. Ya había dicho lo que tenía que decir. Ahora, que él decidiese.

—¿Por qué lo dice?

Dios, ¿por qué estaría aquel hombre formulando preguntas continuamente? Pero entonces recordé que me estaba pagando precisamente por esa razón y me ruboricé, avergonzada.

—¿No se lo ha contado Nora Dooley? —pregunté.

Si le hubiera hablado con aquel tono a mi madre, me habría acusado de «ir de lista». Y no pretendía hacer eso, sobre todo con Harold, pero solo de pensar en tener que ir a visitar a Maggie Walsh me sentía incómoda.

—No exactamente —respondió Harold, que presionó los frenos. Me paré también, en medio del camino—. Me ha contado que esta… vidente la ayudó a ver a su marido. A su difunto marido. Por lo visto, solo le pidió una ofrenda de comida y…

—¿Y le ha contado que la llevaron ante el magistrado por eso? ¿Por hacerles creer a todos que podía traer de vuelta del mundo de las hadas a sus seres queridos simplemente engordándolos? —De repente me di cuenta de lo aguda que se había vuelto mi voz.

Aquellas no eran mis palabras, sino las de mi madre. Me había advertido contra Maggie Walsh en más de una ocasión. «Esa mujer se aprovecha del dolor de la gente», me había dicho.

—Sí, me ha mencionado que hubo problemas con la ley. Pero ha insistido en que vio a su marido caminando por los campos al anochecer. Dijo que lo de llevarle a Maggie algo de comida a cambio fue un precio muy pequeño por pagar.

—¡Ese que vio era tan John Dooley como el gato! Maggie robó la ropa, la ropa del muerto —dije y me santigüé—. Así fue como lo hizo. Y vistió con esa ropa a un joven para que, de lejos, pareciera el fallecido. No fue más que un truco. Engañó a Nora Dooley y a muchos más. —Ya había hablado más de lo que me habría gustado.

Seguimos un poco más por el camino y dejamos las bicicletas apoyadas contra el tronco de un árbol a los pies de Cnoc na Sí.

—Tendremos que hacer el resto andando —dije, casi en un susurro.

No sabía si, con la explosión que acababa de tener, me había traicionado a mí misma, a Harold o a Milly. Que Maggie Walsh había sido acusada de estafar a gente de bien era verdad, aunque no estaba del todo segura de si yo la consideraba una estafadora y una mentirosa; por alguna razón, tampoco quería que Harold pensara eso de ella. O, mejor dicho, la verdad es que no sabía ni qué quería.

—Mire, no hay necesidad de tomar partido, Anna. Mi trabajo consiste en documentar estas historias y presentar los hechos. Lo único que está haciendo usted es ayudarme a arrojar un poco de luz sobre este lugar. Y el lugar donde caigan las sombras no depende de nosotros.

La sonrisa regresó a mi cara. Me sentía igual que después de confesarme, absuelta de todos mis pecados y libre de culpa. No fue hasta aquel momento que cobré conciencia del peso con el que había estado cargando desde que accedí a ayudar a Harold a recopilar sus historias. Me preocupaba que la impresión que él pudiera llevarse de este lugar dependiera enteramente de cómo yo se lo presentara. Porque, por mucho que Harold confiara en mí para entender Thornwood y a sus habitantes, yo no estaba segura de poder confiar en mí misma. Aun así, tuve que dejar de lado mis dudas en cuanto enfilamos el serpenteante sendero para poner rumbo hacia la colina y el bosque del otro lado.

Con el rostro sonrojado y los ojos brillantes por el viento, iniciamos el descenso por la ladera opuesta. El cielo era como un moratón oscuro sobre nuestras cabezas y recé para que la lluvia se retrasara. Si no sabías dónde buscar, podías pasar fácilmente de largo la vivienda de Maggie Walsh. Vive en un viejo *bothán*, una cabaña de una sola habitación, cuyas paredes están disimuladas con musgo y liquen. El tejado, o lo que queda de él, necesita con urgencia una reparación de su paja, y la única y estrecha ventana de la parte delantera apenas deja pasar la luz para verte tu propia mano si la plantas delante de tu cara.

Una grajilla graznó desde las ramas de un haya, observándonos con atención. Miré dubitativa a Harold, pero parecía más curioso que intimidado. Se encaminó directo hacia un hueco oscuro en la pared, que debió de suponer que albergaba una puerta. Y esta se abrió justo cuando Harold se disponía a llamar. Maggie Walsh tenía un aspecto espantoso. Me resultaba imposible ponerle una edad, o decir si eran los elementos los que le habían llenado la cara de arrugas o simplemente el paso del tiempo. Estaba seca como un palo y la piel le colgaba en pliegues alrededor de los ojos y la boca. Su pelo era como un cordel hecho con hebras de plata y carbón, y lo llevaba sujeto en una larga trenza que le caía por la espalda.

Incluso sus ropajes parecían harapos que habían perdido mucho tiempo atrás su color original y estaban llenos de desgarrones sin zurcir. Perdí todos mis buenos modales y me quedé allí parada, boquiabierta.

—Veo que has traído al americano —dijo en gaélico.

Miré a Harold casi encogida de miedo.

—De hecho, he oído decir que anda usted recopilando historias —continuó, todavía en gaélico.

Nos indicó con un gesto que entráramos. Harold agachó la cabeza para pasar por debajo del dintel y yo lo seguí. El hedor del interior casi me obliga a salir corriendo. Impregnaba el ambiente un olor húmedo y terroso, con cierta nota a pelo quemado y a algo putrefacto. Maggie cogió una brasa del fuego con unas tenazas y prendió el tabaco de su pipa.

—¿Así que ya sabe para qué hemos venido a visitarla? —preguntó Harold.

—Estamos en una tierra de hierbas susurrantes, señor Krauss. Pocas cosas suceden en Thornwood que no lleguen a mis oídos.

Le traduje a Harold la respuesta. Mi vista estaba acostumbrándose aún a la oscuridad cuando vislumbré dos ojos verdes que me observaban desde cierta altura. Salté por instinto, y Maggie soltó una carcajada.

—¡No es más que el gato, muchacha! Siéntense —insistió.

Sin embargo, al buscar un sitio donde instalarnos, lo único que vi en la oscuridad fueron unas cajas cubiertas con retales de tela vieja. Fueran cuales fuesen las maquinaciones que hubiera hecho Maggie en el pasado, era evidente que no la habían convertido en una mujer rica.

—Me gustaría hablar con usted sobre la creencia en las hadas aquí en Thornwood —empezó a decir Harold, que sacaba el cuaderno de su mochila. Yo dudaba que con tan poca luz pudiera llegar a ver qué escribía—. Como probablemente habrá oído, he estado viajando por toda la costa oeste, reuniéndome con gente del lugar y explorando este magnífico paisaje.

Se lo traduje todo a Maggie, aunque me dio la impresión de que no me estaba oyendo. Maggie se dio unos golpecitos en los labios con la pipa y esbozó una sonrisa irónica. Estaba intuyendo algo más que sus palabras.

—Sí, ya veo que te está afectando, muchacho. —Lo observaba con atención. Había cambiado a un inglés con un acento marcado que me parecía de Cork o de Kerry—. No te quedes mucho tiempo en Irlanda, coleccionista de historias, se te contagiará.

Agitó las manos y rio a carcajadas de lo que había dicho. Incluso en la penumbra, entreví el negro de sus uñas. Confiaba en que Harold no se entretuviera mucho con sus temas; no me apetecía demorarme en aquel lugar ni un momento más del necesario.

—En mis viajes he conocido a varias personas de la generación más mayor. Los hay que creen que las hadas son los espíritus de nuestros amigos fallecidos —prosiguió Harold, ignorando el comentario y tirando levemente del cuello de su camisa.

Maggie dio una calada larga a la pipa y exhaló nubes de humo; parecía una chimenea cuando soplan vientos flojos.

—Cierto, dicen que, si tienes muchos amigos fallecidos, tienes muchas hadas amigas —reconoció, con un gesto de asentimiento—. Del mismo modo que es cierto que si tienes muchos enemigos fallecidos, tienes muchas hadas buscando hacerte daño.

—¿Mantiene usted algún contacto con la Gente Buena? —preguntó Harold.

—¿Contacto? Ja, ja. ¿Has oído eso, chiquilla? ¡Contacto! —Maggie se partió de la risa.

—Nora Dooley me ha contado que puede usted traer de vuelta a los difuntos, traerlos del otro mundo, me refiero. ¿Es eso cierto?

Maggie tardó un momento en responder, ya sin reír:

—La gente venía aquí en busca de consuelo, y yo se lo daba. Es verdad, tengo el don de ver lo que no se ve en esta tierra, y he intentado hacer lo posible para recuperar a los que han fallecido. Pero no siempre funciona. Son ellos los que deciden, no yo.

El sonido ya familiar de Harold tomando notas en su cuaderno parecía tener hipnotizada a la mujer.

—Tengo otro *scéal* para ti, coleccionista de historias. —Levantamos ambos la vista, como perros a la espera de que les echen más migajas—. Pero no es para que lo escuche esta muchacha ni absolutamente nadie del pueblo. Juré no contárselo nunca a nadie de este territorio y he cumplido mi palabra.

—Trataré su testimonio con la máxima confidencialidad —contestó Harold, colocándose bien las gafas.

—¿Mantendrás mi nombre al margen? —preguntó Maggie; empleaba un lenguaje más simple.

—Le doy mi palabra. Lo único que quiero es el relato, nada más.

Me miraron los dos, y comprendí que mi presencia ya no era necesaria. Mentiría si dijera que no me sentí aliviada de poder salir de aquel antro. Me levanté para irme, reprimiendo mis deseos de sacudirme la suciedad de la ropa.

—Lo esperaré en lo alto de la colina —dije—, allí donde están las rocas.

Aunque ya estaba pensando en el tojo que había visto detrás del *bothán,* un escondite perfecto.

Me instalé lo más cómoda que pude entre las ramas con pinchos que, al menos, servían para bloquear el viento. Había andado en dirección contraria la distancia que había considerado suficiente para engañarlos, luego había cortado y desandado el camino con cautela entre los fresnos de la parte posterior del *bothán*. Oír lo que se decía dentro era difícil; sin embargo, casualmente la paja flaqueaba en la esquina del tejado más próxima a mi escondite, hasta el punto de que se veían incluso las vigas. Si me acercaba lo máximo posible y el viento amainaba un poco, podía oír bastante bien.

—Ya les advertí que no cortaran el árbol —estaba diciendo Maggie—. Por todo el bien que había hecho.

—¿Qué árbol? —oí que preguntaba Harold.

—El espino blanco, el de Thornwood House.

Mis orejas se tensaron como las de un caballo. ¿Conocía Maggie alguna historia sobre los Hawley?

—Pero, claro, nadie quería escuchar por aquel entonces a Maggie Walsh. Fue unos años después de aquello, a las tantas de la noche, cuando recibí una visita inesperada. La lluvia aporreaba la paja del tejado y retumbaban los truenos. Era una de esas noches en las que ni sacarías al perro. De pronto, llamaron a la puerta y al abrir, allí estaba ella, con toda su elegancia empapada, parecía una rata. Desesperada, eso es lo que estaba. Así es como llegan todos cuando al final deciden acudir a la *cailleach*. A la arpía. A la bruja. Cuando saben que nadie más podrá ayudarlos.

—¿Se refiere a lady Hawley? ¿Vino a pedirle ayuda?

Justo en aquel momento, la fastidiosa grajilla graznó para ahuyentar alguna amenaza invisible que debía de rondar por allí. Intenté acallarla, ahuyentarla a manotazos, hasta que finalmente le saqué la lengua; por lo visto, funcionó. La grajilla extendió las alas y emprendió el vuelo en dirección sur, hacia el río. Controlé la respiración y volví a aguzar el oído hasta que el murmullo de las voces me llegó de nuevo con claridad.

—«No son naturales», me repitió una y otra vez. Los gemelos la habían vuelto medio loca. Tenía los ojos rojos como la sangre de tanto llorar y le temblaba el cuerpo entero. Aquella mujer sabía que los niños no eran correctos.

—¿Qué quiere decir con eso de que «no eran correctos»? —preguntó Harold.

—Aquella mujer me lo dijo directamente: «Esos dos granujas no son los hijos que yo parí. Chillan y chupan mi leche como dos cerditos, se pasan el día y la noche llorando, como si estuvieran poseídos por el diablo». No los reconocía y afirmaba que no eran sangre de su sangre.

El pulso se me aceleró e intenté aproximarme más al agujero del tejado; al hacerlo, me arañé las manos y la cara con los pinchos del arbusto.

—Entiendo, ¿y por qué acudió a usted? ¿Por qué no fue a ver a un médico?

—Oh, ten por seguro que yo fui la última persona a la que acudió. El médico le dijo que hiciese reposo, que todo estaba en su cabeza. Pero su criada era sagaz y la trajo aquí. No era la primera vez que veía aquello, conocía casos de madres jóvenes que no habían protegido con hierro a sus hijos, y sabía bien lo que se tenía que hacer.

—Perdone que la interrumpa —dijo Harold—. Pero ¿qué tenía que hacerse?

—Escúchame bien, coleccionista de historias, cuando una madre ya no conoce a su propio hijo, solo puede haber una explicación: un niño cambiado.

El viento transportó las palabras y las arrastró hasta mis oídos. Sacudí la cabeza para expulsarlas, aunque fue inútil.

—¿Sabes, coleccionista de historias, a qué me refiero cuando hablo de un «niño cambiado»? La Gente Buena roba un niño humano perfectamente sano y lo sustituye con uno de los suyos. Y son criaturas enfermizas, que siempre tienen hambre, que no paran de berrear, con problemas de crecimiento. Las mujeres de la zona saben que hay que poner hierro encima de la cuna a modo de protección, pero lady Hawley carecía de estos conocimientos.

Tragué saliva, conmocionada, y confié en que no me hubieran oído.

—Lady Hawley me dijo que haría cualquier cosa por recuperar a sus hijos. De modo que me dispuse a deportar a esas criaturas y devolverlas a su lugar de origen.

—¿Y tuvo éxito en su empresa?

—Lo intenté, lo intenté de verdad. La única manera de deshacerse de un niño cambiado es poniéndolo en peligro. Las hadas no quieren ver sufrir a los suyos. Es la única forma de que se acerquen a recuperar al niño cambiado y devuelvan al niño humano. Hay maneras —explicó Maggie, entonces, bajó el volumen de su voz hasta convertirlo en un murmullo, lo cual hizo que su relato me llegase con lagunas—: … y la flor de la dedalera. Los he visto extraer las hadas del niño con fuego, o ahogándolo, pero lady Hawley no quiso ni oír hablar de eso. De modo que le dije que llevaran a los gemelos a la cumbre de Cnoc na Sí la noche de luna llena siguiente. Le pedí a uno de los viajantes que me confeccionara una caja pequeña, del tamaño suficiente para los dos, y cavamos un hoyo en el suelo.

—Espere un momento. No estoy seguro de si estoy entendiéndola —oí que decía Harold—. ¿Está sugiriendo…? Le ruego que me perdone, ¿está diciendo que les hizo algún tipo de daño a los niños?

—¡Por supuesto que no! Los metí en la cajita y cerré la tapa. Para que, de esta manera, los animales salvajes no pudieran llegar hasta ellos. Entonces, nos quedamos a la espera de que llegaran *na Daoine Maithe* y se los llevaran.

—¿Los… enterró? ¿Vivos?

Capté la alarma en el tono de voz de Harold y me tapé la boca con la mano por si acaso se me escapaba un grito.

—¡No! No los enterramos, ¿acaso no seguía oyéndolos berrear cuando nos alejamos y nos escondimos entre los arbustos para esperarlas? Pero no sirvió de nada. A la criada le dio un ataque de pánico y volvió corriendo a la casa para contarle a su señoría lo que habíamos hecho. Lord Hawley llegó enseguida, armado con una barra de hierro, y se llevó con él a los niños cambiados antes de que las hadas tuvieran tiempo de devolver a los auténticos bebés Hawley. Aquella noche le dio una paliza a su esposa y amenazó con enviarnos a todas a la horca. Pero su orgullo nos salvó. No podía permitir que nadie se enterase de lo que había hecho ella. De manera que decidió pagar a la criada por su silencio, yo juré que no contaría nada a nadie con tal de salvar el pellejo y la pobre lady Hawley quedó encerrada en casa. Al día siguiente, la encontraron en el suelo de los jardines, con el cráneo destrozado. Créeme cuando te digo, coleccionista de historias, que en esa casa nunca tendrán suerte. Está maldita, igual que la familia que vive en ella.

Caí de espaldas sobre la hierba, mareada y con náuseas. No podía ser verdad, me dije. Todo el mundo sabía que Maggie Walsh estaba mal de la cabeza y que era, además, una mala persona. Debía de estar inventándoselo todo para contentar a Harold. Ahora, seguro, le pediría dinero o comida a cambio de su horrible pantomima. Y, claro, lady Hawley no estaba viva para confirmar nada.

Me pregunté, sin embargo, qué pensaría Harold. ¿La habría creído? Él, que oí que empezaba a despedirse, me devolvió a la realidad. Eché a correr hacia la cumbre de la colina, con los músculos de las piernas ardiendo. Y a toda velocidad me alejé de Maggie y de sus historias de miedo.

Harold no mencionó ni una palabra sobre la continuación del encuentro con Maggie Walsh, mientras que yo me pasé todo el camino de regreso por el bosque charlando sin parar, fingiendo no haber oído nada de nada. No podía dejar de pensar en aquellos bebés —medio enterrados, medio vivos, medio hadas— y en su madre —medio loca—, que se arrojó al vacío para matarse. Era demasiado espantoso para ser verdad. Y si lo era, los gemelos Hawley podían considerarse afortunados por seguir con vida. Todo el mundo podía ver que eran totalmente humanos. La podre lady Hawley debía de estar muy mal para acceder a llevar a cabo aquel desesperado plan. Qué turbador debía de ser imaginarse que tus hijos habían sido robados y cambiados por bebés de hadas. Quizá mi madre siempre hubiera tenido razón y fuera preferible evitar por completo a Maggie Walsh.

El camino a casa nos devolvió a un entorno más conocido, y a cada paso que dábamos poníamos una bienvenida distancia entre nosotros y los horripilantes relatos de la vidente. Nos encontramos con mi padre, atareado cavando y preparando uno de sus campos para las labores de siembra de la primavera. Estaba acompañado por nuestro viejo caballo Aengus, que llevaba este nombre en honor al escocés que nos lo vendió en la feria. Con el sol poniente, la imagen del hombre, el animal y la naturaleza trabajando al unísono era una visión impactante. Cuando lo saludamos, mi padre aprovechó la oportunidad para hacer una pausa.

—*Bail ó Dhia ar an obair!* —pronuncié el saludo habitual para la ocasión. «Que Dios bendiga el trabajo!».

—Buenas tardes, señor Butler —dijo Harold con un acento americano que empezaba a suavizarse un poco.

—¿Cómo están los trabajadores? —preguntó mi padre, secándose el sudor de la frente con un pañuelo.

—Sinceramente, no creo que podamos decir que trabajamos cuando los veo a Aengus y a usted aquí en el campo —replicó Harold.

—Si le apetece intentarlo, ya sabe.

Miré de reojo los zapatos y los pantalones impecables de Harold y pensé que mi padre había perdido el juicio.

—¿Puedo? —dijo Harold con el entusiasmo de un muchacho.

Era comprensible que él también desease olvidar a Maggie Walsh y sus divagaciones, pensé.

Antes de que a mi padre le diera tiempo a responder, Harold había saltado el murete y estaba empezando a remeter el bajo del pantalón dentro de los calcetines. Me recosté en el muro para presenciar el espectáculo. Aengus giró su gran cabeza y miró a Harold, dudando claramente de su capacidad para llevar a cabo aquella tarea. Harold cogió entonces las riendas y soltó un «¡Yeehaw!» muy americano. Sin embargo, por desgracia, Aengus no entendía las expresiones americanas y se quedó allí plantado. Reí a carcajadas, lo que llevó a Harold a redoblar sus esfuerzos. Sacudió las riendas y gritó un sonoro «¡Arre!». Creo que Aengus debió de sentir lástima, ya que echó a andar a tal velocidad que pilló a Harold por sorpresa, tiró con fuerza de él y lo hizo caer al suelo con un golpe sordo. Tuve que taparme la boca con la mano para que mis carcajadas no se oyeran en el pueblo. Mi padre, en cambio, no tenía tan buenos modales y soltó un rugido al extender el brazo para ayudarlo a levantarse. El pobre Harold estaba cubierto de lodo, pero, fiel a su carácter, conservaba una sonrisa afable en la cara.

—Parece que la chica tiene muchos caballos de potencia, ¿verdad? —comentó, sacudiéndose un poco.

—¡Eh! Que no le oiga Aengus diciendo eso, ¡es un muchacho!
—dije; hice verdaderos esfuerzos para no reír más.

Harold volvió a saltar el murete, e intentó disimular cualquier posible sentimiento de humillación.

—Ha sido divertido —dijo por fin, riendo también con ganas.

—Oh, Harold, tendrá que bañarse en colonia para ir esta noche a Thornwood House —comenté.

Me callé de golpe cuando me di cuenta de lo que acababa de decir, y por la cara que ponía Harold supe que estaba pensando lo mismo que yo. Mis palabras actuaron como la red de un pescador y nos arrastraron al recuerdo de la historia que había contado Maggie Walsh.

—¿Así que esta noche piensa codearse con la nobleza terrateniente? —bromeó mi padre—. De pobres a reyes.

—Oh, de eso no estoy tan seguro, pero sí. George Hawley nos ha invitado a cenar para celebrar el cumpleaños de los gemelos —le explicó Harold.

—¿Nos?

—A Anna y a mí —le aclaró Harold, que estaba mirándome.

—¿Anna? ¿Mi Anna irá a la casa grande? —cuestionó mi padre, sin creer lo que estaban captando sus oídos.

—Mamá ha dicho que no puedo ir —les dije a los dos, hundiendo los hombros.

—¿Y por qué no? —preguntó mi padre.

Podría haberle contado entonces la verdad, pero una parte perversa de mí, de la que hasta aquel momento no era consciente, decidió callar.

—La acompañaría usted, ¿no, Harold? —preguntó mi padre—. Entonces, todo arreglado. No te preocupes, Anna, ya hablaré yo con tu madre —dijo con amabilidad.

El corazón casi me estalla. Tess tenía razón. Me alegraba de haber continuado nuestro trabajo con el vestido. Aunque si había que tenerlo listo para la noche, tendríamos que trabajar duro y rápido. Le dije a mi padre que iría a casa de Tess a prepararme, para que así tuviera tiempo de hablarlo con mi madre a solas. Sabía que habría una batalla fuerte de voluntades entre los dos, de modo que mejor estar ausente.

—Pensaba pedirle prestada la carreta al cura para esta noche, así que puedo pasar a recogerla —se ofreció Harold.

—Me muero de impaciencia —repliqué, y pedaleé como si mi bicicleta tuviera alas.

Capítulo 24

—Es como un cuento de hadas —dijo Tess.

Estábamos dando los toques finales al vestido. El cuerpo tenía un cuello alto, adornado con bandas de encaje con florecitas de ganchillo. La cinta de seda que ceñía la cintura caía formando serpentinas que alcanzaban todo el largo de la falda, y habíamos alterado la espalda del vestido con cierres de corchetes. La falda estaba adornada con pequeñas lágrimas que parecían latir con el movimiento. Tess me recogió el pelo en un moño precioso con la forma de un remolino, con mechones de pelo superpuestos y rizados por debajo. Finalmente, llegó la hora de probarme el vestido. Me lo puse encima de la combinación y Tess se encargó de abrochar los corchetes de la espalda. Cuando me volví, creí que iba a estallar de emoción.

—¿Qué tal queda? —pregunté, aunque Tess ya me había dado a conocer con claridad sus sentimientos.

—¡Es como si las hadas hubieran tejido en oro un vestido! —rio.

Dio una vuelta a mi alrededor, valorando nuestro trabajo y su diseño, y me hizo girar hacia un lado y hacia el otro para cortar cualquier hilo que pudiera haber quedado suelto.

En la pared había un espejo pequeño que Tess sostuvo para que pudiera observar desde todos los ángulos mi primer vestido de baile. Me sentía como una princesa y se me llenaron los ojos de lágrimas de puro júbilo.

—Jamás seré capaz de darte suficientemente las gracias por esto, Tess —dije—. Oh, he intentado hablar con Paddy en tu nombre. Pero no me revelado nada de nada —añadí apenada.

—No he tenido oportunidad de decírtelo, pero ha estado aquí esta mañana —me explicó Tess con una sonrisa pícara—. ¡Y me ha preguntado si me gustaría ir con él al baile de Ennis la semana que viene!

—¡Oh!, ¡qué contenta estoy! —grité.

Pasamos tanto tiempo admirando el resultado y el vestido que llegué a casa muy tarde. Y a pesar de que llevaba aquella preciosidad, no me quedaba otro remedio que cubrirme con mi viejo abrigo de invierno. Aunque al menos, en cuanto llegáramos a la fiesta, podría quitármelo.

Vi la calesa en el sendero de acceso y entendí que Harold había llegado a casa antes que yo. Comprendí entonces que mi retraso era una bendición disfrazada. Fuera el que fuese el debate que estuviera teniendo lugar entre mis padres, quedaría suavizado con la presencia de Harold, lo cual funcionaría a buen seguro a mi favor. Entré en casa y vi al instante la cara que ponía mi madre. Escondida debajo de la expresión neutra de sus facciones, reconocí una mirada de exasperación. Temí que acabaría pagando más tarde por haberla engañado, pero, por el momento, por aquella noche tenía permiso para salir.

—Está deslumbrante —dijo Harold, que se levantaba de su asiento.

Iba también impecablemente vestido, con corbata blanca y frac, y sujetaba entre los dedos su sombrero de copa. Me sostuvo la mirada, igual que había hecho el día que nos habíamos conocido. Mis sentimientos eran un poco encontrados. ¿Lo veía simplemente como el intelectual que era, o como algo más? Pero en aquel momento, con todo el mundo mirándome, no podía pararme a pensar en eso.

—Oh, esto no es más que mi viejo abrigo —dije.

Me lo desabroché entonces para dejar al descubierto el precioso vestido que llevaba debajo. Mi madre contuvo un grito de admiración y, aunque no estoy segura del todo, me parece que mi padre tenía los ojos lagrimosos.

—¿De dónde has sacado esto? —preguntó mi madre, y el enfado de su voz cedió paso a la admiración.

—Lo hemos confeccionado entre Tess y yo —respondí, girando sobre mí misma.

—Es magnífico —dijo Harold.

—No sé si en ese guateque habrá otra mujer que se haya confeccionado su propio vestido —dijo mi padre, para añadir a continuación—: Tenemos a una hija con mucho talento, ¿no te parece, Kitty?

—Oh, sí, con mucho talento —respondió ella con un leve matiz en la voz y obligada a reconocer que habíamos hecho un buen trabajo.

Cuando se marchó a su habitación, pensé que quizá estaba más enfadada conmigo de lo que me imaginaba. Pero reapareció enseguida con una cajita que, sin mediar palabra, puso en mis manos.

—¿Qué es esto? —pregunté.

—Mis perlas —respondió sin más—. Ten cuidado con ellas.

Abrí la cajita negra y descubrí que contenía unos preciosos pendientes de perlas y un collar a juego. Las perlas tenían un tono marfil que era prácticamente igual que la cinta de la cintura del vestido. Eran las de mi abuela, y mi padre se las había regalado a mi madre con motivo de su compromiso.

—¡No puedo ponerme esto! —protesté abrumada.

—Tal vez no te lo merezcas después de toda esta artimaña que has montado —murmuró mi madre, abrochando el cierre en mi nuca—. Pero no quiero que nadie diga que mi hija no iba bien vestida. —Se apartó un poco para admirar el conjunto con el collar.

Cuando nos disponíamos a salir, oí que mi madre le dirigía en voz baja a Harold unas palabras de advertencia:

—Cuídemela bien, ¿lo hará?

Los padres siempre se preocupan, pero yo no creía necesitar protección. Mucho menos aquella noche. Mis padres nos dijeron adiós desde la puerta, con la luz del interior envolviéndolos, y de repente me parecieron muy pequeños y vulnerables. Tuve la extraña sensación de que me marchaba de casa para siempre y de que nunca volvería a ver con los mismos ojos aquel viejo y conocido lugar. Harold me ayudó a subir a la calesa y, por suerte, se mostró algo más habilidoso con el caballo y la carreta que con Aengus y el arado. Las estrellas colgaban como ojos brillantes del cielo azul marino, un público celestial para una noche mágica. El aire era gélido, y cuando empezamos a hablar, nuestras palabras se evaporaron en nubes de vaho blanco delante de nuestras caras. No sabía dónde poner las manos; era como si su existencia fuera un descubrimiento reciente que exigiera toda mi atención.

—¿Es su primera fiesta? —preguntó Harold.

—Es mi primer… ¡de todo! —respondí, contenta de tener algún tipo de distracción—. ¿Cree que todo el mundo se preguntará qué hace la hija de un granjero en Thornwood House? —pregunté.

—No creo que esta noche la confunda nadie con la hija de un granjero, Anna —contestó en voz baja—. Pero no permita que esa gente la intimide. Viene usted de una familia excelente, con buena reputación y valores honestos. Debería sentirse orgullosa de su casa —dijo, pasando totalmente por alto lo que yo quería decir—. De hecho, Anna, me gustaría…

—Me siento muy orgullosa de mi casa —lo interrumpí—, pero quiero que George, el señor Hawley, quiero decir, me vea como una dama. —Unas palabras que sonaron como las de una tonta incluso para mis propios oídos.

—Entiendo —dijo Harold, concentrándose de nuevo en el camino.

—Y sé que la señorita Olivia estará ansiosa por verlo —intenté animarlo.

De hecho, el resto del trayecto transcurrió así: con Harold asintiendo en silencio y yo sin parar de charlar, nerviosa.

Al cruzar las verjas de Thornwood, vi que el camino de acceso estaba iluminado con antorchas. El ambiente era mágico, y a medida que fuimos aproximándonos a la casa, empecé a oír una música que habría rivalizado con la de las hadas por su dulzura.

Harold tiró de las riendas y la calesa se detuvo a los pies de la escalera de acceso a la mansión. Se apeó rápidamente y, antes de que me diera tiempo a conseguir despegarme del asiento sin que mi nuevo vestido sufriera algún daño, ya estaba allí, ofreciéndome la mano. Cuando pisé la gravilla del camino, puedo afirmar que me sentí como una princesa de verdad.

—Milady —dijo Harold, y me saludó con una reverencia formal antes de ofrecerme su brazo.

En el instante en que entramos en la casa, el sonido de los brindis y las risas de los invitados me inundó los oídos. Me apresuré a entregarle mi viejo abrigo a un criado y Harold lo cubrió con el suyo. Él estaba deslumbrante de elegancia, con el pelo oscuro peinado hacia atrás y su mirada penetrante asimilando la escena. Había prescindido de las gafas y parecía más joven, menos serio. Puedo asegurar, sin vanidad, que nuestra llegada provocó una oleada de curiosidad entre los asistentes. Éramos, evidentemente, nuevos en aquel encuentro anual y ser jóvenes y vistosos jugaba sin duda a nuestro favor. Preocupada ante la posibilidad de parecer un conejillo asustado, pinté una sonrisa inmóvil en mi rostro y empezamos a movernos entre la multitud hasta llegar a la parte central de la casa.

—Buenas noches, señor Krauss —dijo el señor Finnegan, el director de la escuela.

Su esposa sonrió a Harold, en cambio a mí me miró de reojo. Levanté la nariz y me comporté como si visitar Thornwood House fuera algo que hiciese habitualmente.

Nos quedamos en un pequeño hueco que había al lado de la escalera, donde por fin pude respirar.

—Y bien, señorita Butler, ¿qué le parece?

—Es maravilloso, ¿verdad, Harold? Todo el mundo está magnífico y alegre.

Una joven con una cofia con volantes y delantal nos ofreció una bebida de una bandeja llena de copas preciosas. Harold eligió la bebida de color rojo y yo seguí su ejemplo. Observé a las demás damas de la estancia y fruncí los labios para beber un sorbito, pero el sabor no cumplía con lo que prometía el color. Porque en vez de ser una bebida dulce y afrutada, resultó ser un brebaje seco y cargado de alcohol que me abrasó la garganta. Dejé la copa en una estantería y, al volverme, encontré otra criada que nos ofrecía unos paquetitos minúsculos y comestibles. Elegí uno que reconocí como salmón ahumado con una especie de crema y lo devoré.

—Mmm, está delicioso —le dije a la criada, que me dio la impresión de que no estaba acostumbrada a que los invitados le hablasen.

Cogí dos más y ella me dio una servilleta para sostenerlos y me guiñó el ojo. Le devolví la sonrisa y animé a Harold a que probara el salmón.

—No, gracias, no tengo mucha hambre —dijo, y bebió otra vez de su copa.

—¿Cómo puede beber eso? —pregunté mientras me relamía los dedos.

—¿No le gusta el vino?

—¿Eso es vino? Pues no, me parece asqueroso. —Continuaba con mi pequeño pícnic a base de salmón.

Observamos la fiesta desde nuestro pequeño escondite y me sentí como un zorro escondido entre la hierba crecida, a salvo de todas las miradas.

—No podemos quedarnos aquí escondidos toda la noche —dijo Harold.

—¿No?

Mi respiración acababa de recuperar su ritmo normal y empezaba a disfrutar de lo lindo observando a todo el mundo desde la seguridad de las sombras. Estaban el doctor Lynch y su esposa, que llevaba el pelo recogido en lo alto de la cabeza y lucía un espléndido collar de piedras preciosas. La señorita Olivia revoloteaba entre la multitud; vi que ladeaba la cabeza y reía a carcajadas por lo que debía de ser un chiste muy gracioso. Ella no tenía que fingir que era una dama, por lo tanto, podía comportarse como le apeteciera. Llevaba un favorecedor vestido de seda de color amarillo pálido con florecitas azules bordadas en el cuerpo. Complementaba a la perfección su cabello oscuro y tuve que obligarme a dejar de mirarla.

Seguía sin haber ni rastro de George, de modo que accedí a la petición de Harold y nos sumergimos en la multitud.

Cruzamos el pasillo y seguimos el sonido de la música hasta acceder al salón de baile. La majestuosidad de la estancia sobrepasaba con creces cualquier cosa que hubiera visto en el resto de la casa. Tres gigantescas lámparas de araña colgaban sobre los bailarines, con sartas de cristal tallado que brillaban a la luz de las velas. Los ventanales estaban vestidos con opulentas cortinas de terciopelo azul con ribetes dorados y el techo estaba pintado con escenas de querubines que no se perdían detalle de lo que sucedía abajo. Jamás me habría imaginado que la gente pudiera vivir con tanto esplendor y elegancia.

—¿Le apetecería bailar, señorita Butler? —preguntó Harold. Estaba muy guapo. Yo tenía ganas de bailar, pero no estaba muy segura de mis pasos—. Le enseñaré.

Cuando me cogió entre sus brazos, algo cambió entre nosotros.

Me guio por la pista y empecé a darme cuenta de que Harold quizá no era el hombre tímido y tranquilo que me imaginaba. Desde su llegada a Thornwood, y mientras le enseñaba nuestro pueblo a aquel perplejo norteamericano, siempre me había sentido como la que llevaba las riendas. En cambio, ahora estábamos en su dominio. Me hizo girar y dar vueltas entre sus brazos, sin dejar de sonreír y sintiéndose como el hombre más orgulloso de todo el salón. Tal vez me hubiera dejado creer que era yo la que lo guiaba, cuando todo el tiempo había sido él quien me guiaba desde un par de pasos por detrás de mí.

—Soy el hombre más afortunado de la fiesta —dijo, y me hizo ruborizar.

Estaba perdida en mis pensamientos, en la música y en el baile, cuando vi una mano grande dando unos golpecitos en el hombro de Harold.

—¿Le importa si interrumpo, Krauss? —dijo la voz de George Hawley, que estaba igualmente perfecto vestido de esmoquin.

Harold dudó unos instantes, reacio a soltarme la mano. Pero George siguió allí de pie, mirándolo con una sonrisa que dejaba al descubierto toda su dentadura. Al final, Harold se apartó y George le sugirió que fuera a pedirle un baile a su hermana. Miré hacia el otro lado del salón y descubrí que Olivia estaba observándonos con expresión imperturbable. Aunque si Harold era alguna cosa, era bien educado, de modo que cruzó el salón para ir a pedirle un baile.

George me tomó entre sus brazos y su forma posesiva de enlazarme, después del contacto tan delicado de Harold, me sorprendió totalmente. Había soñado con aquel momento muchísimo tiempo; ahora que había llegado, me costaba creer que fuese real. Mi cuerpo se negaba a moverse al ritmo de la música y colgaba entre sus brazos como una muñeca sin vida. El rostro de George tenía una belleza cegadora, y, en un salón concurrido por las chicas más bonitas del oeste de Irlanda, no me sentía merecedora de su atención.

—Está usted para comérsela —dijo George entonces, con mucha audacia, y me hizo girar sobre mí misma de un modo tan negligente que necesité de todo mi equilibrio para contrarrestar el movimiento.

Nadie en la vida me había hablado de aquella manera; de no haber sido el señor George el que me había dirigido aquellas palabras, lo habría considerado una impertinencia.

—Gracias por invitarme —dije, temblorosa. No podía dejar en mal lugar a mi familia olvidando mis buenos modales—. Y mi tobillo se ha curado perfectamente gracias a usted —continué, aunque creo que no me estaba escuchando.

—Bien, bien —dijo, y entonces me atrajo más hacia él—. He

estado pensando en usted desde aquel día, Anna; haga lo que haga, no consigo borrarla de mis pensamientos.

Sentí vértigo al escuchar aquellas palabras. ¿Que George Hawley pensaba en mí? Era demasiado bonito para ser verdad.

—¿Ha pensado usted en mí? —preguntó George entonces, susurrándome las palabras al oído y haciéndome estremecer con ello.

—Sí, señor… Quiero decir, George. Sí —respondí, mordiéndome el labio.

Me hizo girar con fuerza de nuevo y el salón se convirtió en una imagen confusa. Reímos y bailamos rápido, cada vez más, hasta que nos encontramos en el extremo opuesto del salón, allí donde las puertas acristaladas se abrían al jardín.

—Demos un paseo a la luz de la luna. —George cogió una botella y dos copas de una mesa de la esquina.

No tenía muy claro si debía abandonar la fiesta y me volví para buscar a Harold con la mirada. Estiré el cuello y me puse de puntillas, pero no vi por ningún lado a mi carabina.

—Hace un poco de frío fuera —dije, aunque era una protesta débil, pues sabía de sobra que acabaría saliendo al jardín con él. Había caído presa del hechizo de George Hawley y ninguno de los dos podía pensar lo contrario.

—Tenga, cúbrase con mi chaqueta —dijo George, que me pasó su esmoquin negro.

Echamos a andar por el sendero de gravilla en dirección a una pequeña construcción de piedra con columnas y tejado en cúpula desde la que se dominaba la fuerte corriente del río. Las aguas revueltas eran negras como la tinta y reflejaban gotas brillantes de luz de luna. George me condujo hasta ella, donde había un banco de piedra.

—*Mademoiselle* —dijo, sacó un pañuelo del bolsillo y lo

extendió sobre el banco para que pudiera sentarme—. ¿Le importaría tomar asiento?

—Gracias —contesté, envolviéndome mejor con su esmoquin.

Desde allí, la casa se veía preciosa y resplandecía con la luz parpadeante de las velas.

George encendió un cigarrillo y sirvió en las copas el líquido que dijo que era *champagne*. Confiaba en que no estuviera tan malo como el vino y bebí un sorbito para averiguarlo. Pero era ligero y chispeante y me llenó de burbujas la nariz.

—¿Le gusta el *champagne*, Anna? —preguntó George, sirviéndose ya otra copa.

Respondí con un gesto de asentimiento y él me sonrió.

—Perfecto. Veo entonces que, como yo, tiene usted un gusto muy sofisticado —dijo.

Pasado un rato y después de terminarse el cigarrillo, George se volvió hacia mí y me preguntó si siempre era tan callada.

—No, normalmente no paro de hablar —le aseguré—. Creo que quizá es porque estoy un poco nerviosa —dije, y replicó él entonces aconsejándome beber otro sorbito de *champagne*.

—Creo que fue algo más que la pura casualidad lo que hizo que nuestros caminos se cruzaran el otro día en la colina —dijo y se acercó más a mí—. Tenía muchas ganas de volver a verla.

—Me he visto obligada a quedarme en casa por lo del tobillo —le expliqué, pero George empezó a hablar de nuevo:

—Tiene usted un cabello precioso, Anna, ¿lo sabía? Oscuro como el ala de un cuervo —dijo.

Me acarició los rizos y los enredó entre sus dedos. Su cuerpo había entrado en contacto con el mío y, en vez de sentir un escalofrío, mi cuerpo, de repente, estalló de calor. Antes de que me diera ni cuenta, George inclinó la cabeza y presionó los labios contra mi cuello. Sentí unas cosquillas terribles y me costó un auténtico esfuerzo poder contener la risa. Me escabullí lejos de su alcance, porque, a pesar de que no había sido en absoluto una experiencia desagradable, no quería que pensara que yo era una de «esas» chicas.

—¿No le gusta besar?

—No lo sé, yo nunca… —Me trabé con mis propias palabras.

—¿No la han besado nunca?

Incapaz de responder, me resigné a negar con la cabeza.

—Solo un beso, entonces, en la mejilla. Me lo debe, como mínimo.

Me resultó extraño que me dijera eso, que yo le debía algo. Pero George ya estaba acariciándome la mejilla con la punta de la nariz, como haría un caballo con el hocico. Pensé que iba a desmayarme por el torrente de sangre que me inundó de repente el cuerpo para abandonarlo luego al instante. Sus labios me buscaron la cara, muy despacio encontraron mi boca y, suavemente, me besaron una y otra vez. ¡La cabeza me daba vueltas! Todo aquello con lo que había soñado estaba sucediendo de verdad. «¡Ya verás cuando se lo cuente a Tess!», pensé. «Me pregunto si lo estaré haciendo bien», fue mi siguiente pensamiento. Entonces, de forma inesperada, me metió la lengua en la boca. Sorprendida, intenté apartarme, pero sus grandes manos me sujetaban vorazmente por los hombros.

—Oh, espere —conseguí decir.

George sirvió más *champagne* y depositó la copa en mi mano. Me la llevé a los labios con la intención de retrasar sus avances y bebí todo el contenido sin pensar.

—A lo mejor deberíamos entrar —sugerí.

Mis palabras fluyeron más libremente. Me había quedado sin aliento y estaba un poco preocupada por lo que George pudiera pensar de mí. Quería gustarle, pero no estaba segura de hasta dónde estaba dispuesta a llegar.

—Hace una noche preciosa, Anna. Venga y así entre los dos nos mantendremos en calor —dijo, enlazándome por la cintura.

La sensación era agradable, pero sabía también que estaba siendo imprudente. Había oído sermones suficientes del padre Peter como para saber distinguir lo correcto de lo incorrecto.

—Lo siento, pero no es lo apropiado —dije por fin—. Me gusta usted mucho, por supuesto, pero…

Los besos empezaron de nuevo, aunque esta vez no fueron lentos ni delicados.

De pronto, parecía tener muchísima prisa y chillé cuando me mordió el labio.

—Señor George, por favor. No quiero seguir con esto.

Cuando levantó la cabeza, me llevó un momento reconocerlo. Sus ojos parecían haber aumentado de tamaño y eran casi negros, y su preciosa boca había cambiado tremendamente. Sus labios trazaban una curva rara y me dio la sensación de que sus dientes habían crecido un par de centímetros. Daba miedo.

—¿Así que quieres hacerte la difícil? Sí, me gusta eso, Anna —dijo; las facciones se le alteraron y la sonrisa se transformó en una mueca desagradable—. Sabes cómo calentar a un hombre, ¿verdad? —Volvió a cogerme, con más fuerza esta vez.

—George, por favor, no puedo —dije, e intenté recuperar la compostura.

Todo estaba pasando muy rápido y no sabía cómo volver al lugar donde habíamos empezado. Sí, lo había amado desde la distancia durante años, pero ahora, allí, nada de aquello me parecía correcto. El caballero que me había llevado a lomos de su caballo cuando me había torcido el tobillo había desaparecido. O había cambiado. De pronto, volvieron a mí las sorprendentes palabras de Maggie Walsh: «un niño cambiado». ¿Sería esa la verdadera naturaleza de George? ¿Algo que yo, por mi ceguera y mi estupidez, había sido incapaz de ver? Tenía que huir de allí y me dispuse a levantarme del banco.

El hambre de sus ojos se transformó en una rabia voraz y, en un instante, sus manos estaban por todo mi cuerpo, tocando todo lo que les apetecía. Cuando las apartaba, encontraban otra parte que poder invadir. Lo combatí, lo pateé, comprendiendo que estaba metida en un problema muy serio, aunque su feroz corpulencia me dominaba. Desgarró mi precioso vestido, arrancando las delicadas puntadas que Tess y yo habíamos cosido.

—¡Pare, pare! —grité con una voz ahogada e irreconocible hasta para mí misma.

Me sentía como un animal atrapado. Nunca me había sentido tan impotente. Había confiado en él hasta aquel momento. Como una tonta, había confiado en él por su apellido, por ser quien era. ¿Quién iba a creerlo capaz de tanta violencia? ¿Quién me creería?

Pensamientos terribles como aquellos me atravesaban la mente como un rayo mientras forcejeaba con él. No podía ni recuperar el aliento, y cuando intenté volver a gritar, la voz se me quedó atorada en la garganta. Era como una pesadilla espantosa, en la que intentas moverte para salvarte y te resulta imposible. Mientras él se peleaba con su ropa para desnudarse, aproveché para intentar empujarlo y apartarlo de mí, pero él me arrojó contra el banco de piedra y me golpeó la cabeza. Todo se volvió negro de repente, aunque seguía notando sus manos sobre mí, por todas partes.

Y entonces sucedió algo muy extraño. Se alejó de mí y retiró las manos. Levanté la vista y, con ojos legañosos, vi que estaba apartando alguna cosa de su cara a manotazos. En cuestión de segundos, empezó a agitar los brazos y a maldecir a lo que fuera que estaba atacándolo.

—¡Anna! ¡Anna, ayúdame! —gritó.

Intenté levantarme del banco, pero mi cabeza no paraba de dar vueltas. Intenté también fijar la mirada y, de repente, cobré conciencia de una especie de zumbido. George estaba siendo atacado por abejas. Pensé que era muy raro ver un enjambre de abejas en pleno invierno y no entendía en absoluto qué estaba pasando. George se tambaleó y vi que el enjambre se estaba haciendo cada vez más grande. Por mucho que intentara ahuyentarlas, no lo conseguía, y acabó quitándose el esmoquin para protegerse la cabeza.

—¡Dejadme en paz, criaturas malévolas! ¡Por favor, que alguien me ayude!

Estaba segura de que alguien de la casa acabaría oyéndolo, pero no acudió nadie. Cuando volví a mirar a George, me resultó imposible distinguir sus facciones: estaba cubierto por un enjambre negro de abejas furiosas. El zumbido me llenó los oídos con un rugido estruendoso. Caí desplomada en el banco, incapaz de hacer otra cosa que seguir mirando. El cuerpo de George había quedado completamente oculto por las abejas, y justo en el momento en que sus gritos se volvieron insoportables, lo vi caer hacia atrás, hacia las aguas negras del río. La corriente era veloz y salvaje, y, en cuestión de segundos, desapareció.

Capítulo 25

9 de enero de 2011

Sarah levantó la vista del diario de Anna y observó su reflejo en el espejo del tocador. Lo que acababa de leer le parecía increíble.

—Pobre Anna —musitó.

Acarició la superficie de la hoja. Recorrió las palabras escritas con la yema de los dedos, como si pudiera viajar en el tiempo y consolar de ese modo a la chica.

Se había vuelto a tumbar en la cama con su té matutino y la intención de aplacar la resaca; a juzgar por la luz, dedujo que debía de ser casi mediodía. Su mundo había quedado reducido a aquel diario, a Anna y a los extraordinarios sucesos que habían tenido lugar en Thornwood House. Lo sucedido estaba narrado con un nivel de detalle tan desgarrador que Sarah se sentía, y no por primera vez, como una intrusa por estar leyendo aquellas páginas.

Acechando en el trasfondo de la historia de Anna, estaba la mención de la vidente. Sonaba misteriosamente parecida a la anciana que Sarah se había encontrado en el camino el día anterior. Pero era imposible, ¿no? Maggie Walsh debía de haber fallecido hacía muchísimo tiempo. Sintió un escalofrío solo de pensar en aquella mujer. ¿Y George Hawley? Era evidente que era un hombre que se aprovechaba de su posición para actuar por encima de la ley. Tendría que haber sido juzgado y condenado por sus crímenes. Pero, por extraño que pareciera, ¿era posible que existiera otra ley de la tierra o de la naturaleza que se hubiera encargado de ajustarle las cuentas por las fechorías que cometió? Sarah no le encontraba el sentido a nada de lo sucedido. ¿De dónde había salido aquel ejército de abejas? Su cabeza no paraba de dar vueltas con tantas preguntas cuando una potente llamada a la puerta casi le da un susto de muerte.

—¡Hola! —dijo una voz en el exterior.

Sarah iba aún en pijama y sabía que su pelo, sucio de tres días, debía de tener un aspecto espantoso. No le apetecía ver a nadie. Le dolía la cabeza y la boca le sabía a muerto. Se quedaría sentada sin moverse y esperaría a que quien fuera se hartara y acabara largándose.

—¡Hola! ¿Hay alguien en casa? —dijo una voz que le sonaba a Sarah familiar.

—¡Ya voy! —respondió a regañadientes. Cogió una chaqueta de lana y se recogió rápidamente el pelo en un moño.

Vio a Hazel a través de la ventana; daba vueltas por el senderito que cruzaba el jardín y practicaba unos pasos de baile irlandés mientras esperaba. Era elegante y ágil y llevaba sus largas piernas enfundadas en unos *leggings* multicolores.

—Oh, hola —saludó Sarah, y se apoyó en la media puerta. Su voz sonó una octava más grave de lo habitual—. ¿Quieres pasar?

—Sí, bueno, pero había pensado que podríamos ir a ver a Ned Delaney. Va a dar una conferencia en la biblioteca de Ennis.

Sarah se llevó por instinto la mano al pelo y a su cara sin

maquillar, como si aquello la disculpara, sin necesidad de más explicaciones, de emprender una excursión improvisada.

—Bueno, la verdad es que no tenía pensado… ¿Ned qué?

—Sí, el tipo que consiguió que cambiaran el trazado de la autopista y salvaran el espino blanco. El hombre que susurra a las hadas.

A Sarah seguía fascinándole que en aquel país alguien pudiera ir por la vida autodenominándose «el hombre que susurra a las hadas», como si aquello fuera lo más normal del mundo.

—Oh, ya. Por supuesto.

—Dijiste que ese fue el motivo por el que viajaste hasta aquí —añadió Hazel, de ese modo tan directo con el que solo hablan los jóvenes. Porque en boca de cualquier otra persona, aquello habría sonado como una acusación.

—Sí, claro. Eso fue lo que dije. —No había forma de desdecirse de aquello—. ¿Sabe tu padre que estás aquí?

—Naturalmente. Pero empieza a las tres, así que…

—Dame diez minutos, veinte, quizá. ¡Mejor que pases!

Ennis era una pequeña ciudad pintoresca, a pesar del aspecto apagado que le proporcionaba la llovizna que caía en aquel momento. Sus calles, con tiendecitas pintadas con colores vivos, todas apretujadas como si estuvieran posando para una foto, parecían sacadas de una postal. Habían cogido el autobús en la parada que había delante de la iglesia de Thornwood y Hazel se había pasado el trayecto indicándole a Sarah los distintos puntos de interés, como su escuela y el estadio de *hurling*.

—¿Es similar al fútbol americano?

—No, se parece más bien al *rugby* —respondió Hazel con paciencia.

—¿Puedes coger la pelota con las manos?

—Sí, pero hay que ir botándola todo el rato.

—Entonces, será más parecido al baloncesto, aunque sin canasta.

—Más o menos. Hay goles, pero puedes marcar puntos por encima de la barra.

—Vaya…

Y el viaje continuó así, hasta que, veinte minutos más tarde, llegaron a la próspera ciudad de Ennis. Sarah se alegró de tener distracción, también de los analgésicos que se había tomado antes de salir de casa. Haber discutido con Jack y emborracharse estúpidamente había sido una mala experiencia, pero recordar la situación incómoda que había vivido después con Oran le provocaba escalofríos. Por no hablar de la historia de Anna, que la había afectado mucho más de lo que pensaba.

—¿Has oído hablar alguna vez de una mujer llamada Maggie Walsh?

—La vieja vidente —replicó Hazel sin perder ni un segundo.

—¿Así que es famosa?

—Podría decirse que sí. Cuentan que ronda por el pueblo, pero yo nunca la he visto. —Hazel empleó un tono que denotaba decepción—. ¿Por qué lo dices? ¿La has visto?

Sarah negó con la cabeza, como queriéndole decir «Pues claro que no, no seas tonta». A lo mejor Hazel se sentía cómoda con la idea de que aparecieran fantasmas en plena luz de día, pero Sarah terminantemente no.

Hazel guio a Sarah hasta la biblioteca, que se encontraba en el centro de la ciudad, detrás de una pequeña y bonita iglesia. Cuando vio que estaban entrando muchos padres acompañados por sus hijos, comprendió que debía de ser un acto más importante de lo que se imaginaba. Al menos, estaría pasando el día con personas de verdad. Cruzaron las puertas y accedieron a un espacio donde el sonido de las conversaciones se extendía como una niebla espesa. Se percibía un ambiente de impaciencia y a Sarah le sorprendió que todos aquellos chavales hubieran decidido olvidarse de las pantallas por una tarde para escuchar a un hombre que iba a hablarles sobre las hadas.

Las sillas estaban dispuestas en semicírculo alrededor de un atril y en la parte delantera había también cojines en el suelo. De pronto, apareció una mujer como surgida de la nada que pidió a todos los presentes que tomaran asiento, ya que el *seanchaí*, el señor Delaney, iba a llegar en cualquier momento.

—¿Qué es un *seanchaí*? —preguntó Sarah.

—Una especie de contador de historias.

En cuanto las conversaciones se acallaron y todo el mundo se sentó, Sarah se sintió como si estuviera en el teatro. Entonces, el espectáculo dio comienzo y el hombre que susurraba a las hadas hizo su aparición desde el fondo de la sala. Su bastón resonó solemnemente, acompañando su lenta marcha hacia el escenario. Sarah no podía disimular la fascinación que sentía por el enigma que se estaba presentando frente a ella. Y pensó que, si el público no se hubiera mantenido tan callado y atento, habría estallado en carcajadas. En el escenario estaba la réplica irlandesa de Gandalf, solo que bastante más bajito. El hombre, que podría tener entre cuarenta y cien años, apenas era visible detrás de una barba impresionante que parecía salirle de la boca como los colmillos de una morsa. Daba la impresión de estar quedándose calvo, aunque una mata de pelo cargada de electricidad estática envolvía la parte posterior y lateral de su cabeza igual que un halo de zarzas plateadas. Los ojos le quedaban oscurecidos por unas gafas de diseño anticuado, con unos cristales tan gruesos que se hacía difícil adivinar si tenía o no ojos detrás.

Se oyeron un par de risillas o tres, más de excitación que de otra cosa. El hombre sostenía un bastón de madera nudosa y, tras aporrear el suelo con él, empezó:

—Un anciano me dijo una vez…, y era un anciano fiable. —Apuntaba con el dedo al público, por si acaso se nos ocurría sospechar lo contrario—. Pues el anciano me dijo: «Ned, las hadas son como nosotros; la persona que está sentada a tu lado podría ser una de ellas y tú ni te enterarías». ¿No les parece una idea aterradora? ¿Que puedan adoptar la forma que les apetezca? —Y dejó que ese pensamiento inquietante hiciera mella en el público.

Sarah y Hazel se miraron con nerviosismo, miraron también a sus vecinos. Lejos de las hadas inspiradas en Disney sobre las cuales Sarah había imaginado que trataría la charla, parecía que sería más bien una historia aleccionadora. Se fijó en el niño que tenía sentado a su lado, que empezó a acurrucarse contra su padre. Este le sonrió nervioso, seguro que planteándose si habría hecho bien eligiendo pasar la tarde en aquel evento.

—Una mañana muy temprano, un hombre se dirigía a la feria para vender su caballo cuando pasó por delante de las verjas de una mansión. Apareció entonces un hombrecillo detrás de la verja y le preguntó por cuánto pretendía vender la montura. El propietario del caballo le respondió que esperaba obtener ocho libras por él, y el hombrecillo rio y le dijo que conocía a alguien que le pagaría cuarenta libras por el animal. El hombre pensó que aquel hombrecillo estaba medio loco, puesto que, en aquellos tiempos, esa cantidad equivalía a un sueldo de dos años. Pero no costó mucho convencerlo y el hombre cruzó la verja con el caballo y siguió al hombrecillo. Sin embargo, en vez de ir a una mansión, el hombrecillo lo guio hacia un túnel y empezaron a descender en dirección a las profundidades de la tierra. El hombre se asustó, pero no podía dar marcha atrás, porque habían dado tantos giros y vueltas que estaba completamente perdido. De modo que no le quedó otra alternativa que continuar.

Ned resultó ser un contador de historias asombrosamente elocuente y animado. Todas sus frases iban acompañadas por movimientos y expresiones faciales que atraían tanto a adultos como a niños. Sarah nunca había visto a nadie como aquel hombre. Miró a su alrededor y comprobó que el público estaba embelesado con el relato.

—Finalmente, llegaron a un establo y el hombrecillo le dijo al hombre que dejara allí el caballo y lo acompañara al gran salón para recibir el dinero. Allí encontró congregado un grupo de centenares de personas elegantemente vestidas, riendo y divirtiéndose. Un hombre que se hallaba sentado en la parte superior del salón le hizo entrega de una bolsa de oro a cambio del animal y lo invitó a quedarse a cenar. El olor de la comida le hizo la boca agua, así que accedió a quedarse y tomó asiento en el extremo de una mesa muy larga. Una joven se acercó en ese momento para servirle la comida, aunque le hizo una advertencia. La joven le dijo: «Si comes aunque solo sea un bocado de lo que te sirvo, jamás podrás salir de este lugar». Y se marchó. Al hombre le pareció muy raro; sin embargo, pensó que, tal y como su esposa solía decirle, mejor prevenir que curar, así que no tocó la comida. El hombre que le había entregado la bolsa de oro le dijo a gritos, desde el otro extremo del salón: «¿Por qué no comes?». Y el hombre le respondió que no podía, que su mujer le tendría preparada la cena para cuando llegara a su casa. «No participar de nuestro banquete es de mala educación», insistió el anfitrión. Pero el hombre siguió negándose. A la tercera negativa, todo en el salón cambió. Los invitados elegantes se transformaron en criaturas feas y aterradoras y el hombre salió corriendo de allí a toda la velocidad que le dieron sus piernas.

Llegado aquel punto del relato, Ned Delaney dio un brinco y empezó a correr sin moverse, con un sentimiento de terror reflejado en sus ojos como si fuera a él a quien estuvieran persiguiendo.

—Lo siguiente que recordó aquel hombre es que era de día y se había quedado dormido en la puerta de su casa. Su esposa salió y le preguntó dónde había estado toda la noche. Él pensó que quizá había bebido demasiado en el *pub,* pero cuando notó el peso del oro en sus bolsillos, supo que había estado con las hadas.

Al finalizar el relato, un silencio embarazoso se apoderó de la sala durante unos momentos. La capacidad de convicción de Ned Delaney era tan grande que Sarah jamás se habría creído un suceso como el que acababa de describir de no haber estado allí presente. Se preguntó si todos los demás habrían caído también bajo su hechizo. Entonces, con una palmada inesperada, Ned recuperó la atención del público y, por si acaso, terminó su relato con la siguiente declaración:

—¡Y todo esto es tan cierto como que ahora mismo yo estoy aquí!

La sala estalló en un entusiasta aplauso al que Ned respondió con unas breves reverencias. Y siguió explicando historia tras historia, con su cautivador estilo y sus pobladas cejas moviéndose sin parar, sobre lugares encantados, senderos de hadas y pozos sagrados. Al terminar, se formó rápidamente una cola; niños y adultos formaron fila para que les firmase libros y para poder hacerse selfis con él. Hazel tenía un ejemplar del libro más reciente del autor, *La Gente*

Buena, y se sumó con Sarah a la cola que serpenteaba entre las estanterías de la biblioteca.

Ned Delaney parecía un hombre de otra época y, cuando les llegó el turno, Sarah no sabía muy bien cómo dirigirse a él.

—Hola, señor Delaney —decidió al final.

—¿Es norteamericano este acento que oigo? —preguntó.

—Sí, soy de Boston. Vía Nueva York.

—Pues bienvenida sea usted al condado de Clare —dijo Delaney—, y esta es Hazel, ¿verdad?

—¡Sí! ¿Cómo recuerda mi nombre?

—Con un nombre tan especial, es poco probable que lo olvide. Además, tanto tú como tu padre fuisteis de gran apoyo en los tiempos de la protesta.

Sarah vio que Hazel se iluminaba ante tal reconocimiento. Delaney era, sin duda alguna, un hombre muy respetado en la región, por mucho que la gente no quisiera admitir abiertamente que creía en las historias que contaba sobre la Gente Buena.

Mientras Delaney escribía una nota en el interior del libro de Hazel, esta le explicó que Sarah estaba muy interesada en el espino blanco que había obligado a alterar el recorrido de la autopista.

—Ha venido hasta aquí por esto —le explicó.

—Oh, bueno —dijo Sarah, dubitativa—, ¡tampoco iría tan lejos! —Y rio con nerviosismo, mirando a las dos mujeres que las seguían en la cola.

—Hemos tenido visitantes de todo el mundo, ¿verdad, Hazel? —dijo Delaney.

—No quiero robarle mucho tiempo —comentó entonces Sarah—, pero, ya que está aquí, ¿no sabría por casualidad nada sobre... sobre abejas? —Bajó la voz, como si preguntar sobre abejas pudiera hacerle parecer rara en una sala llena de gente amante de los cuentos de hadas.

—Podría contarle muchas cosas sobre abejas —respondió Delaney, y le guiñó el ojo—. ¿Qué es lo que le gustaría saber?

—Bueno, nada, simplemente cosas sobre abejas en general. O, mejor dicho, cosas del folclore que puedan estar relacionadas con las abejas.

Imperturbable ante las familias impacientes que seguían haciendo cola, Ned Delaney inició su explicación como si tuvieran todo el tiempo del mundo:

—Existe mucho folclore relacionado con las abejas, y tanto aquí en Irlanda como en toda Europa había una tradición conocida como «contárselo a las abejas». Contárselo a las abejas era una costumbre según la cual a ellas se les contaban los sucesos importantes de la vida de sus cuidadores; sucesos tales como nacimientos, matrimonios o fallecimientos de la casa. Si la costumbre se pasaba por alto o se olvidaba de cumplir, y las abejas no «estaban de luto», se creía que habría que acabar pagando una penalización.

—¿Qué tipo de penalización?

—Penalizaciones como que las abejas abandonaran el panal, dejaran de producir miel o incluso murieran, en algunos casos. En la antigüedad, las abejas estaban consideradas el insecto sagrado que servía de enlace entre el mundo natural y el inframundo. Hay historias que hablan de hadas que habrían ordenado a las abejas realizar sus tareas.

—¿Se refiere a que las hadas podrían controlar las abejas, utilizarlas para… para atacar a alguien?

—De hecho, sí, si fuera eso lo que desearan. Pero, si no le importa que se lo diga, está formulándome usted preguntas muy concretas, señorita…

—Harper, señorita Harper. Sarah.

—Es que ha encontrado un diario, en el hueco de un árbol —añadió Hazel, cantando como un canario.

—¡Caray, mira la hora que es! Tendríamos que ir volviendo. —Y Sarah empezó a arrastrar a Hazel hacia la salida—. Muchas gracias, señor Delaney, encantada de conocerle —dijo, ya en la puerta de la biblioteca.

Capítulo 26

Diario de Anna
18 de enero de 1911

Segundos después del ataque de las abejas contra George abrí los ojos, pero a mi alrededor reinaba el silencio. Empecé a preguntarme si todo había sido una pesadilla espantosa; entonces la vi delante de mí, igual que el día que se acercó a mi cama cuando yo estaba enferma.

—¡Milly! —exclamé.

Y se me llenaron los ojos de lágrimas. Lloré a lágrima viva y empecé a temblar por la impresión.

—Ya se ha ido —dijo, y se acercó a mí, aunque sin tocarme—. No puedo quedarme, Anna, pero ahora estás a salvo —me explicó, luego miró a sus espaldas, como si hubiera alguien más.

Llevaba aún su vestido de verano amarillo, pero cuando mi mirada consiguió enfocarse un poco, vi que no era la misma Milly. Su piel tenía algo poco natural: brillaba en una tonalidad verde pálida, después amarilla, luego blanca, como la corteza de un abedul plateado. Y a pesar de que estaba perfectamente quieta, se movía. No, no era ella la que se movía, sino unas criaturas aladas minúsculas que revoloteaban a su alrededor, como mariposas blancas. Volaban en círculos en torno a su cabeza y anidaban en su cabello enredado, que estaba adornado con una corona de ramitas y hojas. Las alas de las criaturas se abrían y se cerraban por encima de sus brazos, pero Milly se mostraba imperturbable ante su presencia. Tuve la sensación de que mi Milly había regresado a la tierra, había regresado a la naturaleza. Pertenecía ahora al inframundo y jamás volvería a ser mi Milly. Permanecería para siempre alterada, inalcanzable.

—Me has salvado de él —dije con voz temblorosa.

Miramos las dos hacia el río, aunque ya no se veía nada.

—No… No tendría que haber venido aquí. —Comprendí por fin la cadena de acontecimientos—. Mamá me dijo que no asistiese a la fiesta y si no hubiese venido, él…, George… —Me interrumpí, incapaz de pronunciar las palabras.

—Ahora calla, hermana. El destino de George Hawley estaba escrito mucho antes de que te conociera —replicó Milly con una sabiduría que no correspondía a su edad—. Tú no tienes culpa alguna.

Me pareció oír el sonido de alguien que se acercaba y la expresión de Milly me lo confirmó.

—¡Milly, espera, por favor! Lo siento… Siento mucho no haber tenido nunca la valentía necesaria para despedirme —dije, desesperada.

—No tienes que disculparte de nada, Anna. Ahora tengo que irme, y debes dejar de buscarme —añadió, acercándome la mano para taparme los ojos.

—Pero, Milly, ¡te echo de menos con todo mi corazón!

Mi cuerpo se estremeció cuando ella me cerró los ojos y susurró:

—Recuerda lo que siempre te dije.

Y cuando su mano desapareció, me encontré totalmente sola. Lo siguiente que recuerdo es que Harold estaba a mi lado, preguntándome si me encontraba bien.

—¿Qué ha pasado, Anna? Está temblando. —Se quitó la chaqueta para cubrirme con ella—. Su vestido… ¿Dónde está George? —preguntó, y miró la oscuridad.

La simple mención de aquel nombre desencadenó mi histerismo. No tardó mucho en aparecer Olivia en busca de Harold, correteando por el césped y gritando algo sobre un *foxtrot*. Incliné la cabeza e intenté envolverme con lo que me quedaba de vestido. Me sentía incapaz de mirarla a los ojos después de lo que acababa de pasar.

—¡Oh! —Con cara de sorpresa, se detuvo en seco al llegar al edificio de piedra—. Veo que acaba de encontrar a su pequeña granjerita —dijo con arrogancia.

—Está en estado de *shock*. Necesito llevarla dentro —dijo Harold.

—¿Te ha dejado ya plantada mi hermano? —preguntó Olivia despiadadamente—. Oh, no irías a creerte que de verdad sentía algún interés por alguien como tú, imagino. ¡Qué vulgar! —Echó la cabeza hacia atrás y soltó una carcajada malévola.

Harold me cogió en brazos y echó a andar.

—No me lleve a esa casa, se lo pido por favor —le pedí con los dientes castañeteando.

—Necesita entrar en calor, Anna —dijo con amabilidad.

Lo miré a los ojos y, sin palabras, le supliqué que acatara mis deseos.

—De acuerdo, pues corramos a los establos y recuperemos la calesa.

En aquel momento no sabía que estaba en *shock*. Harold me lo explicó más tarde: cómo la mente es incapaz de asimilar ciertas cosas de inmediato. Pensaba que tal vez todo había sido un sueño. Todo lo que había sucedido desde el momento en que había salido al jardín me parecía irreal. Subí a la calesa sin pronunciar palabra, mientras Harold se ocupaba de colocar el arnés al caballo. Me cubrió con nuestros dos abrigos, pero yo no podía parar de temblar. De pronto pensé en la criada de Cork. Y supe que siempre había tenido razón. Había visto con mis propios ojos cómo el encantador señor George podía transformarse en un monstruo y me sentía avergonzada por no haber creído la historia de aquella chica. ¿Se habría quedado embarazada del señor George? Me estremecí al pensar en cómo habíamos chismorreado todos sobre ella, en cómo habíamos dado por sentado que mentía y no habíamos creído nunca que aquel hombre fuera capaz de semejantes fechorías.

El recuerdo del viaje de vuelta a casa es confuso, pero sé que, cuando nos acercamos, mis ojos empezaron a llenarse de lágrimas. Tenía la impresión de que hacía tan solo un momento que había salido de allí, joven, inocente y rebosante de sueños. Sin embargo, ahora tenía la sensación de que el mundo nunca podría volver a ofrecerme nada bueno. Me sentía ingenua y tonta, con mi vestido hecho a mano y las perlas de mi madre. Al pensar en ellas, me llevé la mano al cuello. Las perlas habían desaparecido.

—¡El collar de perlas de mi madre! —grité, asustando a Harold—. Las he perdido, tengo que volver.

—Tranquila —dijo Harold—. Ahora no se preocupe de eso. Volveré yo mismo a primera hora de la mañana y las buscaré. —Me acariciaba el pelo con delicadeza.

Sabía que estaba intentando consolarme, pero sentí la necesidad de apartarme de él. No quería que me tocaran.

—Creo que deberíamos despertar a su madre…, querrá atenderla —dijo Harold, con mucho tacto.

—¡Dios mío, no! ¡No lo haga, Harold, por favor! —le supliqué—. No puede contárselo a mi madre. No quería que asistiese a la fiesta y tenía razón —dije, entonces rompí a llorar de nuevo.

—Pero tenemos que hacer algo, Anna. No puedo dejarla aquí sola —replicó—. Y necesita contárselo a alguien.

El único lugar donde pensé que me sentiría segura era en el cobertizo, con Betsy. Le dije a Harold que dejase la calesa en el camino para no despertar a nadie. Nos dirigimos en silencio hacia la parte posterior de la casa y encontramos a Betsy acurrucada sobre un lecho de paja. Su calor y su olor terrenal me inundaron los sentidos de paz y tranquilidad. Encendí la lampara de aceite y cogí mi taburete de ordeño y una caja vieja de madera para poder sentarnos. De un gancho colgaba una manta vieja, que Harold cogió para poder taparnos las piernas.

—¿Está segura de que aquí podrá entrar en calor? —preguntó.

—Más o menos —dije con una sonrisa lastimera—. Es el mejor lugar donde creo que podría estar en este momento.

Harold observó el minúsculo cobertizo con sus paredes encaladas, sus vigas de madera y su suelo de piedra cubierto de paja.

—Me gusta —dijo, de buen humor—. Creo que podría acostumbrarme al olor del estiércol. Y bien, ¿desea contarme lo que ha pasado entre usted y George?

Inspiré hondo.

—¿Podría contarle antes lo de Milly? —pregunté—. Llevo queriendo contarle lo de mi hermana desde que llegó aquí, pero no estaba segura de si podía confiar en usted. Ahora sé que puedo, y necesita saber lo de Milly antes de que pueda contarle… el resto.

—¿Su hermana? No sabía que tuviera una hermana —se sorprendió Harold—. ¿Vive en Thornwood?

—Vive en Cnoc na Sí —respondí—. Con la Gente Buena.

Permanecí un rato en silencio para dejar que mis palabras tomaran forma en la cabeza de Harold. Lo único que se oía era la respiración de Betsy y el sonido de su rumiación. Su hocico brillaba bajo la luz de la lámpara y no me dio la impresión de que se sintiese molesta por nuestra presencia a aquellas horas.

—Mejor que me cuente la historia desde el principio —dijo Harold.

Buscó inútilmente su lápiz y su cuaderno, habiendo olvidado por completo que iba vestido con frac y sombrero de copa, y no con su uniforme habitual. Me sonrió y respiré muy hondo, preparándome para sumergirme en las profundidades.

—Emily…, Milly, era nuestra hermana mayor, un año más que Paddy. De hecho, era más bien como una segunda madre para todos nosotros y cuidaba de mí como si yo fuese su muñeca. La idolatraba. Acabé convirtiéndome en su sombra, la seguía por todos lados, copiaba todo lo que ella hacía —le expliqué a Harold, aspirando bocanadas de aire para impedir que asomaran de nuevo las lágrimas—. Me enseñó a trepar a ese roble gigante que hay en el otro extremo de nuestras tierras. Cuando vio que empecé a sentirme más valiente, me dejaba ir delante, y si me hacía algún rasguño o no sabía muy bien dónde poner el pie, me decía: «Piensa siempre que estoy solo a un paso detrás de ti». Ese era nuestro mensaje secreto. Cada vez que tenía que hacer alguna cosa que me daba miedo, me lo susurraba al oído y yo sabía entonces que todo saldría bien.

»Cuando cumplió once años, cayó enferma de tuberculosis.

Tuvieron que instalarla en la habitación de mis padres, tenerla en «aislamiento», dijo el doctor. No nos gustaba nada, porque no podíamos entrar a jugar con ella, ni abrazarla ni nada. Comía sola en la habitación y solo mi madre estaba autorizada para poder entrar, porque ya se sabe que la tuberculosis es tremendamente contagiosa —le expliqué.

Siempre me ha costado mucho hablar de Milly, pero en aquel momento me dio consuelo, sobre todo después de lo que había sucedido en Thornwood House. Volver a verla, tan de repente, hacía como si los años transcurridos no hubieran ocurrido nunca. En casa, apenas mencionaba su nombre, porque no sabía si el recuerdo haría que mis padres se pusieran muy tristes o, peor aún, se enfadaran conmigo.

—En mi cabeza de niña no cabía la posibilidad de que alguien tan joven pudiera morir. No estoy segura siquiera de si llegué a entender que se había ido para siempre.

—Lo siento mucho, Anna. —Harold intentó cogerme la mano, pero seguía sin soportar la idea de que me tocaran—. El dolor es un laberinto oscuro donde orientarse es muy difícil, incluso de adulto, pero perder a alguien tan próximo siendo una niña… Es comprensible que le costara asimilarlo.

—Mi madre dice que es porque no asistí a su funeral —dije, fijando la vista en la penumbra, como si pudiera ver el pasado repitiéndose entre las sombras—. Aquella mañana salí corriendo y subí al roble que hay en los límites de nuestra granja. Después de la muerte de mi hermana, fui a diario durante un mes porque seguía pensando que estaría allí, escondiéndose de nosotros, y que luego volveríamos las dos a casa riendo y olvidaríamos todo lo sucedido.

Harold, en un gesto instintivo, volvió a extender el brazo hacia mí, pero lo retiró enseguida con una disculpa. Sabía que estaba intentando consolarme y deseaba desesperadamente dejar que lo hiciera, de modo que le acerqué la punta de los dedos para que los tocara.

—Después de aquello, caí enferma. Mis pobres padres estaban preocupados ante la posibilidad de que fuera a seguir el mismo camino que Milly, pero, a Dios gracias, me recuperé. Aunque durante aquel tiempo sucedió una cosa, algo de lo que ahora nadie quiere hablar. Yo estaba muy enferma, con fiebre, y casi ni reconocía caras que hasta aquel momento reconocía incluso mejor que la mía. Recuerdo que un día, en pleno verano, cuando los rayos de sol se filtraban con fuerza a través de mi ventana, oí que Milly estaba llamándome. Me sentí tan feliz al oír su voz y estaba tan delirante por la fiebre que ni siquiera me lo cuestioné. La vi entonces; estaba alegre y feliz, y su voz sonaba como el tintineo de campanillas plateadas. Recuerdo que yo no podía hablar, pero daba igual. Milly me contó que estaba con la Gente Buena y que se sentía feliz. Y me habló también sobre el palacio mágico escondido bajo tierra en Cnoc na Sí —dije, y Harold asintió al recordar la conversación que habíamos mantenido al respecto.

—Deseaba tanto hablar con ella, pedirle perdón. Durante todos estos años, me he sentido muy avergonzada. Se suponía que, antes del velatorio, teníamos que ir entrando todos para darle nuestro último adiós, pero yo no pude hacerlo. No soportaba la idea de verla… cambiada. Me aterraba el aspecto que pudiera tener y no quería guardar luego en mi mente esa imagen para siempre. Creo que me convencí a mí misma de que Milly no estaba muerta, de que aquello no era el final. Mi madre intentó convencerme. Me repitió una y otra vez que era por mi bien por lo que tenía que verla antes del entierro, pero me negué. Me resultaba imposible entrar en aquella habitación y mi sentimiento de culpa me impidió asistir al funeral. Yo solo quería decirle que lo sentía mucho. Pero de pronto, mi hermana desapareció tan repentinamente como había aparecido y me encontré de nuevo sola en mi cama. Cuando se lo conté a mi madre, me palpó la frente y me dijo que la fiebre me estaba bajando. Nadie me creyó y fue después de aquello que estuve un tiempo sin hablar. ¡Aunque mi padre dice que lo he estado compensando con creces desde entonces! —dije, consiguiendo esbozar una sonrisa.

—Pobrecilla. Pues le aseguro que yo la creo, hasta la última palabra. Me alegro de que sienta que puede confiar en mí lo bastante como para contármelo —dijo Harold, presionándome la mano—. Y siento mucho que nunca más haya podido hablar con ella.

—Sí, sí que he vuelto a hablar con ella. ¡Esta noche!

—¿Ha visto a su hermana? ¿En Thornwood House?

La imagen de Milly, o de la chica que fue Milly, con las criaturas de alas oscuras revoloteando alrededor de su cabeza, destelló de nuevo ante mis ojos.

—La-la he visto, creo —dudé—. Detuvo a George. Las abejas. —Comprendí que lo que estaba diciendo no debía de tener mucho sentido—. Sé que era ella, Harold —dije, con fe renovada—, porque pronunció nuestro mensaje secreto. Dijo: «Estoy solo a un paso detrás de ti».

Habría querido terminar ahí, pero sabía que, si no se lo contaba todo a Harold en aquel momento, jamás tendría el coraje necesario para hacerlo. De modo que le expliqué lo que había pasado entre George Hawley y yo; cómo había intentado forzarme, por mucho que yo le suplicara que parase. Le expliqué que había presenciado, impotente, cómo un feroz enjambre de abejas lo atacaba de forma despiadada, los alaridos finalmente acallados por el río.

—¿Cree que lo que dijo la vidente es cierto? ¿Eso de que los Hawley son niños cambiados? —pregunté mientras me secaba los ojos hinchados.

—¿Maggie Walsh? ¿Cómo sabe...? —Harold sacudió la cabeza y una leve sonrisa iluminó sus facciones—. ¿Estuvo escuchando a escondidas? Debería de habérmelo imaginado cuando no me hizo ninguna pregunta después. ¡Normalmente, es usted como un perro con un hueso, no suelta nada hasta que lo hace suyo!

Sonreí con timidez, contenta porque recordase la chica que era yo antes de la fiesta.

—Sean niños cambiados o no, cualquiera capaz de hacerle eso a otro ser humano no es un hombre, a mi parecer.

Estaba agotada por el peso de todo lo sucedido. Me dolía la garganta de tanto gritar y llorar y, al final, dejé descansar la cabeza sobre el hombro de Harold.

A primera hora del día siguiente estaba todavía oscuro, pero el reloj interno de Betsy sabía que había llegado casi el momento del ordeño. Con gran parafernalia, se incorporó y soltó un prolongado y grave mugido. Debí de haberme quedado adormilada, puesto que el sonido me sorprendió y me di cuenta enseguida que Harold me estaba abrazando y que estaba tapada con los abrigos y la manta. Me sentí avergonzada y turbada al recordar nuestra conversación; sin embargo, Harold debía de haberse pasado aquellas horas pensando y, por suerte, ya había elaborado un plan.

—No se preocupe, Anna. Me encargaré de todo. Ahora, entre en casa sin hacer ruido, sin despertar a nadie, y póngase la ropa que utiliza normalmente para trabajar. Cuando salga, ordeñe a Betsy como siempre; mientras, yo volveré a Thornwood House a buscar las perlas. —Me habló sujetándome por los hombros, esforzándose para que yo asimilara todo lo que me estaba diciendo—. Después, iré a mi alojamiento a cambiarme y nos reuniremos de nuevo aquí en unas horas, ¿de acuerdo?

—Por supuesto. Tengo que hacer mis tareas como hago habitualmente y no decirle una palabra a nadie de lo sucedido —repuse. Intenté hacerme la fuerte, pero empezaba a temer las posibles preguntas de mi madre—. ¿Y George? ¿Cree usted que está…?

—Ahora no se preocupe por eso —dijo Harold en tono práctico.

Se concentró en la inútil tarea de intentar doblar la manta vieja, que estaba llena de paja y Dios sabe qué más. Me di cuenta de que estaba preocupado, pero hacía lo posible para disimularlo.

Harold se marchó después de que le prometiera que estaría a la altura de las circunstancias. Entonces, hice justo todo lo que me había pedido que hiciera. Entré sigilosamente en casa y guardé enseguida el abrigo y el vestido debajo de la colcha. Cuando vi mi precioso vestido rasgado y sucio, estuve a punto de romper de nuevo a llorar, pero no podía permitirme derramar ni una lágrima. Me puse un jersey viejo y una falda, una tarea que, por culpa del temblor de mis manos, me llevó mucho más tiempo de lo habitual. Llevaba el pelo recogido todavía con los pasadores que Tess me había colocado con tanto esmero. Tiré de mis rizos, aunque una punzada de dolor me recordó el corte que había sufrido en la parte posterior de la cabeza. Sumergí un paño de franela en agua de la jofaina y me limpié la sangre que se me había quedado seca en el pelo. Y como no veía bien qué estaba haciendo, decidí al final cubrirme la cabeza con un pañuelo. Cuando bajé, eché algo de turba al fuego y puse un cazo de agua a hervir. Justo en aquel momento, apareció mi madre.

—¿Qué tal? ¿Lo pasaste bien en la fiesta? —preguntó, en un tono que dejaba claro que seguía desaprobándolo todo.

Ojalá le hubiese hecho caso.

Con un nudo en el estómago, le conté que había disfrutado de una velada encantadora en Thornwood House y pedí perdón por haber llegado tarde a casa.

—¿Y estaba allí el señor George? —preguntó mi madre mientras empezaba a poner la mesa para el desayuno.

—Pues claro que estaba allí —respondí con brusquedad—. ¿Acaso no es aquella su casa?

Una mirada rápida de mi madre bastó para devolverme a mi lugar.

—Lo siento, es que estoy cansada —dije, y me dirigí hacia la puerta de atrás antes de que mi madre pudiera hacerme más preguntas.

—¿Te acompañó Harold hasta aquí? —dijo mi padre, que acababa de salir de su habitación y se estaba pasando los tirantes por los hombros.

—Sí, sí —respondí, saliendo por la puerta y corriendo en busca de la seguridad del cobertizo.

Me tomé mi tiempo para ordeñar a Betsy, porque cada vez que mis pensamientos volvían a las manos de George rasgándome el vestido, las lágrimas amenazaban con reaparecer. La pobre vaca estaba perpleja ante mis movimientos irregulares y me miró con los ojos muy abiertos. Mis manos se negaban a trabajar correctamente; al final, viendo que tardaba, enviaron al pequeño Billy a buscarme.

—Mamá dice que quiere saber si esta mañana le tocará beber té sin nada —dijo de lejos, cruzando el patio dándole puntapiés a una herradura vieja.

—Dile que estoy yendo todo lo rápido que puedo —repliqué, enojada y secándome los ojos con el borde de la falda.

Billy se quedó mirándome, hasta que al final se acercó y se agachó a mi lado.

—Sé dónde hay unos gatitos —dijo sin venir a cuento.

—¿Ah, sí? —dije, derritiéndome.

Los ojos castaños de mi hermano eran tan inocentes que deseé que se quedaran para siempre tal y como estaban ahora.

—Pues sí. Si quieres, luego te los enseño —se ofreció—. Son blancos y negros, pero hay uno que es todo blanco con una oreja negra y otro que es todo negro, pero que parece que lleve calcetines blancos en las cuatro patitas —dijo, y se quedó mirándome a la espera de una reacción, como si lo que acababa de contarme fuera lo más sorprendente del mundo.

—No me digas. —Y tragué el nudo que se me había formado en la garganta—. ¡Cuatro patitas con calcetines blancos! ¿Y cómo son los demás? —continué, viendo que aquella sencilla conversación me ayudaba a mantener el pulso firme y a llenar el cubo.

Billy siguió parloteando alegremente a mi lado y acordamos ir a ver los gatitos después de desayunar.

Fue como un plan bien calculado, pues durante todo el desayuno se sucedieron las preguntas sobre Thornwood House y sus habitantes. Paddy fue el que mostró menos interés; en cambio, mi madre, mi padre y Tommy estaban fascinados con la idea de que su pequeña Anna hubiera asistido a una fiesta en la casa grande.

—Pues para ser una chica que se moría por asistir a esa fiesta, estás muy callada —comentó mi padre.

Sonreí con timidez y me serví más té. Ellos no tenían la culpa de nada; de haber salido las cosas de otra manera, habría estado encantada de explicarles hasta el más mínimo detalle de la velada. Sin embargo, después de cómo había ido todo, solo podía responder a sus preguntas con poco más que monosílabos. La idea de tener que esperar en casa el regreso de Harold se me hacía insoportable. Los gatitos estaban en la granja de los Gallagher, la finca que lindaba con Thornwood House, y pensé que desde allí podría verlo pasar por el camino.

Monté en mi bicicleta y senté a Billy en el cuadro. Su cabeza empezó a girar constantemente hacia un lado y hacia otro, puesto que su mente joven descubría la novedad en cualquier ocurrencia mundana. En el avistamiento de una liebre corriendo por el campo, de un petirrojo siguiendo nuestro viaje por encima de los arbustos o de una nube que acababa de adoptar la forma de un zorro.

—Eres mi bichito querido —le dije a su coronilla, y Billy se limitó a asentir, como si yo acabara de destacar una verdad tan evidente para ambos como que él tenía los ojos castaños.

Cuando llegamos a la granja de los Gallagher, Billy saltó de la bicicleta y echó a correr a toda velocidad hacia el granero. Llamé con cuidado a la puerta de atrás y fui recibida por Rosie Gallagher, que me dijo que estaría encantada de regalarnos un gatito si Billy quería uno.

—La madre es formidable cazando ratones —me aseguró, y le dije que se lo comentaría a mi madre antes de que Billy empezase a emocionarse con la idea.

Después de pasar media hora en el granero jugando con los gatitos, entramos en la casa para tomar un té y un poco de pan moreno. El reloj de la chimenea indicaba que era casi mediodía, y seguía sin haber ni rastro de Harold. Le pregunté a Rosie si Billy podía quedarse un rato más con ella mientras yo iba a hacer un recado al pueblo.

Partí en bicicleta y antes de cada curva recé para tropezarme con Harold circulando en dirección contraria. Hacía un día luminoso y frío, y los dedos se me quedaron rojos y congelados de la fuerza con la que sujetaba el manillar. Notaba tensión en el pecho y mi respiración se aceleró a medida que me aproximaba a las verjas de Thornwood House. Volvieron a mi cabeza imágenes del rostro de George, contorsionado y aterrador. Seguía sintiendo su peso sobre mí, seguía sintiéndome atrapada como un animal indefenso debajo de él. Me vi obligada a apretar los frenos y detenerme un momento en el borde del camino para inspirar hondo y permitir que el aire me llenara de nuevo los pulmones.

Alejé aquellas imágenes de mi cabeza, pensé en Harold y en lo amable que había sido. Recordé el baile con él antes de que George nos interrumpiera. Pensar en Harold me ayudó a calmarme y a recuperar el ritmo normal de la respiración. Sonreí para mis adentros al percatarme de las ganas que tenía de verlo de nuevo. Subí otra vez a la bicicleta y pasé por delante de la imponente verja de Thornwood House. Pero me vi obligada a frenar de golpe cuando llegaron hasta mí los sonidos de la conmoción que reinaba en la casa. Miré en dirección a la larga avenida de acceso y vi que se acercaba el carruaje de la policía. Sentí el corazón en un puño. Comprendí que habían descubierto que George había desaparecido y habían iniciado la búsqueda. Dejé la bicicleta en la zanja y me escondí detrás del pilar de hormigón de la verja para ver pasar el carruaje de la policía. Para mi más completa consternación, vi que Harold iba sentado detrás, blanco como el papel. Estaba flanqueado por dos agentes, por lo que no pudo verme cuando salí de mi escondite e intenté hacerle señas agitando los brazos. Cuando me volví en dirección a la casa, vi a la señorita Olivia de lejos, con los brazos cruzados y una expresión de puro odio en la cara.

Monté en la bicicleta y, cegada por el pánico, fui corriendo a casa del cura, que quedaba justo al lado de la iglesia. Irrumpí por la puerta trasera sin ni siquiera llamar y sorprendí al pobre hombre en plena comida.

—Lo siento, padre, pero tiene que ayudarme —le supliqué jadeante.

—En nombre de Dios, ¿qué es lo que te ha sumido en este estado, Anna Butler? —preguntó el padre Peter, dejando a un lado el cuchillo y el tenedor.

—Es Harold, padre. ¡Lo han arrestado!

—¿Que han arrestado al señor Krauss? ¿Por qué razón, muchacha? Lo que dices no tiene ningún sentido.

—George ha desaparecido y creo que todo es culpa mía —repliqué—. No sé exactamente qué habrá pasado, pero he visto salir a Harold de Thornwood House en el carruaje de la policía.

El padre Peter se acarició la barbilla, pensativo, y tocó la cruz de madera que colgaba de la pared, junto a la puerta.

—Eso no puede ser. Debe de haber algún tipo de error —decidió el cura—. Esta misma mañana he estado en Thornwood House. Un asunto terrible. El joven señor George ha sido encontrado muerto a primera hora de la mañana. —Y se santiguó.

Todo empezó a darme vueltas y tuve que apoyarme en la pared. Lo sabía, en el fondo de mi ser, lo sabía. Pero oírlo pronunciado en voz alta hizo que lo horripilante de la situación se volviera más real de repente. George Hawley estaba muerto.

—Dios sabe bien que no son católicos, pero en momentos como este se merecen también nuestras oraciones. El pobre hombre se ahogó en el río, probablemente después de beber demasiadas botellas de *champagne*, imagino —dijo; chismorreaba como una pescadera.

«Todo es por mi culpa», me dije apesadumbrada.

—¿Podría llevarme a verlo, padre? Necesito hablar con él.

—¿A la prisión, te refieres?

—Sí, a la prisión. Si pudiera ir en bicicleta hasta tan lejos, iría sola —dije.

El padre Peter accedió a regañadientes y se preparó para el viaje con su paso lento y pesado. Yo no podía permanecer quieta. Creo que debí entrar y salir por la puerta una decena de veces, pero mi nerviosismo no sirvió para acelerar al cura, que estaba acostumbrado a hacer las cosas al ritmo eterno de Dios. Cuando por fin nos pusimos en marcha, era ya entrada la tarde y las nubes habían empezado a hacer su aparición.

Capítulo 27

10 de enero de 2011

—Me dijo que pasara a verlo cuando quisiera —le murmuró Sarah a su reflejo en el espejo, que no pareció quedar muy convencido—. Se trata simplemente de ser una vecina amable —añadió, alzando más la voz y decidida a compensar lo de la última vez que se habían visto.

Sarah se volvió y terminó de cepillarse el pelo mientras miraba por la ventana. El tiempo había cambiado tres veces en lo que llevaba de mañana: había pasado de soleado a nuboso y ahora granizaba. ¿Cómo se vestirían los irlandeses con un clima así? En su país, si hacía sol, casi podías contar con que el tiempo seguiría igual durante el resto del día. Se puso el abrigo encima de un vestido de punto de color rojo y se colgó un paraguas del brazo antes de salir a la calle.

La noche anterior había tenido uno de sus «terrores nocturnos», como los denominaba Jack, un término que la hacía sentirse como si fuera una niña pasando por una etapa tediosa. Jack nunca había mostrado gran compasión por su ansiedad. O quizá fuera que no le salía de dentro consolarla a ella tanto como se consolaba a sí mismo. En cualquier caso, Sarah había llegado a la conclusión de que tenía que esconderle a Jack sus ataques de pánico. Esa fue probablemente parte de la razón por la cual había empezado a huir del apartamento en plena noche para ir a correr por las calles. Y a beber. Pero aquí estaba aprendiendo a aceptarlo o, como mínimo, a convivir con ello. Lo cual, de alguna manera, le parecía un avance, el hecho de haber dejado de huir, aunque tampoco es que estuviera segura del todo de que fuera un avance. Había tenido muchas salidas en falso, durante las cuales había pensado que tal vez estuviera dando un giro a su vida, o pasando a la siguiente fase del duelo. A la gente le gustaba tener una hoja de ruta, incluso cuando se trataba de la condición humana. A menudo, le comentaba en broma a su hermana que estaba dejando atrás el «bulevar de la Negación» para dirigirse a la «glorieta de la Ira». Pero, en realidad, no sabía dónde estaba. Todo lo que hacía parecía estar siempre mal. Sin embargo, estar ahora allí…, había algo que le parecía extrañamente correcto. Todas esas coincidencias: descubrir la historia de Anna, conocer a Oran y a su hija, a Marcus y Fee, y al personaje más enigmático de todos, Ned Delaney. No estaba segura de lo que significaba todo aquello, pero, por alguna razón, le parecía que estaba volviendo a vivir.

—¡Ah, magnífico, me has ahorrado un viaje! —dijo Oran al abrir la puerta, aunque el tono empleado traicionó sus palabras.

—Muy buenas, vecino, he pensado que tal vez estarías libre para tomar un café o…

Sarah vio a Hazel por detrás de Oran, subiendo la escalera, negando vigorosamente con la cabeza y moviendo la boca para decir «Lo siento».

—¿Pasa algo?

Sarah estaba confusa al ver que Oran no la invitaba a pasar. ¿Estaría enfadado con ella?

—Sí, Sarah, de hecho, sí pasa —respondió Oran, deslizando con nerviosismo las manos por el pelo para hundirlas luego en los bolsillos—. No puedo creer que ayer llevaras a Hazel a ver a ese hombre.

—¡La llevé yo! —dijo Hazel a gritos desde lo alto de la escalera.

—¡Te he dicho que te vayas a tu habitación! —gritó entonces Oran.

Sarah esperaba que terminara la frase con un «señorita», lo que la hizo sonreír, puesto que era algo que sus padres siempre le decían cuando se metía en problemas. Pero cuando volvió a mirar a Oran, cambió su expresión facial para adoptar la cara de un adulto responsable.

—Lo siento, pero Hazel me dijo que lo había consultado primero contigo.

—Es una niña, es normal que te dijera eso.

—¡No soy una niña, soy una adolescente! —protestaron desde arriba.

—Bueno, bien, pues mejor me marcho —dijo Sarah.

Transcurrió un momento durante el cual ninguno de los dos dijo nada. Sarah deseó en silencio no haberse metido en los asuntos de nadie y haberse atrincherado en su casita hasta que llegara la hora de volver a los Estados Unidos. ¿Que era cuándo exactamente? ¿Estaría simplemente escondiéndose allí perdida en medio de nada y distrayéndose con los problemas de los demás? Apenas conocía a aquella gente; sin embargo, allí estaba ella, entrometiéndose en la intimidad de su vida, como la típica norteamericana bocazas.

—Lo siento, no tendría que haberte culpado de nada —dijo Oran, que se rascaba la nuca y le hablaba directamente al suelo.

La fanfarronería había desaparecido por completo y había quedado sustituida por un agotamiento que Sarah casi podía saborear.

—No pasa nada, si es que tienes razón. Después de todo lo que me contaste, sobre Hazel y el tema de las hadas, debería haberlo tenido en cuenta. Lo siento mucho, Oran. Supongo que me alegré de tener compañía, y como es una chica tan apasionada…

—Tan manipuladora, querrás decir.

—No irás a decir eso. Es testaruda y determinada, y eso es bueno.

—No cuando eres su padre.

La puerta de la habitación de Hazel se cerró de un portazo y Sarah miró escaleras arriba, hacia donde la chica había iniciado su retirada.

—Mejor que os deje tranquilos —dijo.

—A lo mejor todavía podríamos tomar ese café que has dicho. A menos que te hayamos asustado con tanto drama familiar. —Oran se apartó para invitarla a pasar.

Sarah cruzó el umbral, y se prometió que no se quedaría mucho rato. Max, el perro, hizo un gran recibimiento a la visita mientras Oran llenaba la tetera.

—¿Y cómo te has enterado? —preguntó Sarah, que se quitaba el abrigo y pensaba si eran imaginaciones suyas u Oran la había mirado de arriba abajo antes de carraspear levemente y responder.

—Una vecina os vio a las dos, y, naturalmente, le faltó tiempo para venir a interrogarme sobre la nueva amiga de Hazel —dijo, haciendo unas comillas en el aire al pronunciar la última parte de la frase.

De modo que la vida en un pueblo era así, pensó Sarah. Desde su posición privilegiada en la cabecera de la mesa de la cocina, no pudo evitar mirar una fotografía grande enmarcada en la que se veía a Oran, una versión en pequeño de Hazel y, por supuesto, Cathy. Estaba decidida a no sacar a relucir otro tema sensible, pero le resultó imposible apartar la mirada de aquella mujer tan guapa que esbozaba una sonrisa de satisfacción y lucía una melena de rizos oscuros y juguetones que le caían sobre la espalda.

—Pensé que era un error. ¿Te imaginas? —Oran miró también la foto.

—¿Perdón?

Él se acercó a la mesa con una taza gigantesca de té en cada mano y un paquete de galletas con trocitos de fruta bajo el brazo.

—Cathy —dijo sin dejar de mirar la fotografía—. De hecho, cuando mi padre me dijo que Cathy había muerto, pensé que empezaba a sufrir demencia senil. En aquel momento, creo que mi cerebro solo podía dar sentido a sus palabras si pensaba eso. «Se ha ido», repetía mi padre una y otra vez. «¿Cómo quieres que se haya ido?», era lo único que yo podía decir.

Sarah se quedó sorprendida ante tanta franqueza. No sabía muy bien cómo reaccionar, de modo que decidió esperar y dejarlo hablar. Parecía como si Oran necesitara sacar todo aquello y no hubiera sido capaz de hacerlo hasta aquel momento.

—Un infarto. Recuerdo que en el hospital les dije que era demasiado joven, que solo tenía treinta y cinco años. Recuerdo oír mi voz repitiendo esa frase una y otra vez. Imagino que es lo que oyen constantemente. Familiares que no entienden…, que son incapaces de procesar el hecho de que ya es demasiado tarde para argumentos o razones. Murió en la ambulancia.

—Dios mío, Oran, lo siento muchísimo.

—Fue Hazel la que llamó a la ambulancia. Tenía solo siete años. No puedo ni imaginarme lo que debió de ser todo eso para ella. Habían ido a pasear por Cnoc na Sí. A las dos les encantaba subir allí.

Lo único que se oía en la cocina era el tictac del reloj. Por un breve momento, Sarah se preguntó si Hazel seguiría en su habitación o si estaría escuchando a escondidas desde la escalera, como había hecho ella misma tantas veces en su casa. Los adultos siempre daban por sentado que los niños no escuchaban a escondidas.

—La verdad es que pensaba que me mataría. El dolor. ¿Pero sabes lo que es peor? Que no te mata. Que sigues adelante, viviendo…, sobreviviendo, lo quieras o no. Y Hazel… —Se le formó un nudo en la garganta que le impidió continuar.

—Es una chica estupenda —dijo Sarah, cogiéndole a Oran las manos con cautela.

—¿Ves ahora por qué no quiero que se involucre en todas esas tonterías de las hadas? Al principio, pensé que era una distracción, pero cuando empezó a tener esas visiones… —Se interrumpió, reacio aún a hablar del tema.

—¿Visiones?

—Han sido pocas veces. —Oran trató de reconducir la situación—. Dice que puede ver a Cathy, hablar con ella. —Y se escondió la cara entre las manos.

—Mira —dijo Sarah con cuidado—, sé que este no es mi lugar y no quiero, por favor, que lo veas como que estoy entrometiéndome. Simplemente juego el papel del abogado del diablo. Pero quizá con eso Hazel esté buscando una manera de gestionar su dolor.

—¿Qué? ¿Imaginándose que puede verla? ¿Hablar con ella? Es una locura, Sarah, y no deberías animarla a seguir con eso.

—Y no lo hago, Oran, simplemente intento escucharla.

—¿Te refieres con eso a que yo no la escucho?

Sarah inspiró hondo. Cualquiera con un mínimo de sentido común habría mantenido la boca cerrada, pero sabía que ya había cruzado la línea y no tenía ni pies ni cabeza dar marcha atrás.

—Es algo natural; la necesidad de proteger a tu hija. Pero no creo que puedas protegerla de esto, Oran —dijo finalmente—. Creo que Hazel está intentando gestionar todo esto a su manera, y esa manera es distinta a la tuya. A lo mejor existe una forma de que ambos podáis ayudaros mutuamente.

Sarah se percató de que Oran estaba reprimiendo el deseo de discutir con ella, de defenderse. ¿Por qué tendría que tolerar que una desconocida entrara en su casa y le dijera cómo criar a su hija?

Oran no volvió a hablar hasta pasado un buen rato:

—No quería que se hubiese visto obligada a crecer tan rápido. Quería protegerla de todo ello, pero ahora que me escucho a mí mismo decirlo en voz alta, me doy cuenta de que suena ridículo. ¿Cómo iba yo a poder evitar que una niña echara de menos a su madre?

«Era imposible evitarlo», le habría gustado decir a Sarah. Igual que no se puede evitar que una madre eche de menos a un hijo.

—¿Te ha contado tu padre lo del diario que he encontrado? Era de una chica que vivió en la casita.

—Oh, ha sido un cambio limpio, de verdad. Casi ni me he dado cuenta de que cambiabas de tema —dijo Oran, con una sonrisa irónica.

—Lo siento, solo intento no entrometerme en tu vida privada más de lo que ya lo he hecho.

—No… En serio, me alegro de que te hayas entrometido. —Oran hizo un gesto de asentimiento y se mordió el labio inferior mientras bajaba la vista hacia el suelo en busca de inspiración—. De todos modos, tampoco tendría que estar yo agobiándote con todo esto. Imagino que, si quedara en mí un mínimo de decencia, tendría que sentirme avergonzado.

—No digas eso. He perdido mucho tiempo en mi vida intentando ser educada con todo el mundo. Mejor ir con la franqueza por delante. —Sarah se dirigía más a sí misma que a Oran.

—Estupendo, entonces, la próxima vez nos dedicaremos a buscar esqueletos en tu armario.

El corazón de Sarah dio un brinco. Oír a Oran decir «la próxima vez» resultaba de lo más agradable. Aunque lo que le produjo escalofríos de verdad fue lo de los esqueletos.

—Mantengámonos, por ahora, en terreno neutral. Estaba preguntándome si quizá sabías algo sobre la familia Butler.

—La verdad es que no. La venta de la casita se hizo a través de una agencia y llevaba mucho tiempo vacía antes de que la compráramos. Pero podría preguntarle a mi padre, o a mi abuelo. Está en una residencia. Su cuerpo está muy débil, pero su cabeza funciona igual de bien que siempre.

—Me encantaría. —Dejó la taza en la mesa y se levantó para marcharse—. Y ahora, debo volver a casa. Tengo algunas llamadas que hacer —mintió.

De camino hacia la puerta, vio el dibujo de Butler's Cottage luciendo orgulloso en una estantería encima de la chimenea.

—Había olvidado la belleza de ese lugar —dijo Oran, viendo que Sarah observaba el dibujo—. Gracias por recordármela.

Cuando Sarah se marchó, Oran subió sin hacer ruido los peldaños enmoquetados y llamó a la puerta de la habitación de Hazel, haciendo caso omiso al gran cartel de «No molestar» que ella misma había dibujado y que lucía una calavera con dos huesos cruzados

297

debajo. Max, a pesar de las repetidas advertencias para que no lo siguiera, subió trotando detrás de él.

—¡Vete! —fue la respuesta firme de Hazel.

—Lo haría, la verdad, pero es Max el que quiere hablar un momento contigo.

Y como si lo hubiera entendido, Max empezó a rascar la puerta, otra infracción que Oran estaba dispuesto a pasar por alto. Aunque solo esta vez.

Se oyó la llave en la cerradura y dos ojos grandes miraron hacia el exterior a través de la rendija que dejaba la puerta entreabierta. Max, decidido a entrar, la empujó con insistencia con el hocico hasta que Hazel se dio por vencida.

—¡En la cama no! —gritaron los dos al unísono; sin embargo, Max, atraído sin poder evitarlo hacia los mullidos pliegues del edredón, ignoró por completo las súplicas de ambos.

—Creo que deberíamos hablar —empezó diciendo Oran, y se sentaron los dos en la cama, procurando no aplastar a Max.

—No fue culpa de Sarah.

—No es culpa de nadie. Ese es el tema. Nada de todo esto es culpa tuya, tampoco mía. Ni de tu madre.

Las palabras que Oran siempre había querido decir, y que Hazel necesitaba oír, obraron en silencio su magia.

—Durante todo este tiempo, he creído que estaba protegiéndote. Las visiones de tu madre, pensaba que eran… nocivas. Pero quizá estaba equivocado.

Hazel lo miró con una expresión que era una mezcla de alivio y esperanza.

—Sé que suena raro, papá, pero era reconfortante, como si siguiera cuidando de mí.

—¿Era? —Oran se fijó en que Hazel hablaba en pasado.

—Anoche tuve un sueño. Mamá me dijo que ya no podría verla más, pero que siempre estaría aquí, a solo un paso detrás de mí. Entonces me desperté y, no sé, me sentía distinta.

Oran la estrechó entre sus brazos y las lágrimas de Hazel le humedecieron la lana de su jersey.

—¿Estás bien? —le preguntó él al cabo de un rato.

—Supongo que sí. Solo es que la echo de menos.

—Yo también, cariño. Yo también.

Pasaron la tarde tumbados en la cama con Max, hablando de tonterías que recordaban. Como la vez que encontraron un ratón en el desván de la casita y Oran colocó una trampa con queso. Y que iban a comprobarla a diario y el queso siempre había desaparecido, en cambio no había ni rastro del ratón. Luego resultó que Hazel y su madre robaban el queso para salvarle el pescuezo al ratón.

—¡Yo no lograba entender cómo se las apañaba el ratón! —se rio Oran al recordarlo—. Cathy jamás le habría hecho daño ni a una mosca, literalmente.

—Sarah es muy agradable, ¿verdad? —preguntó entonces Hazel, sin venir a cuento.

—Claro.

—Aunque parece un poco triste.

—¿Qué te lleva a pensar eso?

—No sé. Simplemente a veces tengo la sensación de que esconde algo. A lo mejor es que echa de menos su casa.

Oran se preguntó si Hazel tendría ya intuición femenina, o si él era un inútil y no se daba ni cuenta de los problemas de los demás.

—¿Sabes? Le di el *Compendio de hadas* —dijo Hazel de repente.

—¿De verdad? Pero si es tu libro favorito.

—Sí, ya lo sé, pero ¿sabes qué? Resulta que el hombre que lo escribió estuvo aquí en Thornwood y conoció a la chica que escribió el diario que Sarah encontró —le explicó Hazel—. La chica vivía en Butler's Cottage, como yo.

—Muy interesante. ¿Así que Sarah también cree en las hadas? —preguntó Oran, sin apenas poder creer que estuviera diciendo aquello con cara seria.

—Los que no creen en la magia nunca la encontrarán.

—Guau, qué profundo, Hazel. ¿Desde cuándo eres tan inteligente?

—¡Es de Roald Dahl, papá! De verdad te lo digo, tendrías que intentar leer algún libro de vez en cuando.

Capítulo 28

Avanzada la tarde, Sarah estaba en su casita, la recorría de un lado a otro, lo cual, teniendo en cuenta su tamaño, no era una gran caminata. Tenía una llamada perdida de Jack en el teléfono, que parpadeaba sin cesar y exigía algún tipo de respuesta. Se moría de ganas de beber, pero sabía que si lo hacía solo empeoraría las cosas. No podía posponerlo más; había llegado la hora de enfrentarse a la verdad y de dejar de esconderse. Cogió el teléfono y buscó en Internet el número de una compañía de taxis local. Esperó junto a la puerta, con la parte superior abierta. Vio de repente dos haces de luz que iluminaban como reflectores el camino, y cuando el sonido del motor del taxi alcanzó sus oídos, se sintió más tranquila.

—¡Qué encantadora sorpresa! —exclamó Fee.

Se apartó de la puerta para que Sarah pudiera entrar. En contraste con la oscuridad de la noche, la granja resplandecía bajo la cálida luz de las lámparas.

—Siento mucho presentarme así de improviso, Fee. Debería haber llamado antes.

Fee desdeñó las formalidades, lo que ayudó a Sarah a sentirse cómoda de inmediato. Conectó automáticamente la tetera e

incorporó unas cucharadas de hojas de té en una tetera que esperaba paciente en la encimera, siempre lista para una taza de té improvisada.

—¿No está Marcus esta noche?

—Está con su amante —respondió Fee, y la piel de alrededor
de los ojos se le llenó de arruguitas—. Trabaja a todas horas en ese
hotel.

—¿Y no le importa?

—¿Por qué tendría que importarme? Es lo que le gusta y lo que
le hace feliz.

Fee y Marcus hacían que todo pareciese muy sencillo. Era como
si nada pudiera desunirlos.

—Me ha llamado mi marido.

—Ah. —Fee sirvió el té en tazas de barro cocido y abrió una
lata de galletas variadas.

—Este té está delicioso —dijo Sarah, degustando el líquido caliente y reconfortante después de que pasaran un rato sentadas sin
decir nada—. Empiezo a preguntarme si tal vez hice las cosas mal.
Fue algo que él dijo… —Se le formó un nudo en la garganta—.
Nunca hablábamos de ello. Es decir, sí que lo hacíamos, pero siempre con una especie de buena educación forzada. Como si fuéramos
dos desconocidos que intentan no ofenderse en ningún momento.

—Lo entiendo: cuando se actúa así, acabas diciendo lo que
crees que el otro quiere oír. Es un miedo que todos tenemos, el miedo a estropear la relación. Y supongo que, actuando de este modo,
lo que hacemos es acabar perdiéndonos a nosotros.

Sarah no sabía muy bien qué tenía aquella mujer o aquel lugar
que hacía que conversaciones tan profundas pareciesen lo más normal del mundo. En todo el tiempo que había estado yendo a un
psicólogo, jamás se había sentido lo suficientemente cómoda como

para abrirse y explicar cosas. Supuso que tendría que ver con que había personas que sabían escuchar mejor que otras.

—Fee, ¿puedo contarle mi historia? Porque si no lo hago, creo que me volveré loca.

Fee se limitó a presionarle la mano a Sarah.

—Aquí estás segura.

La casa estaba cálida y olía a flores secas y fruta. Sarah descansó los codos sobre los brazos de la silla de madera tallada y se entrelazó las manos sobre el regazo.

—Pensábamos que superado el primer trimestre todo iría bien —empezó a contar—. Jack se volvió loco comprando cosas: un moisés, una cuna, una sillita para el coche. ¡La casa estaba llena de cosas de bebé y yo le sumé a todo aquello ropa suficiente como para vestir a trillizos! Estábamos completamente preparados para traer una vida al mundo, pero no para… no para lo que pasó.

En un gesto instintivo, la mano de Sarah se desplazó hacia su boca, un último intento para detener físicamente las palabras. Recorrió con la punta de los dedos sus labios secos, una y otra vez, mientras Fee seguía sentada en silencio delante de ella. Pero en cuanto su cabeza tomó la decisión, continuó:

—Jamás olvidaré la cara de la doctora que me practicó la ecografía. El pánico. Entró entonces otra persona y oí las palabras «desprendimiento de placenta». Desconocía su significado, pero sabía que no era bueno. Entonces, cuando dijo algo sobre un mortinato, ya…, ya no hubo más dudas. Fue como inspirar hondo y no ser capaz de poder exhalar nunca más. Me provocaron el parto al día siguiente. No esperaba que hubiera tanto silencio en la sala de partos. Lo único que anhelaba era oír el llanto de mi bebé, pero no hubo nada. Vacío. Dijeron que podíamos tenerla con nosotros todo el tiempo que quisiéramos. Nos dijeron que le hiciéramos fotos y Jack conservó las huellas de sus manos y sus pies. Me sentía como si estuvieran aplastándome. No tenía a mi bebé, pero mi cuerpo estaba lleno a rebosar de hormonas y leche. —Sarah inspiró hondo grandes bocanadas de aire y su caja torácica se estremeció con el esfuerzo.

Un frutero de madera en el centro de la mesa atrajo su mirada. Se notaba que estaba hecho a mano; le recordaba las cosas que su padre hacía en el torno. Necesitaba algo en lo que concentrarse y fijó la mirada en el grano de la madera, para apuntalarse.

—Las enfermeras no paraban de repetir su mantra: «Puedes volverlo a intentar, cariño». Como si estuviera intentando ganar un peluche en una feria. No —sacudió la cabeza—, cuando perdí a Emma, perdí todas las posibilidades que su pequeña vida nos había prometido. Sentir el calor del cuerpo de mi hija contra mi piel, aspirar su aroma único, oír esos ruiditos guturales que hacen los bebés cuando duermen, oír su risa…

Apretó las palmas de las manos entre sí con más fuerza y sacudió la cabeza para liberar lo que la había mantenido cautiva. Ya no había lágrimas; se había hartado de llorar. Lo único que necesitaba ahora era ser escuchada.

—Mi hija —dijo, y finalmente se le quebró la voz—. Mi hija —repitió, más fuerte ahora—. ¡Tengo la sensación de que ni siquiera puedo decir que tuve una hija! Es como si todo el mundo quisiera que lo olvidara, que siga adelante como si ella no hubiera existido nunca. Pero existió; la llevé dentro de mí durante siete meses —dijo, desuniendo las manos para golpearse el vientre con ellas—. La sentí moviéndose dentro de mí; planifiqué nuestro futuro. Pero ahora tengo que hacer como si eso no hubiera pasado nunca. Vuelve a intentarlo. Y volvimos a intentarlo, Jack y yo, pero no conseguí quedarme de nuevo embarazada. Como era de esperar, dijeron que era por el estrés. ¡Mi culpa, otra vez!

Fee acercó la silla a Sarah y descansó una mano sobre su hombro.

—No fue culpa de nadie, cariño.

—Y entonces dejamos de intentarlo. No éramos más que dos personas con una hija muerta en común, una hija de la que no podíamos hablar. Al final, vivíamos de forma superficial, como desconocidos. Sé que él quiere seguir adelante, formar una familia. Quizá ahora lo hará. Supongo que es por eso por lo que decidí volver a casa de mis padres, para llorar mi pérdida como es debido. Pero al final sabía que sería lo mismo: mis padres tratando de evadir el tema para no herir mis sentimientos, y yo, no queriendo hacerles daño con mi dolor.

Sarah pensó de pronto en la conversación que había mantenido con Oran; quizá todos intentaban protegerla. ¿Por qué, entonces, se sentía como si estuvieran silenciándola?

Al final, había conseguido sacarlo todo. Cuando fue a beber un poco de té, descubrió que se había enfriado. Fee le vació la taza y la llenó de nuevo, añadiéndole una buena cucharada de azúcar.

—Pobre mujer —dijo por fin—. Pero ahora estás en el camino correcto.

—¿Qué le hace estar tan segura? —preguntó Sarah, sin poder evitar pensar en los ataques de pánico y en el alcohol que utilizaba para aplacarlos—. Ni siquiera estoy segura de estar en algún camino.

—Pues a mí me parece que por fin te estás permitiendo llorar tu pérdida. El dolor es como un bulto duro que se instala en nuestro interior —dijo, dándose unos golpecitos en el vientre—. Y se queda ahí, sólido como una piedra, a menos que empieces a trabajar para ablandarlo.

Fee se levantó de la silla y empezó a buscar algo en el fondo de una cómoda. Sacó varios frascos con etiquetas escritas a mano y los llevó a la mesa.

—Nunca se irá del todo, pero en vez de ser una cosa dura, puede convertirse en ternura. Tu corazón hará espacio para tus recuerdos y ya no les tendrás miedo.

—¿Cómo sabe usted tanto de todo? —preguntó Sarah, riendo un poco. Se sentía como si estuviera en carne viva, pero era un estado, sorprendentemente, mucho más liviano que el anterior.

—¡Ja! Es la vida, querida mía. Al final, todos acabamos aprendiendo. Y ahora, deja que te muestre una cosa.

Fee abrió los frascos de lo que parecía popurrí y la estancia se inundó con el aroma generoso de la naturaleza en conserva.

—¿Recuerdas que te dije que las bayas del espino blanco son un tónico para el corazón? Ayudan a bajar el colesterol, a mantener a raya la presión arterial, esas cosas. Pues resulta que este preparado también es beneficioso a nivel emocional. ¡Es como un kit de reparación cardiaca casero! Un corazón más resiliente nos ayudará a recuperarnos del desamor y a aventurarnos por un nuevo camino sin tanto miedo ni tanta tristeza. —Mientras hablaba, puso varias cucharadas de hierbas secas en una bolsita de papel marrón.

—¿Me está diciendo que esto es una poción mágica que sirve para curar corazones rotos? —preguntó Sarah, incapaz de eliminar cierto matiz de duda en su voz.

—Siempre es prudente ser escéptico, pero creo que vale la pena intentarlo, ¿no te parece? —replicó Fee, sonriendo con sabiduría.

—¿Son pétalos de rosa? —preguntó Sarah.

—Efectivamente, la rosa siempre ha estado asociada con los asuntos del corazón, y la rosa blanca significa el final de una vida.

Sarah inspiró hondo.

—Los pétalos de rosa van muy bien para el insomnio, además. Ayudan a calmar los nervios. Las rosas pueden abrir el corazón y prepararlo para un nuevo comienzo —continuó Fee, animándola.

—¿Funcionará? —preguntó Sarah.

—Ya está funcionando —respondió Fee, mirando de reojo la tetera vacía.

Sarah abrió la boca en una sonrisa. ¿Sería cierto? Las bayas del espino blanco que había sido el catalizador de su improvisada huida a Irlanda estaban ahora en su taza, calentándole el cuerpo y sanándole el corazón.

Capítulo 29

Diario de Anna
18 de enero de 1911

Cuando llegamos a la prisión, los cielos se habían abierto y habían vertido un torrente de lluvia tan impresionante que estaba calada hasta los huesos. El alto edificio de piedra era del color de la pizarra y tenía dos pomposos pilares custodiando la entrada. Un edificio hostil, claramente, aunque imaginé que eso era lo que se pretendía. Al cruzar la puerta con todo el pelo pegado a la cara, pensé que debía de parecer una rata de río. Me cortó el paso al instante un miembro de la Real Policía Irlandesa, un hombre bigotudo vestido con un uniforme con botones increíblemente relucientes.

—Espere un momento, señorita —dijo, intentando conducirme hacia una mesa.

—Tengo que ver al señor Krauss —le expliqué.

Mi pelo mojado empezó a gotear sobre los papeles de la mesa. El hombre me miró con una expresión de asco contenido y supongo que me habría echado de no haber llegado detrás de mí el padre Peter.

—Uno de mis parroquianos está retenido aquí y ha solicitado

una audiencia con su sacerdote —dijo el padre Peter con aquella voz de tenor que siempre imponía respeto.

—¿Una audiencia? —repitió el policía—. ¿Quién se cree usted que es, el papa? —preguntó en tono burlón, y otro de los agentes se sumó a una estruendosa carcajada a costa del padre Peter.

Después de un breve intercambio, el policía cedió y dejó pasar al padre Peter. Lo seguí sin decir nada, pero un brazo largo me cortó el paso.

—¡Usted no, jovencita, a menos que me venga ahora con que es monja! —dijo el policía, riendo sin conseguir sonreír.

—Por favor, señor, usted no lo entenderá, pero debo hablar con él —supliqué, delirante de impaciencia y preocupación.

Tenía los ojos rojos e irritados de tanto llorar, y al pensar en Harold solo en la celda se me volvieron a llenar los ojos de lágrimas.

—No te preocupes, hija mía —dijo el padre Peter—. Harold podrá hablar conmigo con total confianza, y si hay algo que quiere que tú sepas, te lo transmitiré.

Me miró con amabilidad, y sus ojos azules y acuosos me aseguraron que todo acabaría saliendo bien. Tomé asiento en un banco duro de madera que había al lado de la puerta y esperé. Estaba temblando, con la ropa empapada, y uno de los agentes tuvo la gentileza de ofrecerme una taza de té caliente. Pero me temblaban tanto las manos que me costó muchísimo acercarme la taza a los labios. La cabeza no paraba de darme vueltas, tratando de reconstruir los hechos de la noche anterior y esta mañana.

La espera se me hizo interminable, abandonada como estaba a solas con mis pensamientos de culpabilidad. Cuando por fin se abrió la puerta y salió el padre Peter, di un brinco. Por su cara demacrada adiviné que no traía buenas noticias, pero se negó a comentar el tema hasta que estuvimos fuera del edificio.

—Tengo que ponerme en contacto con los superiores del señor Krauss en Oxford —me explicó cuando subimos al carromato y agitó las riendas.

La lluvia había amainado hasta transformarse en una simple llovizna, aunque ninguno de los dos le dio gran importancia.

—¿Qué ha pasado, padre? ¿Por qué lo han arrestado?

—Me ha pedido que no te agobie con los detalles, Anna, pero quiere que te diga que todo irá bien. Que no tienes que preocuparte —dijo el padre Peter con una sonrisa fugaz que traicionó la ansiedad que sentía.

—Padre, sé que usted es un sacerdote y que las confesiones son confidenciales, pero tiene que entenderlo. Yo soy el motivo por el que Harold ha ido a Thornwood House esta mañana —le expliqué precipitadamente—. Anoche perdí allí el collar de perlas de mi madre y Harold se ofreció para ir y recuperarlo. ¡No tenía que estar allí!

El padre Peter tiró de las riendas y detuvo el carromato.

—Sé cómo perdiste ese collar, Anna.

Me quedé en silencio, preguntándome cuánto le habría contado Harold sobre lo que había hecho George. No debería haberle explicado a nadie lo de la noche anterior, sobre todo porque George era el hijo de lord Hawley. ¿Quién me creería? Y aun en el caso de que me creyeran, nunca me verían con buenos ojos. De no haber sido porque Harold llegó justo después de que sucediera, me habría llevado el secreto a la tumba.

—Pero ¿por qué han arrestado a Harold? Él no ha hecho nada malo —dije.

—Lo siento, Anna, pero le he prometido que antes de cualquier otra cosa me pondría en contacto con sus profesores de Oxford. En estos momentos, Harold necesita la máxima ayuda posible y...

—Se interrumpió, como si se arrepintiera de lo que acababa de decir—. Rezaremos por su puesta en libertad —añadió, seguro de que la oración actuaría como un bálsamo para nuestras preocupaciones.

Ordenó al caballo ponerse en marcha y el carromato se movió. Cerré los ojos con fuerza y recé a Nuestra Señora con todo mi fervor, pero los pensamientos seguían dando vueltas en mi cabeza.

—¿Qué quiere decir con esto de que necesita la máxima ayuda posible? ¿Creen que tuvo algo que ver con la muerte del señor Hawley? —insistí—. Necesito saberlo, padre.

El padre Peter volvió a tirar de las riendas y el caballo respondió con un potente relincho de impaciencia.

—*In ainm Dé!* —farfulló entonces, pidiéndole al Señor que le diera paciencia—. La señorita Olivia te vio anoche cuando abandonaste la fiesta en compañía de su hermano y esta mañana ha testificado ante la policía. Cuando encontraron las perlas esparcidas por el banco, creyeron tener ya al culpable.

—¿Yo? —dije, abriendo los ojos con incredulidad.

—Pero cuando Harold se presentó en la escena y se puso al corriente de la investigación, confesó que había tenido un altercado con el señor George y que el señor George había acabado cayendo accidentalmente al río.

Una oleada de náuseas me recorrió el cuerpo entero y tuve que volver la cabeza hacia un lado del carromato antes de que una bilis líquida me saliera a borbotones de la boca. Oí detrás de mí la voz del padre Peter reprendiéndose por habérmelo contado.

—Yo no lo hice, padre. Fue un accidente, cayó solo —le expliqué tartamudeando.

—Lo sé, lo sé. Harold me lo ha explicado lo mejor que ha podido —dijo el padre Peter—. Y ahora, escúchame bien, Anna. No puedes comentar nada de todo esto con nadie. Sé que estás preocupada, pero no ayudará en nada a la causa de Harold que la gente empiece a chismorrear. ¿Me has entendido, niña?

—Sí, padre. —Intenté serenarme—. Estoy bien, ha sido solo el impacto de la noticia —dije.

—Quiero llegar lo antes posible al pueblo para enviar un telegrama de inmediato. ¿Podrás volver a casa desde allí? —preguntó el padre Peter.

—Por supuesto, padre, no se preocupe por mí.

Pasé todo el viaje planificando qué haría a continuación. Harold estaba en prisión por mi culpa, así que era mi responsabilidad restituir su buen nombre. El único problema era que no podía contar la verdad. ¿Quién iba a creer que un ejército de hadas había atacado al señor Hawley hasta arrojarlo al silencioso río? Ni siquiera podía contárselo a mi familia, puesto que la simple mención de Milly los llevaría a temer por mi cordura. Eso sin mencionar la atroz vergüenza que les produciría a mis padres saber lo que había sucedido entre el señor Hawley y yo. Daba igual que me hubiera atacado; cualquiera con un mínimo de conciencia moral me vería como una mujer deshonrada. Bastaba con recordar cómo había reaccionado la gente con aquella pobre criada de Cork. Harold lo sabía, y se había sacrificado para salvar mi reputación. Sabía asimismo que el padre Peter estaba obligado por secreto de confesión a no decir absolutamente nada, y que yo no convertiría su encarcelamiento en un ejercicio inútil traicionándolo.

Solo había una persona que podía ayudarme; sin embargo, en cuanto enfilé la avenida, comprendí que era la última persona del mundo que haría lo que yo le pidiera. Cuando subí los peldaños fríos y húmedos de la escalinata, tuve que hundir las manos en los bolsillos para evitar que temblaran. Thornwood House era ahora un lugar muy distinto. Porque a pesar de que nunca fue precisamente acogedor, su atractivo y su brillo se habían desvanecido, como un hechizo roto en un cuento de hadas.

—La señorita Olivia no está disponible en este momento —me informó el mayordomo con su acento altanero.

—Solo quería… ofrecerle mis condolencias —dije con palabras que parecían quedarse adheridas a mi garganta.

—Le transmitiré su mensaje —replicó el mayordomo; estaba de pie como un centinela delante de la puerta.

No pensaba darme por vencida tan fácilmente, y le dije que pensaba quedarme allí en la escalera de acceso hasta que la señorita Olivia me recibiera. Y entonces, cuando el mayordomo se disponía a cerrarme la puerta en las narices, oí su voz chillona gritando desde las entrañas de la casa.

—Dile a la señorita Butler que la veré en la biblioteca —fueron sus órdenes, que dejaron al mayordomo ruborizado.

Resultaba desconcertante volver a acceder a la casa donde, solo la noche anterior, había entrado con toda la emoción de una debutante. Volví la cabeza para no mirar las puertas de entrada al salón de baile. Tenía que mantener los nervios a raya. Al fin y al cabo, estaba allí en representación de Harold.

Olivia era la viva imagen de una elegante doliente, vestida totalmente de negro, un color que no hacía otra cosa que acentuar la palidez y la tersura de su piel. Era delgada como un galgo inglés y se movía con gracia natural. Estaba bebiendo *whisky* en un vaso de cristal y cuando entré en la biblioteca, se hallaba de espaldas a mí.

—Siento molestarla, señorita Olivia —dije, dudosa.

Respondió con una carcajada hueca y, cuando se volvió hacia mí, sus ojos tenían una mirada salvaje.

—Lo sientes, ¿verdad? Y eso lo mejora todo, ¿no?

Me quedé sin saber qué decir y empecé a preguntarme si desplazarme hasta allí habría sido un error.

—Señorita Olivia, lo siento, y he venido a pedirle si, por favor, podría decirle a la policía que han cometido un error al arrestar a Harold. Él no le hizo nada a su hermano; sabe perfectamente que Harold no le haría daño ni a una mosca. Fue un accidente. El señor George había bebido mucho y…

—¡Cierra el pico, chica estúpida! —me gritó con la vehemencia de un animal salvaje—. Sé perfectamente bien quién es la responsable de la muerte de mi hermano, y la tengo justo aquí, delante de mí. Desvergonzada.

Abrí la boca para replicar, pero las palabras no querían salir. De repente, me convertí en aquella niñita que se escondía en el árbol y era incapaz de hablar.

—Necesitabas tenerlos a los dos, ¿verdad?

Negué con la cabeza, perpleja.

—Oh, sí, la pobre Anna, la granjerita inocente. Pues no pienso dejarme engañar por tu astucia —dijo furiosa—. No te bastaba con seducir a mi hermano, sino que además tenías que camelar también a Harold.

—Pe-pero… ¿qué está diciendo? Eso… Eso no es correcto. Yo pensaba que George…, pensaba que le gustaba, pe-pero intentó…

—¡Ja! No te hagas la inocente conmigo, Anna —rio con sarcasmo—. Ambas sabemos que eso es lo que querías.

Me temblaba el cuerpo de rabia, pero mis palabras seguían negándose a salir.

—Y no te contentaste solo con uno. Oh, no, tenías que acabar enfrentándolos.

—¡Eso es ridículo! ¡Yo jamás haría eso! —grité por fin—. Harold solo intentaba protegerme, ¿es que no lo ve?

—¡Ya tenemos aquí el temperamento que asesinó a mi herma-no! Ahora vemos tu verdadera cara —dijo cargada de malicia—. Pero ya es demasiado tarde para el pobrecillo Harold, ¿no te parece? Fue un tonto por enamorarse de ti, y ahora le has destruido la vida, además de llevarte la de mi hermano —sentenció Olivia con amargura.

—Piense lo que quiera de mí, Olivia, pero sabe perfectamente que Harold es inocente. —Me había dado de nuevo la espalda, pero yo seguí hablando—: Por favor, le suplico que no lo castigue por no corresponder a sus sentimientos.

—¿Cómo te atreves? ¿Quién te crees que eres, presentándote aquí en mi casa cuando el cuerpo de mi hermano ni siquiera está frío? —replicó Olivia, respirando con dificultad—. Deberías pudrirte en prisión por lo que hiciste, pero si Harold desea ocupar tu lugar, es su problema. Todo esto no tiene nada que ver conmigo. Y ahora, ¡sal de mi casa antes de que te haga arrestar por invasión de la propiedad privada!

Al oír los gritos, el mayordomo entró rápidamente y no perdió ni un minuto para agarrarme por el brazo y arrastrarme hacia el pasillo.

—¡Fue un accidente, se lo juro! ¡Harold no lo mató y tampoco lo hice yo! —grité—. ¿Piensa permitir que cuelguen a un inocente?

Entonces vi a lord Hugh Hawley en lo alto de la escalera, apoyado en la barandilla y con el aspecto de un hombre completamente roto.

—¡Saca de inmediato a esta campesina de mi casa! —vociferó como un trueno—. No tiene ningún derecho a pronunciar el nombre de mi hijo.

—¡Lord Hawley! —grité forcejeando con el mayordomo, que

315

me obligaba a ir hacia la puerta—. ¡Por favor, señor, le suplico que me escuche!

No se dignó ni a mirarme; con un empujón final, me encontré en la escalinata exterior y con la puerta de madera cerrada con fuerza delante de mis narices.

Capítulo 30

Recuperé la bicicleta de donde la había dejado y pasé por casa de los Gallagher para recoger a Billy. Rosie me hizo pasar y me mostró a mi hermanito, dormido profundamente delante de la chimenea con el gato en brazos. Era la viva imagen de la dulce inocencia y no me apetecía despertarlo.

—¿Por qué no os quedáis a cenar? —me propuso con amabilidad Rosie—. Podrías poner a secar la ropa delante del fuego —añadió, al ver que tenía el pelo y el abrigo mojados.

Estaba tan cansada que dejé que me cuidara como a una niña pequeña. La señora Gallagher tenía un bebé, Ruán, que dormía plácidamente en su cunita. Su suegra, Eileen, estaba tricotando en su mecedora y la escena doméstica representaba, en su conjunto, el lugar más tranquilo y pacífico que podía imaginar.

—¿Dónde está Gerard? —pregunté, cuando me dio algo de ropa suya mientras se secaba la mía.

—Ha ido al mercado de Limerick con unas reses —respondió—. Antes lo echaba de menos si tenía que pasar la noche fuera, pero desde que tengo a Ruán, me contento con disfrutar de esta paz.

Le sonreí con sinceridad y me metí un jersey caliente por la cabeza. Cenamos con contundencia, un estofado con patatas hervidas. Después, la comida y el calor me adormilaron y me costó animarme para emprender el camino de vuelta a casa con Billy.

—Si no te molesta que te lo diga, Anna, la verdad es que tienes muy mala cara —dijo Rosie—. No sé si te sentará bien volver a salir con este frío.

—En un minuto espabilaré y estaré mejor —le aseguré; intentaba abrir los ojos mientras mi cabeza caía con firmeza en dirección a la mesa.

—Mira, ¿sabes qué? ¿Por qué no te tumbas un poco en el banco hasta que te baje la comida y luego te acompaño yo a casa? —sugirió.

Sabía que Billy estaría encantado de quedarse más rato, siempre y cuando el gatito siguiera haciéndole compañía y continuara jugando con él y el ovillo de lana de Eileen en el suelo.

—Quizá un momento más —acepté la invitación.

Cuando recosté la cabeza, la tensión de mis músculos se relajó por fin y caí dormida.

Mis sueños fueron inquietantes y aterradoramente reales. La cara de George Hawley se cernía delante de mí e intentaba morderme con unos dientes afilados como los de un lobo. Soñé con que me ahogaba con él en las aguas oscuras del río y jadeaba para coger aire. Sentía como si cientos de brazos y manos me llevaran a quién sabe dónde. Me desperté sobresaltada, empapada en sudor. En el exterior ya había amanecido y, cuando miré a mi alrededor, no sabía dónde estaba.

—¡Mamá! —grité, y Rosie acudió corriendo a mi lado.

—Tranquila, todo va bien —dijo con voz serena.

—Oh, Rosie, lo siento mucho. Debo de haberme quedado aquí dormida toda la noche —dije, intentando levantar la cabeza—. ¿Dónde está Billy?

—Tranquila, *cratúr*, has pasado dos días con esta fiebre —me explicó en voz baja—. Envié a Billy a casa con Paddy la primera noche.

—¿Qué? ¡Dos días! No puede ser —repliqué, frustrada al ver que era incapaz de levantarme. Mis brazos y mis piernas pesaban como sacos de patatas.

—El médico dijo que no te movieras de aquí hasta que te bajara la fiebre, que no podíamos correr el riesgo de llevarte a casa y que te enfriaras todavía más —explicó Rosie, que me envolvía bien con las mantas y me ofrecía una taza de agua caliente con miel.

—¿El médico? —chillé.

—Sí, vino con el padre Peter —me explicó Rosie, corriendo las cortinas.

—¿Tenía noticias? ¿Cómo está Harold? —pregunté con impaciencia.

—Cálmate, Anna, no te conviene excitarte.

—Mira, Rosie, has sido muy buena cuidando de mí. Incluso veo que me has prestado tu habitación —dije, mirando a mi alrededor.

—¡Gerard sigue todavía refunfuñando por tener que dormir en el banco!

—Gracias por tu amabilidad, pero tengo que ir a ayudar a Harold —dije—. ¿Te has enterado de que lo han arrestado?

Las facciones de Rosie cambiaron y se transformaron en una máscara inescrutable.

—¿Qué sucede? ¿Ha pasado algo? —pregunté, retirando las mantas.

—Se ha ido, Anna, se lo han llevado a Dublín —respondió, casi como disculpándose—. Será juzgado allí por la mañana.

De pronto, tuve la impresión de que la cabeza me iba a estallar por la presión que sentía dentro.

—¿Te refieres a que Harold a estado solo en prisión durante todo este tiempo, mientras yo estaba durmiendo aquí sin hacer nada?

—El médico pensó que tenías neumonía —me explicó Rosie; intentaba hacerme entrar en razón—. Además, nadie, excepto el cura, tenía autorización para verlo.

—¡No lo entiendes, Rosie! Harold ha cargado con esta culpa por mí. Pensaban que yo había matado a George. —Buscaba con la mirada mi ropa.

—¿Tú? —exclamó Rosie con incredulidad—. ¿Por qué iban a pensar eso?

La miré muy seria y finalmente comprendió que había perdido la batalla de retenerme en la cama.

—Yo no lo hice, Rosie, fue… fue un accidente. Pero, por favor, no le digas esto absolutamente a nadie. ¡Tengo que irme!

Me moví a trompicones por la habitación mientras me vestía, intentando en todo momento ignorar el desasosiego que reinaba ahora entre nosotras. Rosie se sentó a los pies de la cama y fijó la vista en el suelo.

—Dime, ¿intentó…, ya sabes, intentó forzarte? —preguntó en voz baja.

Fui incapaz de responderle, pero mi silencio sirvió de confirmación. No se quedó sorprendida ni conmocionada, sino que simplemente asintió con resignación.

—¿También a ti? —pregunté.

Rosie se secó rápidamente la lágrima que rodaba por su mejilla y me pasó con nerviosismo mi abrigo.

—Le pediré a Nana que se ocupe de Ruán y te acompañaré hasta tu casa en bicicleta —dijo, cogiendo entonces su abrigo.

No hablamos más sobre el tema, pero compartimos el desolado silencio de dos mujeres con una herida en común.

Al llegar a casa, me sentí como si allí se acabara de producir una muerte. Estaba terriblemente desconectada después de haberme perdido dos días de acontecimientos. Mi madre y mi padre estaban sentados a la mesa, cosa que rara vez hacían fuera de las horas de las comidas.

—¿Alguna noticia? —pregunté desesperada y casi sin aliento después de aquel mínimo ejercicio.

—¿Qué haces que no estás en cama? —me regañó mi madre, obligándome de inmediato a sentarme junto al fuego—. Acabarás muriéndote —dijo con histerismo.

—Por favor, mamá, no te enfades y solo dime qué sabéis de Harold.

Mi padre me lanzó una mirada extraña y luego volvió la cabeza hacia la ventana.

—¡No iréis a creer que lo hizo él! —dije en tono acusador—. Papá, lo conoces, y sabes que Harold…

—Lo sé, lo sé —dijo mi padre, silenciándome—. Desde el momento en que me enteré de la noticia, supe de tenía que haber algún error.

Me sentí animada al ver que no habían perdido la confianza en Harold. Me invadió una oleada de amor hacia mis padres. Siempre habían valorado el buen carácter de Harold por encima de todo y aquella convicción los había ayudado a no cambiar de opinión.

—¿Qué pasó esa noche, Anna? —preguntó mi madre—. ¿Viste al señor George?

—Sí, lo vi, y no sabes cuánto siento haberlo visto. Pero te prometo, mamá, que ni Harold ni yo tuvimos absolutamente nada que ver con su muerte.

—No es necesario que me digas lo que ya sé —replicó mi madre, sonriéndome.

—¿Y ahora qué vamos a hacer? Rosie me ha dicho que el juicio es mañana y que ya está de camino a Dublín.

Mis padres, con rostros inescrutables, volvieron a apartar la vista.

—¿Qué pasa? ¿Han viajado sus profesores desde Inglaterra para ayudarlo? —pregunté.

No parecían tener prisa por responderme.

—Será mejor que vaya volviendo a casa —dijo Rosie, intuyendo que aquello se había convertido en un asunto de familia.

Mi madre se levantó para acompañarla a la puerta. Le dijo en voz baja que cuanto menos supiera, mejor para ella y para su familia.

—Me estáis preocupando de verdad —le dije a mi padre, sentándome a la mesa a su lado.

—Paddy fue a verte anoche a casa de Rosie —empezó a decirme, muy solemnemente—. Estabas muy enferma, con fiebre, y se ve que balbuceabas un poco.

—Oh. —Nerviosa, me pregunté qué habría dicho y cuánto de lo que había dicho le habría contado Paddy a nuestro padre—. ¿Y dónde está Paddy ahora?

—¿Te acuerdas de aquel joven que trajo aquí? ¿El que se llamaba Danny? —preguntó mi madre.

—Por supuesto, el de la Hermandad.

—Cuando se marchó de aquí, le dijo a Paddy que estaba en deuda con él, que si algún día necesitaba alguna cosa…

—Le dije que no se mezclara con esa gente —dijo mi padre, enfadándose.

—¿Qué van a hacer? —pregunté; mis ojos iban del uno al otro.

—Harold va a ser conducido hasta la estación de Brooklodge desde donde tomará el tren de vapor que va a Dublín —me explicó mi madre.

—¿No estarán planeando detener el tren? —pregunté con incredulidad.

—Oh, Anna, no sé muy bien qué están planeando, pero llevo toda la mañana con el corazón en un puño —repuso mi madre, arrugando un pañuelo con nerviosismo.

Escondí la cabeza entre las manos. Estaba tan agotada que era incapaz de llorar más y, de todos modos, ¿para qué servirían mis lágrimas? Mi queridísimo hermano, que jamás en su vida había hecho nada contra la ley, estaba planeando ahora ayudar a un preso a escapar de un juicio. Maldije mi estúpido orgullo. Me maldije por pensar que George Hawley podría ser capaz de querer a alguien que no fuera a sí mismo. Por pensar que era un caballero. Y ahora estaba poniendo en riesgo la vida de quienes de verdad me querían, y todo por culpa de mi estupidez.

—¿Cuándo lo sabremos?

—El tren sale al mediodía —dijo mi madre.

Mi padre echó su silla hacia atrás y se puso la gorra antes de dirigirse hacia la puerta, con Jet pisándole los talones.

—Mejor que se mantenga ocupado —dijo mi madre—, y nosotras deberíamos hacer lo mismo.

Pero yo lo único que quería era echar a correr a la mayor velocidad posible hacia la estación de tren, aunque era inútil. Jamás llegaría a tiempo y, aun en el caso de llegar, ¿qué podría hacer? Tenía que confiar en que Paddy y Danny consiguieran rescatar a Harold sin acabar también arrestados. Recordé entonces algo que la vidente había dicho, que si tenías un amigo fallecido tenías también un amigo entre la Gente Buena. Y en silencio, le ofrecí una súplica desesperada a Milly.

—Sálvalo, Milly. Sálvalo, por favor.

Capítulo 31

11 de enero de 2011

Sarah pasó la tarde paseando por Cnoc na Sí. La historia de Harold y Anna la tenía en ascuas, pero, como le quedaban solo unas pocas páginas por leer, estaba intentando hacer que durasen. No quería que aquella historia terminara ya. Posiblemente porque estaba evitando la verdad, que tal vez la historia no tendría el final que ella esperaba. Pero la naturaleza de las cosas era así. Tú hacías tus planes, pero la vida tenía otras ideas y, de un modo u otro, tenías que acabar haciendo las paces con ello. Encontrándole el significado y permitiendo que ese significado te cambiara. El problema era luchar para que todo siguiese igual. Tenía la sensación de que todo el mundo, ella incluida, quería recuperar a la antigua Sarah. Pero una parte de ella había muerto aquel día con Emma y nunca volvería a ser la misma mujer. Y tal vez eso estuviera bien.

Tras la conversación que había mantenido con Fee la noche anterior, Sarah se sentía más en paz consigo misma que en mucho tiempo. Hacía un día fresco y luminoso, y en la zona sombreada del bosque el suelo seguía helado. Sarah sonrió para sus adentros pensando que, después de todo, viajar a Irlanda había sido lo correcto. Entonces, el teléfono le vibró en el bolsillo.

—Hola, Meghan, tenía pensado llamarte —dijo, esbozando una mueca al proclamar la mentira.

—¿Y tenías pensado también llamar a tus padres? Porque están agobiándome. «¿Cuándo volverá Sarah a casa, Meg?». «¿Qué está haciendo en Irlanda, Meg?».

—Los llamaré, te lo prometo. Es que he estado… trabajando en unos temas —dijo Sarah, sentándose en un viejo tronco tapizado de musgo.

—Muy bien, pero ¿cuándo vuelves a casa?

—Um… Aún no lo sé. Pronto. Quizá.

Le pareció casi oír el bufido de exasperación de su hermana, juzgándola por su aparente falta de orientación. Pero Sarah sabía que estaba encontrando su camino, por mucho que lo estuviera haciendo a su manera.

—No me malinterpretes. A mí también me encantaría visitar la Isla Esmeralda, pero ¿en pleno mes de enero? La verdad es que se me ocurren escapadas más apetecibles, como un viaje a Barbados.

Sarah sonrió. Su hermana tenía razón. Aguas turquesas y playas de arena cálida sonaban como algo maravilloso, aunque por nada cambiaría su situación actual por eso.

—Oh, no sé, pero la verdad es que este lugar tiene su encanto.

Meghan dedicó un instante a leer entre líneas.

—Hay un hombre, ¿verdad?

—¿Qué? ¡No! —exclamó, riendo. Aunque se lo pensó mejor—: Quiero decir que sí, hay alguien, pero…

—¡Lo sabía! —exclamó Meghan alegre, siempre feliz de tener la razón—. Quiero que me lo cuentes absolutamente todo, desde el principio, y que no se te ocurra dejarte nada.

Era maravilloso sentir que su hermana se alegraba por ella. Últimamente había habido muy pocas risas.

—Meghan, sé que no vas a creértelo, pero acabo de verlo.

Oran iba vestido con su uniforme de agente forestal y Max correteaba entre los árboles detrás de él.

—¿Qué? ¿Dónde? Cuéntame cómo es.

—En el sendero y viene directo hacia mí —respondió Sarah; hablaba casi como un ventrílocuo por si acaso Oran era capaz de leerle los labios.

—Necesito fotos, Sarah. ¿Me oyes? No cuelgues…

La voz de Meghan se silenció cuando Sarah pulsó la tecla roja y se guardó el teléfono en el bolsillo.

—Hola.

—Hola de nuevo —saludó Sarah, levantándose para ir a saludarlo y ligeramente turbada por haber sido sorprendida hablando precisamente de él.

—¿Qué tal va todo?

—Bien, bien. ¿Y qué tal tú?

—Bien —replicó Oran, esbozando una enorme sonrisa.

—Eso está bien.

Oran asintió y se echaron los dos a reír.

—Dios, pero ¿qué nos pasa? —dijo Sarah en tono jocoso, escondiendo la cara entre sus manos enguantadas.

Se sentía de nuevo como una adolescente. La química que había entre ellos era tan fuerte que no tenía sentido negarla, pero resultaba también increíblemente incómoda porque ninguno de los dos había dado un paso para hacer algo al respecto, ni tan siquiera para reconocer su existencia. Si su yo de dieciocho años hubiese visto la inmadurez con la que se estaba comportando en aquellos momentos, se habría sentido avergonzada por ello.

—¿Estás trabajando? —preguntó entonces; señaló el aparato que Oran sujetaba en la mano y que parecía una especie de cruce entre un GPS y una cámara.

—Estoy recopilando datos para un proyecto de biodiversidad que esperamos que despegue pronto. —Max levantó las patas, a la espera de que Oran le lanzase un palo, lo cual hizo sin dudarlo un instante—. Me alegro de verte —añadió, mirándola tan directamente a los ojos que a Sarah casi se le corta la respiración.

—Yo también me alegro de verte —repuso; sonreía como una tonta y pensaba que la tensión era insoportablemente deliciosa.

—¿Hacia dónde ibas? —preguntó entonces Oran.

—Hacia la misma dirección que tú —respondió Sarah con las mejillas encendidas.

«¿Y quién necesita ir a Barbados con esto?», pensó.

De forma inesperada, Oran le tendió la mano y ella, sin pensarlo, la aceptó y empezó a caminar con él colina arriba. Pasaron un rato sin decir nada, como si les bastara con caminar juntos al mismo ritmo de la mano. Era una sensación natural y Sarah deseó que aquel sendero no terminara nunca. Max echó de repente a correr en busca de a saber qué entre los matorrales, y cuando llegaron a una valla de madera desde donde había una vista impresionante del valle hasta el pueblo de Thornwood, se pararon para contemplarla.

—Adoro este lugar —dijo Sarah.

—No está mal, ¿verdad? —repuso él, entrelazando sus dedos con los de ella.

El calor del contacto resultó tan agradable que Sarah anheló poder fundirse con él. Pero no solo eso, sino que además Oran desprendía calor interior, una autenticidad que la hacía sentir que a su lado podía volver a ser ella misma. No tenía que intentar ser otra persona para impresionarlo, y ahora se daba cuenta de que eso había sido uno de sus principales problemas con Jack. Nunca se había sentido suficiente para él, y cuando perdieron a Emma, Sarah se lo había tomado como una confirmación de que era así.

Oran se volvió para mirarla y levantó lentamente la otra mano para tocarle la mejilla y trazar una línea que descendió hacia su mandíbula.

—Hasta que te conocí, jamás pensé que desearía volver a hacer esto —dijo.

No fue hasta aquel momento, cuando las manos de Oran la atrajeron hacia él y sus dedos se enredaron en su cabello, que Sarah se vio obligada a reconocer que había pasado muchos momentos preguntándose cómo sabrían sus labios. ¿Debería contenerse? ¿Lo echaría todo a perder si lo hacía? ¿Cuánto tiempo habían estado encerrados en aquel incómodo silencio?

El calor de su boca sobre la de ella llegó como una dulce sorpresa. También él debía de haber estado pensándolo todo aquel tiempo. Todo era como nuevo, su manera de abrazarla, su sabor, la suavidad de sus labios y la textura de su barba de dos días al rozarle la piel. Pero, en cuestión de minutos, se sintió como si todo lo que hubiera conocido en la vida fuese él. Oran.

Cuando por fin dejaron de besarse, se miraron y sonrieron. ¿De verdad podía estar pasando aquello?

—Oran, hay algo que debo contarte. Que quiero contarte.

—Soy todo oídos —dijo él mientras le acariciaba el cabello, sin soltarla.

—Sé que le he dicho a todo el mundo que vine a Thornwood para ver el espino blanco, pero no es verdad. Vine aquí para llorar una pérdida, la de mi hija, Emma. Murió en mi vientre.

Era la primera vez que lo expresaba en voz alta utilizando

aquellas palabras. Tuvo la sensación de que por fin hacía suya su experiencia. Se acabó esconderse. Se acabó fingir.

—Oh, Sarah, Dios. Lo siento mucho —dijo Oran, abrazándola con fuerza. No formuló preguntas. No era necesario.

—Tal vez este lugar posea algún tipo de magia invisible —dijo ella, encontrando un pañuelo de papel usado en el bolsillo para secarse la nariz—. Cuando encontré el diario de Anna…, en aquel momento no me di cuenta, pero la culpa con la que cargaba Anna por no haberse despedido correctamente de su hermana, Milly…, era muy similar a la que yo sentía. Me echaba la culpa por lo que pasó. Como madre de Emma, tendría que haberla protegido de cualquier daño. Pero Anna me ha ayudado a entender que el sentimiento de culpa no es más que una manera de no permitirte a ti misma llorar tu pérdida. Porque no es hasta que empiezas a llorarla, cuando realmente aceptas que esa persona ya no está.

Oran suspiró y movió la cabeza en un gesto de asentimiento.

—El dolor es un laberinto oscuro.

—¿Qué acabas de decir? ¿Es una cita o algo por el estilo?

—Ni idea —repuso Oran perplejo.

—Da igual —dijo Sarah, sonriendo para sus adentros y refugiándose de nuevo entre sus brazos.

Allí había una magia invisible, era evidente.

Capítulo 32

Diario de Anna
18 de enero de 1911

Esperar noticias es de por sí una penitencia. Los segundos corrían en el reloj, pero era como si el tiempo no pasara. No sentía que pudiera hacer nada en casa, pero mi madre, Dios la bendiga, se encargó de mantenernos ocupadas durante aquellas horas interminables, lavando ropa, pelando verduras, haciendo pan y fregando el suelo. Era ya hora de empezar a encender lámparas cuando Paddy irrumpió en la puerta. Se le veía agotado pero feliz y, aunque no podría afirmarlo con seguridad, me parece que olía a alcohol.

—¿Dónde demonios te habías metido? —le gritó mi madre—. Tu padre está enfermo de preocupación.

—Acabo de cruzármelo en el campo de arriba y ya se lo he contado todo —replicó Paddy, dejándose caer en el banco para recuperar el aliento.

—¡Pues cuéntanoslo también a nosotros! —le pedí, y corrí a sentarme a su lado—. ¿Qué has hecho?

Tommy y Billy se sentaron en el suelo delante de él con las piernas cruzadas, como si en casa hubiera llegado la hora del cuento.

—Danny vino con tres muchachos más. Cuando le expliqué que un hombre inocente estaba siendo incriminado por el asesinato de un lord angloirlandés, se mostraron encantados de poder ayudar —explicó Paddy entre risas.

Mi madre le arreó un sopapo, furiosa por que su hijo no viese la seriedad de la situación.

—Mira que eres *eejit*, podrías haber acabado también en la cárcel —dijo.

—Yo no hice nada, mamá. El hombre de acción fue Danny. Lo único que hice fue montar guardia, y por eso no pude ver gran cosa.

Cada vez que se interrumpía para coger aire, me entraban ganas de zarandearlo para obligarlo a soltarlo todo. La gatita de Billy se acercó para investigar al recién llegado.

—¿Y este quién es? —preguntó Paddy; cuando Billy empezó a explicarle de dónde había salido Suzy, mi madre y yo lo hicimos callar.

—¿Lo habéis liberado? —pregunté.

—Los esperamos en la estación. El carruaje de la policía llegó, con dos agentes sentados delante y uno detrás, custodiando a Harold. No estábamos seguros de cómo lo haríamos para liberarlo, pero dos de los compañeros de Danny llevaban escopetas y…

—¡Escopetas! —chilló mi madre, y se tapó la boca con la mano—. Podrían haberte matado. —Se santiguó y rezó alguna cosa a Nuestra Señora.

—Mamá, espera a que acabe de explicarlo todo. Al final, las escopetas no fueron necesarias. Nos escondimos al otro lado del andén, entre unos matorrales, desde donde teníamos una buena vista de Harold cuando se apeó del carruaje. Danny me dijo que estuviera atento a la presencia de cualquier otro agente armado que pudiera rondar por allí. Entonces, echaron a correr para abandonar nuestro escondite y dirigirse a la parte posterior de los almacenes. Pero en cuanto lo hicieron, se armó un alboroto increíble. Resultó que Higgings, ¿sabes de quién hablo? ¿El granjero ese que tiene tantos cerdos? —dijo, mirando a mi madre.

—Sí, sí, sé quién es —contestó mi madre, asintiendo aferrada aún a su rosario.

—Pues resultó que Higgings estaba en la vía muerta, intentando hacer subir a sus animales a un vagón con la ayuda de una rampa, y se le escaparon. De pronto, había cerdos y cerditos corriendo y chillando por todo el andén. Naturalmente, las mujeres también empezaron a correr y chillar; vi en ese momento que nuestros chicos asomaban la cabeza por detrás del almacén, en busca de su oportunidad para dar el golpe.

—Dios mío, qué valientes —dije, y sacudí la cabeza mientras mi madre le pasaba a mi hermano un plato de comida.

—Los agentes estaban distraídos —continuó explicando Paddy, arrancando bocados de pan y bebiendo a grandes tragos la leche del tazón—. Pero para colmo, y por suerte para nosotros, justo en aquel momento el tren soltó una nube impresionante de vapor que llenó todo el andén con una espesa humareda blanca. No se veía nada, pero, de repente, noté que me golpeaban la cabeza con un terrón de turba. Al volverme, vi que eran los chicos, acompañados por Harold, todavía esposado. Eché a correr como un loco para sumarme a ellos.

Mi madre y yo permanecimos unos instantes sin decir nada, intentando asimilar el relato. Mi madre fue la primera en levantarse para ir a abrazar a su hijo mayor con tanta fuerza que casi lo deja sin aire. Después, le dio un beso en la coronilla y le estampó un bofetón en la cara.

—¿Y eso a qué viene? —gritó Paddy ligeramente aturdido.

—Eso viene por lo de las escopetas —respondió mi madre. Estiró el brazo para alcanzar la parte superior del aparador y coger la vieja botella de *poitín*. Le sirvió un vaso—. Y esto es por ayudar a tu amigo.

Sonrieron y fue como si todo en el mundo volviera a estar bien, al menos para ellos.

—Entonces, ¿está a salvo? —pregunté, insatisfecha por dónde había finalizado el relato.

—Está de camino a Cork. Y mañana por la mañana embarcará en el barco que zarpa para América desde Cobh —respondió Paddy mientras apuraba la bebida.

—¿América? ¿No va a volver a Londres?

—Es demasiado peligroso. Decidió que era mejor regresar a casa. No te preocupes, Anna. Está sano y salvo.

—Sí. Sano y salvo —repetí.

Jamás volvería a ver a Harold. La idea me cortó la respiración. Jamás podría despedirme de él. Pensarlo se me hizo insoportable.

—Pero si ni siquiera he podido darle las gracias —dije casi en un susurro.

—Tampoco le has dado las gracias a tu hermano —observó mi madre—. Saldré a llamar a tu padre para que venga a tomar su té —dijo, feliz de recuperar la normalidad.

—Oh, claro, por supuesto, lo siento, Paddy. —Me levanté para abrazarlo—. ¿Cómo podré agradecerte todo lo que has hecho? Y a Danny…, correr tantos riesgos.

—Algo tenía que hacer. No podía permitir que un inocente

fuera a la cárcel —dijo Paddy—. Sobre todo, después de lo que me contaste.

—No recuerdo nada —dije—. ¿Qué te conté, Paddy?

—Únicamente lo que deberías haberme contado justo después de que sucediera —respondió Paddy con voz ronca—. Habría ahogado con mis propias manos a ese bastardo de saber que te había puesto aunque solo fuera un dedo encima.

Me volví, avergonzada por un asunto tan lamentable como aquel.

—La gente como él siempre acaba recibiendo su merecido —me aseguró—, y esa hermana suya tampoco acabará bien. Estoy seguro de que le habría puesto encantada la soga al cuello a Harold de haberle convenido.

—Ojalá no los hubiera conocido nunca, Paddy, a ninguno de los dos. He sido una tonta —dije, y escondí de nuevo la cabeza entre las manos.

—No te culpabilices de nada, Anna. Ese hombre era una bestia —dijo Paddy, acariciándome la espalda.

—No me di cuenta hasta que ya fue demasiado tarde.

—Lo sé, no es culpa tuya.

—No me has entendido. No me refiero a George. —Sorbí por la nariz—. Sino a Harold. No me di cuenta… Quiero decir, que no sabía cuánto…

Paddy se palpó los bolsillos del pantalón y, después de una prolongada búsqueda, encontró lo que estaba buscando.

—Ten —dijo, haciéndome entrega de un papel—. Escribió esto para ti.

Cogí el papel arrugado y vi mi nombre con una pulcra caligrafía. Miré a mi hermano, que estaba sonriéndome, y corrí a mi cuarto para leer la carta en privado.

Mi queridísima Anna:

Rezo para que esté bien. Paddy me ha contado lo de su enfermedad, y tengo que decir que me siento en parte responsable por haber permitido que pasara toda la noche en aquel cobertizo tan frío. Por desgracia, las cosas no salieron como había planeado. Me temo que llegué demasiado tarde a Thornwood House para recuperar sus perlas. Las autoridades ya las habían confiscado y se las estaban llevando como prueba de su fuerte discusión con el señor Hawley. Bien, estoy seguro de que el resto de la historia es ya de dominio público, pero le ruego, por favor, que ofrezca mis disculpas a su madre por lo que a las perlas se refiere.

Fue muy buena idea por su parte solicitar el respaldo del padre Peter; me comentó su ferviente solicitud a los agentes de policía con el fin de poder verme, y tengo que decir que me alegró el corazón enterarme de ello. Lamento profundamente lo que sucedió aquella noche en Thornwood House, y si existiera alguna manera de poder cambiar el pasado y protegerla, lo haría. Debería haberla protegido, Anna, pero mis celos me cegaron. Creía que podría usted interpretar mis intenciones del mismo modo que sabía interpretar las nubes para adivinar el tiempo que haría; sin embargo, he tenido mucho tiempo para reflexionar sobre esto y ahora comprendo que era imposible que lo adivinara. La he amado, Anna, desde el primer momento en que la vi cuando me abrió la puerta. La he amado y he disfrutado de todos y cada uno de los momentos que hemos pasado juntos en esos lugares que usted llama su casa. Que Dios me perdone, pero pensé que mi corazón se rompería de amor esa noche, cuando se quedó dormida entre mis brazos.

Pensará de mí ahora que soy un cobarde por confesarle mi amor en una carta justo cuando estoy a punto de abandonar el país. Pero quiero que sepa que, en cuanto llegue a mi casa en los Estados Unidos, le escribiré y, si está usted de acuerdo, lo dispondré todo para adquirir un pasaje para que pueda viajar hasta aquí. Ahora debo irme. Su hermano y sus «colegas» han sido muy misericordiosos conmigo y no tenemos mucho tiempo.

Con todo mi amor,
Harold Griffin-Krauss

Capítulo 33

12 de enero de 2011

Esa era la última entrada del diario y las páginas restantes estaban en blanco. La carta de Harold, gastada después de haber sido leída infinidad de veces, estaba doblada y guardada en la solapa posterior del cuaderno. Sarah tenía la mirada borrosa por culpa de las lágrimas no derramadas. ¿De verdad que la historia acababa ahí? Pero, por mucho que le diera vueltas al diario o buscara en la caja donde lo había encontrado, no había más. Solo un pasaje de barco sin utilizar para viajar a América. ¿Sería posible que Harold hubiera regresado a Irlanda? Sarah no estaba dispuesta a aceptar que aquellas dos personas, tan claramente enamoradas, no hubieran vuelto a verse nunca más. Por desgracia, *Compendio de hadas* no mencionaba ningún tipo de circunstancia personal del autor, solo que había sido publicado en 1912.

Oyó que llamaban a la puerta. Era última hora de la tarde y no esperaba visita. Abrió la parte superior y vio a Oran bajo la lluvia, calado hasta los huesos.

—¿Qué haces aquí? —preguntó Sarah.

—¡Mojarme si no me permites entrar!

—Oh, claro, perdona —repuso Sarah, empezando a pelearse con el cierre de la puerta.

Una vez dentro, Oran le dio un breve beso en la mejilla antes de despojarse del abrigo mojado. Sarah lo colgó en una percha detrás de la puerta, desde donde, lentamente, fue dejando un charco de agua en el felpudo de la entrada.

—Está diluviando —explicó Oran.

Corrió a calentarse las manos delante de la chimenea y se sacudió la lluvia del pelo. Era tan guapo que a Sarah le costaba concentrarse o comportarse como una persona normal cuando estaba en su presencia.

—¿Te preparo un café o algo?

—¿No tienes nada más fuerte? —preguntó Oran con una sonrisa maliciosa.

—Eh, pues no, pero tengo una poción mágica, si te interesa.

—¿Por qué no? —dijo, y tomó asiento en un taburete.

Era como si estuviera en su casa, aunque se le notaba también inquieto.

—¿Seguro que quieres estar aquí? Quiero decir que si...

—Sé lo que quieres decir —replicó Oran con cierta brusquedad—. Ya va siendo hora.

Sarah llenó una tetera con el preparado de espino blanco y pétalos de rosa que le había regalado Fee y la dejó en una bandeja.

—He estado pensando mucho en lo que dijiste allí arriba, en Cnoc na Sí. Dejar de vivir en esta casa —dijo Oran, observando el confortable interior—, irnos a vivir con mi padre... Supongo que, en cierto sentido, he estado castigándome. Desde que Cathy murió. A veces tengo la sensación de que, si ella no pudo tenerla, tampoco tengo yo derecho a volver a tener una vida feliz.

Sarah se moría de ganas de abrazarlo, pero intuyó que aquello era algo que Oran necesitaba expresar en voz alta y no quería interrumpirlo.

—Jamás he permitido que podamos seguir adelante. Hablo por mí, pero también por Hazel. He querido mantenernos congelados en el tiempo, congelados en nuestro dolor. Es justo lo que tú dijiste, simplemente lo he estado evitando.

Sarah no pudo aguantar más. Le tendió una mano, él la aceptó y se la llevó a los labios.

—He necesitado que llegaras tú para verlo.

—Quizá podría decirse que a las penas les gusta la compañía. —Sarah intentaba aligerar el ambiente con un poco de sarcasmo.

—Bueno, ya basta de eso —dijo Oran—. Probemos esta poción mágica.

Sarah le soltó la mano para preparar las tazas.

—¿Qué tal va el diario? —preguntó Oran mientras Sarah servía una infusión curiosamente rosada.

—Pues, de hecho, acabo de terminarlo —respondió, y dejó entrever su decepción—. Después de que Krauss regresa a los Estados Unidos, no hay más entradas. A menos que hubiera otros diarios y simplemente no los haya encontrado.

Sarah decidió no mencionar las diversas búsquedas que había llevado a cabo: había removido el desván, levantado planchas de madera sueltas en el suelo, e incluso había inspeccionado otros árboles en busca de pistas.

—He hablado con mi abuelo. Su madre llevaba la oficina de correos de Thornwood y conocían bien todas las idas y venidas del pueblo.

Bebió un sorbo de té y chasqueó la lengua contra el paladar, tratando de discernir el sabor.

—¿Piensas contarme el final de tu historia? —preguntó Sarah.

—Creo que les has cogido cariño a Anna y a Harold, ¿verdad?

—Son como el Romeo y Julieta de Thornwood —dijo Sarah con escasa convicción.

—¡Pues mira cómo acabaron!

Sarah frunció el entrecejo.

Oran echó otro tronco al fuego y las chispas ascendieron por el tiro de la chimenea.

—¿Estás segura de que quieres oírlo? —preguntó dubitativo.

—¿Por qué? ¿No es un final feliz?

De pronto cobró conciencia de hasta qué punto se había implicado emocionalmente en aquella historia. Pero no era solo una historia; era la vida real, que siempre encontraba la manera de desviarse del guion.

—Bueno, quizá no sea el que estás esperando.

Sarah inspiró hondo y le dio un buen trago al té. Pensó en su propia vida y en que, si alguien leyera sobre ella dentro de cien años, podría parecerle desesperadamente triste. Pero la realidad no era nunca o blanca o negra. La vida era como un cuadro muy grande; si solo te concentrabas en una parte, no alcanzabas a ver la imagen global.

—Supongo que la vida nunca acaba siendo como uno se la imagina —dijo Sarah, y se miraron a los ojos durante un momento más largo de lo necesario.

—Mi abuelo no era más que un niño por aquella época, pero estaba completamente al corriente de lo del americano y su libro sobre las hadas —empezó a explicar Oran—. Se ve que era como una especie de celebridad en el pueblo, y, después de la debacle de George Hawley, su nombre se hizo famoso.

—Sí, he leído que el hermano de Anna, junto con algunos hombres de la Hermandad Republicana Irlandesa, fueron los que consiguieron ponerlo en libertad antes de que fuera juzgado.

—Resulta que, poco después de que Harold se marchara, la madre de Anna falleció de forma repentina.

Sarah se llevó la mano al pecho, conmocionada.

—Pero si era muy joven, ¿no? ¿Cómo fue?

—No me lo dijo. Entonces, al ser Anna la única mujer de la casa, se quedó para cuidar de su padre y sus hermanos. Los dos mayores, Paddy y Tommy, combatieron en la Primera Guerra Mundial. En aquel momento se pensaba que luchar en la guerra los ayudaría a conseguir la Home Rule, pero, por supuesto, no fue así, y los que combatieron con los británicos fueron etiquetados como traidores a su regreso.

—Ay, Dios, quizá sea cierto que sería mejor no oír todo esto —reconoció Sarah. Pero le indicó con un gesto a Oran que continuara—. Aunque llegar tan lejos para dejar ahora la historia inacabada no tendría sentido.

—Por lo que a Thornwood House se refiere, lord Hawley murió durante la guerra y la finca fue heredada por un primo lejano que vivía en Inglaterra y que nunca se tomó ni siquiera la molestia de desplazarse hasta aquí para inspeccionar el estado en que estaba. Olivia Hawley vivió allí a discreción del primo, aunque, al carecer de ingresos o estipendio, tuvo que despedir a todo el personal. La finca acabó acumulando grandes deudas; muchos de los arrendatarios se marcharon después del asesinato sin resolver de George. Empezaron a correr rumores y supersticiones que afirmaban que aquellas tierras estaban malditas. Olivia vivió como una ermitaña, completamente sola, y muchos empezaron a pensar que estaba loca. Su cadáver fue descubierto en la década de 1940, cuando finalmente un agente inmobiliario accedió a la casa por orden de la familia para poner la propiedad en venta. Nadie supo nunca cuánto tiempo había permanecido Olivia muerta en las escaleras, con la única compañía de las ratas.

—¡Dios mío, esto es horroroso! —exclamó Sarah—. No voy a decir que sea una gran admiradora de esa mujer después de leer el diario, pero nadie se merece una muerte así.

—Es comprensible que la casa cayera en el abandono a partir de entonces. En la década de 1960, pasó a manos de la Oficina de Obras Públicas, pero, como has podido comprobar por ti misma, no puede decirse que los planes de restauración estén exactamente en marcha. Mi abuelo insiste en que ese lugar está embrujado. ¿Quién sabe? A lo mejor tiene razón.

—¿De modo que Anna no viajó a América? ¿Volvió a ver a Harold? —preguntó Sarah, abatida.

—Según mi abuelo, los pasajes fueron llegando cada año desde los Estados Unidos hasta que empezó la guerra, pero Anna nunca se presentó a recogerlos.

—Qué triste —dijo Sarah, sin molestarse por esconder sus sentimientos por una pareja que nunca llegó a conocer—. Anna puso a su familia por delante de todo lo demás.

—Ya te he dicho que no era el final que tú te esperabas —reconoció Oran—. Y, naturalmente, Harold nunca pudo volver a Irlanda porque la orden de arresto seguía vigente. Pero Anna se casó, terminada la guerra. Con un chico de Dublín, que combatió en la guerra con Paddy Butler. Mi abuelo no consiguió recordar el apellido, pero me dijo que todo el mundo lo llamaba Danny.

Sarah sacudió la cabeza con incredulidad. Danny, el rebelde que ayudó a escapar a Harold. Anna eligió casarse precisamente con el hombre que arriesgó su vida para salvar a su verdadero amor.

—La voluntad y el destino discurren por caminos opuestos —dijo.

—Muy bien expresado.

—Shakespeare —sonrió Sarah.

—Dudo que él lo dijera tan bien como tú. —Oran apartó la vista un instante, repentinamente cohibido—. En fin, así suelen funcionar estas cosas; justo cuando crees saber hacia dónde te está llevando la vida… —hizo una breve pausa—, todo da un giro de ciento ochenta grados.

—Vaya, veo que tú también estás poético —observó Sarah.

Oran apuró el té y un silencio reflexivo se cernió sobre los dos, que se quedaron contemplando la oscilación y el chisporroteo del fuego en la chimenea.

—Pues esto es todo lo que puedo contarte. Después de eso, Anna se fue a vivir a Dublín —dijo Oran, dejando la taza.

—Pobre Harold, debió de quedarse con el corazón destrozado al tener que marcharse de aquí de esa manera. Y pensar que nunca volvieron a verse… Me pregunto si establecerían algún tipo de correspondencia. No puedo creer que su historia terminara aquí.

—Imagino que por aquel entonces la gente no mantenía relaciones a distancia, y menos con un océano de por medio. Hoy en día es diferente.

Sarah confiaba en que lo que Oran acababa de decir lo hubiera dicho en serio.

—Creo que, en cierto sentido, él la rescató. Durante todo aquel tiempo, ella había estado esperando que alguien la ayudara a resolver el trauma que había sufrido como consecuencia de la muerte de su hermana.

—Es como si se hubieran rescatado el uno al otro. Ella le enseñó a encontrar la belleza en las cosas comunes —dijo Oran; mientras pronunciaba aquellas palabras, observó la casita como si estuviera viéndola por primera vez.

De pronto, Sarah se sintió un poco expuesta, como si Oran estuviese viendo todo su interior.

—¿Y Billy? —preguntó, después de carraspear levemente.

—Billy pasó a ocuparse de la granja cuando Anna se casó. Al parecer, él no llegó a casarse nunca y vendió la casa cuando se fue a vivir a una residencia de ancianos.

Oran vio que Sarah se había quedado un poco hundida, como si estuviera esperando algo más. Entonces pensó en lo que había dicho su hija. Se levantó y se encaminó al espacio que quedaba libre junto al asiento de ella, en lo que confiaba pareciera un gesto despreocupado.

—¿Y qué me dices de Sarah? —preguntó—. ¿Cómo termina su historia?

—¿Te refieres a si vuelvo a Boston? ¿O a Nueva York?

—O a si te quedas un tiempo más en Irlanda… —sugirió Oran con una sonrisa irresistible.

—Sinceramente, no sé qué quiero hacer, Oran. No puedo decir que este viaje fuera planeado, la verdad.

—Un poco de espontaneidad nunca hace daño a nadie.

—¡Hablas igual que Fee! —Se echó a reír—. Debe de ser este té, que te da todas las respuestas. —Sarah decidió hablar desde el corazón, aunque ello significara ponerlo todo en riesgo—: No puedo prometerte nada. Necesito valerme por mí misma durante un tiempo, redescubrir qué es lo que… lo que me hacía ser quien soy.

Oran hizo un gesto de asentimiento, animándola. Tal vez sincerarse fuera lo mejor.

—No puedo pedirte que me esperes, Oran…

—Independientemente de que me lo pidas o no, lo haré —dijo él, antes de besarla con ternura en la boca.

Y de pronto, la vida le pareció a Sarah muy fácil. Las luchas del pasado se habían terminado. Por fin podía dejarse ir y, también, dejarse amar.

El té había vuelto a obrar su magia.

Capítulo 24

20 de junio de 2011

El sol del atardecer se filtraba a través de las altas ventanas de la galería, que siempre le habían recordado a las de una catedral, bañando el espacio con una luz dorada. Era el momento del que más disfrutaba Sarah, justo antes de que llegara el público para ver las obras. Caminó lentamente desde un extremo de la sala hasta el otro, enderezando los marcos un poco aquí, un poco allá; el único sonido que se oía era el de sus pasos sobre el suelo de hormigón. Cuando Jack llegó, cargado con una bandeja de copas, supo que había tomado la decisión correcta.

Desde que se fue de Nueva York y aterrizó en el aeropuerto de Shannon, habían pasado muchas cosas. Sonrió al recordarlo. Aquellos días habían sido una huida. Si se había ido para escapar de Jack o para encontrarse a sí misma, carecía al final de importancia. Porque en Thornwood había encontrado otra cosa, algo que no era consciente de estar buscando. Un propósito. En las semanas posteriores a aquella inesperada noche con Oran, Sarah había dedicado mucho tiempo a pasear por los bosques y los campos de los alrededores de la casita. Y había llegado a la conclusión de que tal vez era justo lo que había dicho la vidente: que si te quedas en Irlanda el tiempo suficiente te acaba contagiando.

La idea había estado delante de sus narices todo aquel tiempo, siempre y cuando hubiera sabido dónde mirar. Sarah estaba convencida de que la verdadera inspiración del peregrinaje de Harold a Irlanda había sido un intento de recuperar el espíritu de su madre. Sin duda alguna, perderla a tan temprana edad había moldeado su vida de una determinada manera y lo había llevado por aquel camino tan poco habitual. Le resultaba extraño pensar que todos ellos habían sido guiados por manos invisibles para encontrarle un sentido a la pérdida.

Harold creía que la Gente Buena eran las almas de nuestros seres queridos, y que sus voces habían quedado condensadas en el aleteo de la brisa o el balbuceo musical de un arroyo. Con su trabajo, no solo pretendía coleccionar historias de hadas, sino además mantener viva la memoria de sus antepasados. Quizá fuera por eso por lo que algunas personas estaban tan dispuestas a creer en las hadas. Tal vez intentaran con ello aferrarse a alguna cosa, o pretender que en esta vida hay algo más allá de la muerte. Era algo que Sarah entendía perfectamente.

De forma instintiva, Sarah se propuso continuar la obra de Harold de la única manera que conocía. Afiló sus lápices, abrió ante ella una página en blanco y dejó que las descripciones que había leído en el libro de Harold se tradujeran en personajes con vida y de todas formas y tamaños. Volvió a la biblioteca de Ennis y descubrió la existencia de la Comisión Nacional del Folclore, una institución creada por el Gobierno irlandés en la década de 1930 con el objetivo de estudiar y recopilar la tradición oral del folclore de todo el país. ¿Se habrían inspirado en la obra de Harold? Probablemente. Lo único que faltaba era una representación visual de aquellas creencias. La idea encajó en el rompecabezas tan fácilmente que Sarah se sorprendió de no haberla considerado antes.

La sensación del papel rugoso bajo sus dedos y el movimiento de dibujar con un lápiz devolvieron suavemente a su cuerpo y su mente a un estado de calma y concentración. Por primera vez en mucho tiempo, Sarah había tenido la satisfactoria sensación de estar justo donde se suponía que debía estar. ¿Estaría la Gente Buena ayudándola, o estaría ella ayudando a la Gente Buena? Analizar demasiado ese tipo de cosas no servía para nada. En Thornwood, el mundo físico y el mundo espiritual estaban tan estrechamente unidos que era imposible no sentirse afectado por ello.

Inspiró hondo varias veces y regresó al presente.

—¿Feliz? —preguntó Jack; le pasaba una copa de algo con burbujas que ella declinó.

—Lo estaré cuando llegue todo el mundo. —Volvió a mirar el reloj y cogió una botella de agua.

—Me alegro de que volvieses. Pensaba que te había perdido para siempre en las tierras salvajes de Irlanda —dijo Jack, brindando con su copa con la botella de plástico de ella.

—No te emociones demasiado. ¡Si estoy aquí es solo porque me has dado espacio gratis en la galería!

Rieron los dos. Haber recuperado una relación amigable era un alivio.

—¿A qué hora llegan tus padres?

—Están de camino. Vienen en coche con Meghan. No sé si recuerdas que mi padre tiene miedo a volar.

Un momento incómodo para volver a empujar la relación del pasado al presente.

—Tu obra ha progresado de verdad —dijo Jack, manteniendo la conversación en terreno neutral.

Sarah sintió tentaciones de decir: «La que ha progresado de verdad soy yo». Pero decidió que sonaría petulante.

—He descubierto algo por lo que siento pasión —dijo en cambio, y contempló los vivaces dibujos de la Gente Buena que llenaban la sala.

—No son hadas típicas, ¿verdad? —comentó Jack, y se acercó a un cuadro que representaba una ninfa acuática—. ¡Las hay que son incluso horripilantes!

Sarah esbozó una sonrisa de triunfo. Era muy consciente de la reputación que tenía su país de ver el folclore irlandés como algo ridículo. Le vinieron a la cabeza imágenes de películas como *Darby O'Gill y el rey de los duendes* o *El valle del Arco Iris*. No. Sarah se mostró inflexible en cuanto a representar a la Gente Buena en su verdadera dimensión. Nada de pequeñas y lindas Campanillas, sino caras viejas y arrugadas con dientes afilados y pelos estropajosos. Criaturas caprichosas, cuya inclinación hacia el bien o hacia el mal cambiaba en un abrir y cerrar de ojos.

—Son las manifestaciones de todo lo que es invisible en este mundo, Jack. ¡No están hechas para ser supermodelos!

—Disculpa el error —replicó Jack; levantaba las manos como si fuera a ser detenido.

—Ahora en serio, gracias por organizar la exposición. Me preocupaba que la obra pudiera resultar un poco… rara.

—¿Te soy sincero? Es un poco rara, pero prefiero eso a que no transmita nada.

Sarah le cogió brevemente la mano, con la esperanza de poderle transmitir, en un simple gesto, lo mucho que en su momento había significado para ella. Habían visitado juntos la tumba de Emma a su regreso a Nueva York. Habían repasado la caja de los recuerdos, que guardaba las fotografías y las minúsculas huellas de unos piececitos que jamás llegarían a conocer lo que era la sensación de pisar el suelo. Las cosas entre ellos nunca volverían a ser como fueron una vez, pero reconocer la verdad era preferible a la mentira que habían estado viviendo.

Sonó la campanilla de recepción y Sarah dio un respingo.

—Voy yo. ¿Puedes comprobar si ese de ahí está recto? ¡Ya no me fío de mis ojos! —dijo Sarah, echando ya a andar hacia la entrada de la galería.

Bajó corriendo las escaleras, confiando en que su familia llegara antes que nadie. Se moría de ganas de compartir su obra con ellos, sobre todo con su padre. Hacía mucho que no los veía, y las últimas semanas en Nueva York le habían despertado aún más las ganas de reunirse con ellos.

Y allí estaba él. Oran Sweeney en pleno centro de Manhattan. Estaba al otro lado del cristal con una sonrisa en la cara y encogiéndose levemente de hombros. Sarah tardó un momento en abrir la puerta, una peculiaridad que se había convertido ya en una especie de tribulación.

—Has venido —dijo simplemente, abriendo totalmente la puerta.

—Bueno, me enviaste el billete —replicó él.

Sarah sacudió la cabeza.

—No… No puedo creer que estés aquí.

Salió a la calle y se arrojó a sus brazos, a su vida juntos. Sí, había tomado la decisión correcta. Sentía que había vuelto a casa. Permanecieron abrazados mucho rato y Sarah sonrió para sus adentros: no había enviado ningún billete.

Agradecimientos

Escribí este libro a modo de carta de amor a la vieja Irlanda, a nuestras antiguas creencias, tradiciones y folclore. Gracias de todo corazón a mi familia y a mis antepasados, a cuyas historias he recurrido para crear la magia de Thornwood. Ha sido asimismo de gran inspiración la obra del Harold de verdad, Walter Evans-Wentz, que viajó a este país en busca de la mística y capturó toda la belleza y el misterio de Irlanda. Mi agradecimiento para *na Daoine Maithe*, la Gente Buena, que convirtió en realidad un deseo dejado en las raíces de un viejo espino blanco. Finalmente, gracias a todo el equipo de One More Chapter por vuestro increíble apoyo y por poner los libros en el centro de todo lo que hacéis.